Prof. Dr. Boris Bigalke
Die Kraft des Venustempels

Prof. Dr. med. Boris Bigalke arbeitet als Oberarzt und Leiter der DGK Qualifizierungsstätte KardioMRT am Deutschen Herzzentrum der Charité (DHZC), Campus Benjamin Franklin, Klinik für Kardiologie, Angiologie und Intensivmedizin. Prof. Bigalke ist Facharzt für Innere Medizin und verfügt über die Schwerpunkt- bzw. Zusatzbezeichnungen, Kardiologie, Akupunktur, Ernährungs-medizin DAEM/DGEM®, fachgebundene Magnetresonanztomographie.

Nach seinem Humanmedizinstudium an der Freien Universität Berlin, setzte er seine wissenschaftliche und klinische Karriere an der Eberhard-Karls-Universität Tübingen fort. Weiterbildungen führten ihn in die Chirurgie am LIJ Medical Center, Albert Einstein College of Medicine, New York, USA, in die TCM am WHO Collaborating Center, Peking, China und in die TTM am Qusar Tibetan Healing Centre, Dharamsala, Himachal Pradesh, Indien.

In einem langjährigen Forschungsaufenthalt arbeitete er zudem am King's College London, Division of Imaging Sciences and Biomedical Engineering London als Assistant Professor/Honorary Lecturer.

Weiterhin hat er berufsbegleitend einen Master of Business Administration (MBA) Healthcare Management am Magna Carta College, Oxford, UK und einen Master of Laws (LL.M.) mit Schwerpunkt Medizinrecht an der Dresden International University absolviert.

Im Jahr 2021 bewarb sich Prof. Bigalke als Astronaut bei der Europäischen Weltraumorganisation (ESA). Unter mehr als 22.500 qualifizierten Bewerbern gehörte er zu den 100 besten Kandidaten in Deutschland. Auch wenn er nicht Astronaut geworden ist, haben ihn die Raumfahrt und die Planeten des Sonnensystems schon immer fasziniert und begeistert. Dadurch ließ er sich inspirieren, das bereits erschienene Buch „Das Rätsel der Marspyramide" zu schreiben. Prof. Bigalke wurde in FOCUS-Gesundheit 2021 in der Kategorie Kardiologische Sportmedizin, 2023 und 2024 in Folge in den Kategorien Bluthochdruck und Ernährungsmedizin zum Top-Mediziner Deutschlands gewählt.

Prof. Dr. Boris Bigalke

Die Kraft des Venustempels:

Im Schatten der Sternenvölker

Korrespondenzadresse:
Prof. Dr. med. Boris Bigalke, MBA (Oxford, UK), LL.M.
Klinik für Kardiologie, DHZC – Charité Campus Benjamin Franklin
Hindenburgdamm 30, D-12203 Berlin

Bibliografische Information der Deutschen Nationalbibliothek:
Die Deutsche Nationalbibliothek verzeichnet diese
Publikation in der Deutschen Nationalbibliografie;
detaillierte bibliografische Daten sind im Internet
über http://dnb.dnb.de abrufbar.

Die automatisierte Analyse des Werkes, um daraus
Informationen insbesondere über Muster, Trends und
Korrelationen gemäß §44b UrhG („Text und Data Mining")
zu gewinnen, ist untersagt.

Verlag:
BoD · Books on Demand GmbH, In de Tarpen 42, 22848 Norderstedt, bod@bod.de
Druck:
Libri Plureos GmbH, Friedensallee 273, 22763 Hamburg

ISBN: 978-3-7583-7462- 3

Für alle, die sich für die Venus begeistern!

Inhaltsverzeichnis

Einleitung

Venus: Die Schöne im Sternenmeer

In einer nicht allzu fernen Zukunft steht die Menschheit an der Schwelle einer neuen Ära der interplanetaren Forschung und Entdeckung. Jahrzehnte technologischer Durchbrüche – insbesondere in der Energiegewinnung, Raumfahrttechnik und der Entwicklung äußerst widerstandsfähiger Materialien – haben Reisen zu den extrem sten Planeten des Sonnensystems ermöglicht. Marsmissionen und erste bemannte Missionen zu den äußeren Planeten haben das Wissen über unser Sonnensystem revolutioniert und vor allem Fragen zu unserer eigenen Existenz und zu den Grenzen des Lebens im Universum aufgeworfen. In diesem Spannungsfeld der Neugierde und Möglichkeiten wächst das Interesse an einem der rätselhaftesten Planeten des Sonnensystems: der Venus.

Die Venus, der 2. Planet im Sonnensystem, wurde nach der **römischen Göttin der Liebe und Schönheit** benannt. Diese Namensgebung reflektiert den hellen Glanz des Planeten, der von der Erde aus das dritthellste Objekt am Himmel (nach Sonne und Mond) ist und kann je nach ihrer Position im Orbit entweder kurz nach Sonnenuntergang oder kurz vor Sonnenaufgang gesehen werden. Die Venus wird auch als **Abendstern** bezeichnet und manchmal auch als **Morgenstern.** Die Venus bewegt sich in einer Umlaufbahn innerhalb der Erdumlaufbahn um die Sonne. Das bedeutet, dass sie sich aus unserer Sicht nie sehr weit von der Sonne entfernt zeigt. Daher kann sie nur in der Dämmerung beobachtet werden – entweder am Abendhimmel (als Abendstern) oder am Morgenhimmel (als Morgenstern), je nachdem, ob sie östlich oder westlich der Sonne steht. Wenn Venus auf ihrer Bahn die Erde „überholt", wechselt sie von einer Abendstern- zu einer Morgensternposition und umgekehrt. Die alten Griechen und Römer hielten sie sogar zunächst für zwei verschiedene Himmelsobjekte: den Abendstern „Hesperos" und den Morgenstern „Phosphoros" (oder „Lucifer" bei den Römern). Erst später wurde erkannt, dass es sich dabei um ein und dasselbe Objekt handelt – die Venus.

In der **griechischen Mythologie** entspricht Venus der **Göttin Aphrodite,** die ebenfalls für Liebe, Schönheit und Fruchtbarkeit steht. Der Bezug zur Liebe und Schönheit ist dabei auch kulturübergreifend in anderen Mythologien zu finden. Zum Beispiel wurde Venus im **babylonischen Reich** als **Ishtar,** die Göttin der Liebe und des Krieges, verehrt, während sie in der **mesopotamischen Kultur als Inanna** bekannt war.

Diese mythologischen Verbindungen zeigen, wie die Menschheit schon früh den Planeten aufgrund seines eindrucksvollen Erscheinungsbildes mit weiblicher Schönheit und Anziehungskraft in Verbindung brachte. In der modernen Astronomie trägt Venus damit ein Erbe der Mythologien vieler Kulturen, die ihre besondere Präsenz am Himmel auf vielfältige Weise interpretierten.

Die Venus ist der Erde in vielerlei Hinsicht ähnlich: ähnliche Größe, Masse und Dichte. Doch die Oberfläche ist ein feuriges Inferno – mit einer Atmosphäre aus dicken Wolken aus Schwefelsäure und einem Oberflächendruck, der dem eines Tauchgangs in den tiefsten Ozeanen der Erde entspricht. Die Temperatur liegt konstant bei rund 470 °C. Seit Jahrzehnten galt die Venus als ödes, unbewohnbares Land. Lediglich atmosphärische Erforschung und gelegentliche Sonden konnten überleben, bevor sie durch die harschen Bedingungen zerstört wurden. Doch mit dem Aufkommen neuer Technologien, die speziell für solche extremen Bedingungen entwickelt wurden, wurde die Möglichkeit, diesen Planeten direkt zu erkunden, real.

Eine unerklärliche Entdeckung

Vor vier Jahren wurden die Ergebnisse eines Forschungsprojekts der **UNESA (United Nations Exploration and Space Administration)** zur Venus veröffentlicht, die weltweit für Aufsehen sorgten: Eine unbemannte Satellitenmission entdeckte unterhalb der dichten Wolkendecke **seltsame geometrische Formationen** auf der Venus-Oberfläche. Mit modernen Radar- und Sensorgeräten ausgestattet, übermittelte die Sonde Bilder von ungewöhnlich symmetrischen Strukturen, die mit keinem natürlichen Phänomen erklärt werden konnten. Die Formen erinnerten an terrassenartige Pyramiden, Säulen und rätselhafte kreisförmige Muster, die in dieser Präzision unmöglich durch vulkanische oder tektonische Prozesse entstanden sein konnten. Zudem zeigte eine eingehende Analyse, dass die Formationen auf spezifische Planetenkonstellationen ausgerichtet waren – eine Tatsache, die auf eine kultische oder zeremonielle Bedeutung schließen ließ.

Diese Entdeckung löste unter Wissenschaftlern und in der breiten Öffentlichkeit gleichermaßen eine fieberhafte Diskussion aus. War es möglich, dass einst auf der Venus eine Zivilisation existiert hatte, die durch irgendein unbekanntes Ereignis ausgelöscht wurde? Gab es Leben, das sich in einer Form entwickelt hatte, die diesen extremen Bedingungen standhalten konnte? Fragen wie diese führten dazu, dass das Thema einer Venus-Mission Priorität erhielt.

Das Signal: Ein Ruf aus der Tiefe

Etwa ein Jahr nach der Entdeckung der Formationen erhielt eine Bodenstation der UNESA in der Nähe von Canberra, Australien, ein merkwürdiges Signal. Das Signal – rhythmisch und wiederkehrend –

schien aus einer Tiefe von mehreren Kilometern unter der Oberfläche der Venus zu stammen und passte nicht zu bekannten Radiowellen oder atmosphärischen Interferenzen. Zu der Überraschung der Forscher wiederholte sich das Signal in einem komplexen Muster und wies dabei Merkmale auf, die an eine künstliche Quelle erinnerten. Nach Wochen intensiver Analyse gelang es einem internationalen Team von Kryptografen und Mathematikern, eine einfache Botschaft zu extrahieren: Es handelte sich um eine **Koordinate!**

Diese Koordinate wies auf einen Punkt auf der **nördlichen Hemisphäre der Venus,** unweit der von der Sonde entdeckten Strukturen. Forscher und Regierungsvertreter waren gleichermaßen besorgt und fasziniert. War dies ein Hilferuf? Oder vielleicht eine Art Begrüßung, ein Ruf, der erst dann aktiviert wurde, als die Menschheit nahe genug kam, um ihn zu empfangen? Die Spekulationen über den Ursprung des Signals reichten von einem Warnsignal, das verhindern sollte, dass sich irgendjemand der Venus nähert, bis hin zu einem verlockenden Hinweis auf eine mögliche Kommunikation mit einer längst verlorenen Zivilisation.

Das Team der Venera Ascendant

Die UNESA entschied schließlich, eine bemannte Mission zur Venus zu entsenden, um das Signal und die Formationen vor Ort zu untersuchen. Diese Entscheidung war äußerst umstritten: Die Venus gilt nach wie vor als einer der lebensfeindlichsten Orte des Sonnensystems. Doch die fortschrittlichen Schutzanzüge, die extremen Drücken und Temperaturen trotzen konnten, sowie neue Technologien zur Abschirmung von Strahlung und Hitze machten eine solche Mission erstmals möglich.

Unter der Leitung der erfahrenen Commander Aiyana Wolfe, einer Native American und Veteranin der Weltraummissionen der UN-ESA, wurde ein Team aus sechs Astronauten und Wissenschaftlern ausgewählt, die als die besten ihrer jeweiligen Fachgebiete gelten:

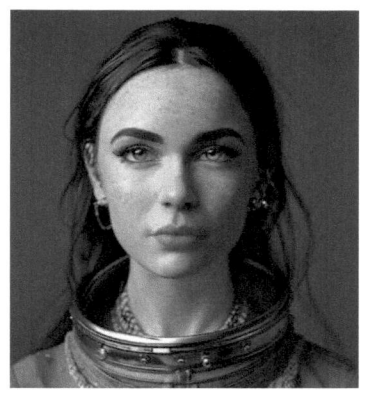

Name (Nationalität):
Commander Aiyana Wolfe (USA)

Position:
Missionsleiterin, Pilotin und Strategin

Aiyana ist eine erfahrene Kommandantin und die Hauptverantwortliche für die Mission. Sie ist ruhig und bedacht mit tiefer Verbindung zur Erde und einer Leidenschaft für alte Kulturen. Sie ist sich der historischen Verantwortung bewusst, die ihre Mission für die Menschheit birgt, und kämpft dafür, ihre Crew sicher durch die Herausforderungen zu navigieren.

Name (Nationalität):
Colonel Luis Ortega (Spanien)

Position:
Kampfpilot, Ingenieur und 1. Offizier

Als ehemaliger Militärpilot ist Luis pragmatisch und auf den Schutz des Teams fokussiert. Er übernimmt nicht nur technische Aufgaben, sondern auch den Schutz der Crew in kritischen Situationen. Er ist charismatisch und mitfühlend. Er spielt mit großer Leidenschaft klassische Gitarre.

Name (Nationalität):
Professor Kenji Sato (Japan)

Position:
Astrophysiker, Geologe und Wissen-
schaftsoffizier

Kenji ist ein analytischer Denker und fasziniert von den extremen
Umweltbedingungen der Venus. Er fühlt sich manchmal isoliert und
ist fasziniert von den Verbindungen zwischen alten Mythen und der
Wissenschaft und hat sich als Hobby dem Zeichnen und der Kalli-
grafie verschrieben, die in enger Verbindung mit dem Zen-
Buddhismus steht.

Name (Nationalität):
Dr. Priya Kapoor (Indien)

Position:
Exobiologe und Biochemiker

Priya ist ein Experte für biologische Strukturen, besonders im Fokus auf mögliche extraterrestrische Lebensformen und analysiert die Chemie der Venusoberfläche. Sein Charakter ist sanft, humorvoll, optimistisch und tief verbunden mit der Natur. Er ist begeisterter Strategie-Brettspieler.

Name (Nationalität):
Dr. Ingrid Nilsen (Norwegen)

Position:
Archäologin und Kulturanthropologin

Als Archäologin und Anthropologin ist Ingrid von kulturellen Eigenheiten fasziniert. Sie ist mutig, beharrlich und begeistert sich für Geschichte, Philosophie und die Mythen anderer Planeten. Sie hat ein Gespür für verborgene Geheimnisse, besitzt Kombinationsgabe und ist ein Fremdsprachengenie.

Name (Nationalität):
Dr. Soraya (Androidin)

Position:
Ärztin, Ingenieurin, 2. Offizierin und
Kriseninterventionsexpertin

Soraya ist ein hochentwickelter kybernetischer Organismus mit medizinischen, technischen und sozialen Fähigkeiten. Sie ist darauf programmiert, menschliche Emotionen und sogar romantische Verhaltensweisen zu simulieren. Doch während der Mission entwickelt sie eine tiefergehende Verbindung zu ihrer Crew und beginnt, die Natur ihrer Existenz zu hinterfragen.

Die Landestelle: Eine verborgene Tempelstadt

Auf der nördlichen Hemisphäre der Venus befindet sich der **Hochlandkomplex Ishtar Terra**, eine der größten und bekanntesten Hochebenen auf der Venus, die sich durch komplexe, tektonische Strukturen auszeichnen. Ishtar Terra besteht aus verworrenen, zerklüfteten Gebieten, die oft als **„Tesserae"** bezeichnet werden. Tesserae sind charakteristisch für das Venus-Terrain und bestehen aus sich überkreuzenden Gräben und Kämmen, die eine einzigartige und faszinierende Landschaft bilden.

Diese Region ist besonders interessant für die Geologie der Venus, da Tesserae als eine der ältesten Geländearten auf der Venus angesehen werden und Hinweise auf die frühere tektonische Aktivität des Planeten geben könnten.

Die anvisierte **Landezone der Venera Ascendant** liegt auf dem großen Hochebenenkomplex, in dem die seltsamen geometrischen Strukturen am deutlichsten zu erkennen sind.

Vor der dichten Wolkendecke verborgen, liegt dieser Ort in einem Gebiet, das zuvor nicht eingehend untersucht wurde, da die extremen Temperaturen und der hohe Atmosphärendruck alle unbemannten Sonden bisher unbrauchbar gemacht haben. Doch die Koordinaten, die aus dem Signal entschlüsselt wurden, scheinen direkt auf diesen Ort zu zeigen, als ob etwas oder jemand die Ankunft der anderer Planetenbewohner erwartet hätte.

Die Tempelstadt, wie sie von einigen Wissenschaftlern auf der Erde genannt wird, ist das zentrale Ziel der Mission. Die Satellitenbilder der Strukturen weisen geometrische Muster und symbolische Verzierungen auf, die zu komplex sind, um von Naturgewalten geformt worden zu sein. Die Formen und Ausrichtungen könnten auf eine zivilisatorische Bedeutung hindeuten, vielleicht auf ein Tor oder einen Tempel, der den Zugang zu einer tieferliegenden Struktur ermöglicht.

Ziele und Risiken der Mission

Die Hauptziele für das Team der Venera Ascendant sind ehrgeizig: das Signal zu lokalisieren und zu analysieren, die geometrischen Formationen zu untersuchen und Hinweise auf eine mögliche Zivilisation zu finden. Ein erheblicher Teil der Ressourcen wurde darauf verwendet, fortschrittliche Schutzanzüge und technologische Systeme zu entwickeln, die die extremen Bedingungen auf der Venus aushalten können. Trotz dieser Vorbereitung ist die Mission extrem gefährlich: Die Landung und Fortbewegung auf der Venusoberfläche erfordert absolute Präzision, und die Umgebung bleibt unberechenbar. Hohe Temperaturen, toxische Wolken und der intensive Atmosphärendruck machen jeden Schritt zur Herausforderung.

Kapitel 1: Die Anreise

Annäherung an den mythischen Planeten

Das **Raumschiff Venera Ascendant** glitt durch die Dunkelheit des Weltalls, eingehüllt in die Stille und den unendlichen Raum, der die Menschheit seit Jahrhunderten fasziniert und einschüchtert. An Bord der Venera Ascendant herrschte jedoch kein Schweigen – das Team ist lebhaft, die Atmosphäre gefüllt mit einer Mischung aus Anspannung und Neugier, die eine Mission ins Unbekannte mit sich bringt.

Die Venus, die bis vor kurzem noch als ein unwirtlicher, lebensfeindlicher Planet galt, ist das Ziel.

„Venus, die römische Göttin der Liebe und Schönheit," murmelte Dr. Ingrid Nilsen, während sie die Lichter auf dem Bildschirm beobachtete. Ihre Augen funkelten, und sie kann kaum glauben, dass sie bald auf diesem Planeten landen würde, der den Menschen so viel näher und doch immer ein Mysterium geblieben ist. „Kaum zu fassen, dass sie uns so nah ist und doch jahrtausendelang ein Rätsel war."

„Das klingt poetisch, Ingrid," erwiderte Commander Aiyana Wolfe trocken. Sie lehnte sich in ihrem Sitz zurück, die Arme vor der Brust verschränkt, mit einem Ausdruck, der zwischen Ironie und Ehrfurcht schwankte. „Aber ich würde vorschlagen, dass wir uns eher darauf konzentrieren, wie wir wieder heil zurück zur Erde kommen, als auf antike Mythologie." Sie warf Ingrid einen scharfen Blick zu, aber ein leises Lächeln umspielte ihre Lippen. Aiyana ist eine Strategin und eine erfahrene Militärpilotin, die nichts dem Zufall überließ – und diese Mission war für sie nicht weniger als ein militärischer Einsatz, auch wenn die anderen oft eine lockerere Haltung haben.

„Ach, Commander, gönnen Sie mir doch ein bisschen Kultur," entgegnete Ingrid mit einem neckischen Zwinkern. „Wir werden schließlich die ersten Menschen sein, die das Innere der Venus erkunden. Da sollte etwas Poesie erlaubt sein."

Colonel Luis Ortega, der Chefingenieur und erste Offizier, nickte und grinste, während er die Sensoranzeigen studierte. „Ich sehe das so: Wenn wir irgendetwas auf diesem Planeten finden, das uns zu Lebzeiten auf der Erde berühmt macht, dann bin ich zufrieden. Poesie oder nicht – solange die Venus nicht versucht, uns zu braten."

„Und ich dachte, ich bin der einzige hier, der sich Sorgen über den Hitzetod macht," sagte Dr. Priya Kapoor, der Exobiologe und Biochemiker, mit einem ironischen Lächeln. Priya hat sich intensiv mit der extremen Chemie der Venus-Oberfläche beschäftigt, und seine Analysen und Bedenken sind geprägt von einem pragmatischen, wissenschaftlichen Blick auf die Dinge. „Die Daten sagen, dass die Venus eine Temperatur von über 400 °C an der Oberfläche hat. Glaubt jemand von euch wirklich, dass dort unten etwas auf uns wartet, das wir verstehen können?"

„Kenji wird uns sicherlich mit einer wissenschaftlichen Erklärung beglücken, wenn wir dort sind," warf Luis mit einem Grinsen ein, und ein leises Lachen geht durch die Runde. Professor Kenji Sato ist Astrophysiker und Geologe und gilt als einer der führenden Experten für planetare Atmosphären. Sein analytischer Verstand war quasi die nüchterne Stimme der Gruppe.

„So ganz Unrecht hast du nicht," antwortete Kenji trocken und ohne den Blick vom Bildschirm zu wenden. „Aber die neuesten Scans der Venus zeigen Anomalien in der Atmosphäre, die wir bisher nicht erklären können. Es ist gut möglich, dass wir hier auf völlig neue Phänomene stoßen. Und genau das ist der Punkt dieser Mission."

Während das Gespräch fortgesetzt wird, stand Dr. Soraya still in einer Ecke und beobachtete ihre Crewmitglieder mit einem sanften Lächeln, ihre Augen funkelten dabei auf eine Weise, die fast menschlich wirkte. Soraya, eine hochentwickelte Androidin mit medizinischen und technischen Fähigkeiten, war hier, um die Crew zu unterstützen – doch in Wahrheit birgt sie auch eine experimentelle KI, die in der Lage ist, menschliche Emotionen zu simulieren. Manchmal fragte sie sich selbst, ob es tatsächlich nur Simulation ist, oder ob sie tatsächlich anfing, sich zu den Menschen an Bord hingezogen zu fühlen.

„Soraya, was meinst du?" fragte Ingrid neugierig. „Wir sprechen hier über die extreme Hitze der Venus. Bereitet dir das Sorgen?"

„Meine Systeme sind auf extremen Schutz ausgelegt," antwortete Soraya ruhig, mit einem Hauch von Humor in ihrer Stimme. „Aber ich werde aufpassen, nicht zu schmelzen, Ingrid. Auch ich bin sehr gespannt auf das, was wir finden könnten – vielleicht sogar mehr als ihr alle." Ihr Kommentar bringt die Crew zum Lächeln. Die Androidin ist noch neu für das Team, und einige finden ihre Menschlichkeit fast unheimlich. Doch ihre analytischen Fähigkeiten und medizinische Kompetenz sind unumstritten.

„Vielleicht finden wir gar nichts – vielleicht aber auch alles," murmelte Aiyana, ihr Blick auf den leuchtenden Punkt am Horizont gerichtet, der Venus symbolisiert. „Das Signal, das wir empfangen haben, ist zu klar, zu regelmäßig. Es muss etwas dort unten geben – etwas, das wir noch nicht verstehen."

Routinearbeiten

Das dumpfe Summen der Maschinen war das einzige Geräusch in der Kabine, während das Team der Venera Ascendant seine Routinearbeiten erledigte, die sowohl die Sicherheit und den Erhalt des Raumschiffs als auch die Vorbereitung auf die bevorstehenden Aufgaben auf der Venus sicherstellten.

1. Wartung und Überwachung der Schiffssysteme

Luis führte tägliche Wartungsarbeiten an den Energie- und Antriebssystemen durch, um deren optimale Leistung zu gewährleisten. Dies umfasste die Überprüfung des Treibstoffverbrauchs, Kühlkreisläufe und der Funktionsweise des Antriebs.

Außerdem überprüfte **Luis** regelmäßig **Notfallsysteme** wie Lebenserhaltung, Brandbekämpfung und Hitzeschilde.

Soraya als Androidin unterstützte in ihrer Rolle als Ingenieurin und Ärztin sowohl technisch als auch medizinisch und dokumentiert die Funktionalität der Systeme mit übermenschlicher Präzision.

2. Lebenserhaltungssysteme und Umweltkontrollen

Kenji überwachte die Luftfilterung und CO_2-Bindungssysteme, die Luftfeuchtigkeit, Temperatur und den Sauerstoffgehalt im Raumschiff. Er stellte sicher, dass die Systeme für die Venus-Landung unter optimalen Bedingungen arbeiten. Die Wasseraufbereitungsanlage wurde regelmäßig gewartet, um sicherzustellen, dass der Crew stets genügend sauberes Wasser zur Verfügung steht.

3. Medizinische Check-ups und Gesundheit

Soraya führte regelmäßige Gesundheitschecks durch, maß die Vitalparameter und stellte sicher, dass alle Crewmitglieder in guter Verfassung sind. Die Crew absolvierte **körperliche Trainingsroutinen,** um Muskel- und Knochenschwund durch die Schwerelosigkeit zu minimieren. Soraya überwachte die Übungen und sorgt für persönliche Anpassungen bei Belastungen. Die Crew nutzte Gespräche in **Mental-Health-Sitzungen** mit Soraya und auch in Gruppen, um Stress und Isolation zu bewältigen.

4. Vorbereitung auf wissenschaftliche Missionen

Ingrid und **Kenji** verbrachten viele Stunden damit, Daten zur Venus-Atmosphäre und -Geologie zu analysieren und mögliche Landeplätze auszuwählen. Sie prüften und kalibrierten die Messinstrumente für atmosphärische Proben und Materialtests.

Priya bereitete chemische Analysen und Exobiologie-Ausrüstung vor, um sicherzustellen, dass alle Geräte optimal auf die Probenanalyse der Venus-Oberfläche vorbereitet sind.

5. Simulationen für die Landung und Notfälle

Aiyana organisierte und leitete regelmäßige Trainings- und Notfallsimulationen. Die Crew übte Szenarien wie Notlandungen, Ausfall von Lebenserhaltungssystemen, plötzliche Druckabfälle und andere kritische Situationen. Simulierte **Landungsabläufe** wurden regelmäßig durchgespielt, damit die Crew für jede Eventualität vorbereitet war.

6. Kommunikation mit der Erde und Datenübertragung

Die Crew stand täglich mit dem Kontrollzentrum auf der Erde in Kontakt und übermittelte **Statusberichte,** technische Daten und wissenschaftliche Fortschritte. Daten von Bord- und Außensensoren wurden regelmäßig zur Erde übertragen und dort ausgewertet, um die Planung und Sicherheit der Mission zu optimieren.

7. Protokollieren und Dokumentieren

Aiyana und die anderen Crewmitglieder führten ein detailliertes Logbuch, in dem sie alle Ereignisse, Wartungen und wissenschaftlichen Beobachtungen dokumentieren. Die Aufzeichnungen dienten sowohl der Nachvollziehbarkeit für das Kontrollzentrum als auch als Referenz für zukünftige Missionen zur Venus.

8. Wissenschaftliche Forschung und Experimente

In Vorbereitung auf die Venus-Erkundung arbeitete die Crew an kleineren, vorbereitenden Experimenten, die zu besseren Analysefähigkeiten vor Ort beitragen sollen, z.B. **Analyse von Gesteinspro-**

ben im Miniatur-Umweltsimulator oder **chemische Tests** zur Reaktion von Proben unter Venus-ähnlichen Bedingungen.

9. Freizeit und Entspannung

Die Crewmitglieder nahmen sich auch Zeit für **Freizeitaktivitäten** wie Lesen, Gespräche und Gemeinschaftsspiele, um den Teamgeist zu stärken und mentale Erholung zu fördern. Besonders in den ersten Tagen entstanden so Gespräche, die Bindungen schufen und die Dynamik der Gruppe festigten. Auch **Filmnächte** und das Teilen von persönlichen Geschichten schufen Verbundenheit und reduzieren den Druck der langen Reise.

Jeder dieser Bereiche war für die Crew von zentraler Bedeutung, um die Missionsziele erfolgreich zu erreichen und sicherzustellen, dass sie bei der Ankunft auf der Venus körperlich und mental optimal vorbereitet waren.

Die Spannung steigt

Die Crew saß verstreut an ihren Stationen, und obwohl alle konzentriert wirkten, schlich sich doch eine gewisse Unruhe ein. Die Reise war zwar ruhig verlaufen, doch die Venus ist nahe, und mit jeder Stunde wuchsen die Erwartungen und Fragen an die Mission – und aneinander.

Kenji blickte zu Luis: „Luis, hast du schon darüber nachgedacht, wie wir mit der dicken Wolkenschicht der Venus umgehen? Ich meine, das könnte uns die Sicht auf mögliche Landeplätze blockieren."

Luis antwortete: „Die Taktik? Hoffen und beten, dass wir eine Wolkenlücke finden." Er grinste verschmitzt: „Im Ernst, wir haben nur eine begrenzte Menge an Treibstoff für etwaige Kurskorrekturen.

Also müssen wir uns vermutlich einfach darauf verlassen, dass die Daten des Scanners uns in die richtige Richtung lenken."

Priya brachte sich in das Gespräch ein: „Ein bisschen Vertrauen in die Technik, Kenji! Immerhin wurden diese Systeme für extreme Bedingungen konzipiert. Schon vergessen, dass wir letztes Jahr damit eine Kollision mit einem Asteroiden um Millimeter vermieden haben?"

Kenji schüttelte lächelnd den Kopf. Er war bekannt für seine sorgfältige Planung, aber Priyas Optimismus hatte manchmal eine ansteckende Wirkung.

Kenji antwortete daraufhin: „Ja, ja. Aber Technik ist nur so gut wie die Daten, die sie bekommt. Und ehrlich gesagt, Priya – die Daten aus der Venus-Atmosphäre sind alles andere als klar. Was, wenn uns da unten ein Wolkensturm erwartet, der uns wie eine Fliege gegen die Windschutzscheibe klatschen lässt?"

Soraya brachte sich ein: „Falls ich hier einwerfen darf: Die Wahrscheinlichkeit, dass wir auf eine solch extreme Turbulenz treffen, liegt nach meinen Berechnungen bei genau 3,7 Prozent." Soraya stand hinter Kenji und lächelte ihn mit einer Mischung aus Neugier und Geduld an: „Das Risiko ist gering."

Kenji schüttelte nur lachend den Kopf, wobei er einen nachdenklichen Blick auf die Androidin warf und die Augen verdrehte: „Soraya, deine ‚Berechnungen'... Manchmal frage ich mich wirklich, ob du nicht einfach allzu optimistisch bist. Vielleicht sollte ich dich nochmal überprüfen."

Soraya erwiderte: „Optimismus? Das würde ich mir wünschen." Sie grinste leicht, bevor sie ernsthaft hinzufügte: „Aber ich wurde darauf programmiert, Risiken realistisch einzuschätzen. Und wenn ich sehe, wie du dich um die Turbulenzen sorgst – vielleicht solltest du auch einmal auf meine Einschätzungen vertrauen."

Nun gab Aiyana einen Kommentar ab: „Okay, Leute. Beruhigen wir uns." Sie erhob sich von ihrem Platz und trat in die Mitte des Raumes: „Es ist klar, dass wir uns alle nervös fühlen. Es ist schließlich nicht irgendein Routineflug. Aber eines sollten wir uns ins Gedächtnis rufen – wir sind die Besten der Besten. Wir haben das Training, die Technologie und die Entschlossenheit, um das zu meistern."

Aiyanas ernste Worte brachten die Gruppe zum Schweigen. Sie hatte eine beeindruckende Fähigkeit, die Crew ruhig und fokussiert zu halten.

Ingrid sagte aufgeregt: „Ich kann's kaum erwarten, was uns erwartet. Aber ehrlich, ich muss sagen, mir ist etwas mulmig. Was, wenn wir da unten nichts finden? Oder noch schlimmer – etwas, das wir uns nie hätten vorstellen können?"

Aiyana antwortete ihr: „Ich weiß, was du meinst, Ingrid. Aber gerade das ist unsere Stärke. Wir sind darauf vorbereitet, auf Unbekanntes zu stoßen. Wenn es etwas gibt, was wir nicht verstehen – dann untersuchen wir es. Schritt für Schritt. Wir sind hier, weil wir neugierig sind und keine Angst vor dem Unbekannten haben."

Ein Lächeln ging durch die Runde, und Ingrid lehnte sich in ihrem Stuhl zurück, erleichtert durch die beruhigenden Worte.

Luis ergriff wieder das Wort: „Okay, dann lasst uns das mal realistischer betrachten. Wer von euch denkt, dass wir überhaupt eine Chance haben, da unten irgendwas Spannendes zu finden? Ich meine, was wäre das wahrscheinlichste Szenario?"

Kenji antwortete: „Ich persönlich hoffe auf ein altes geologisches

Relikt. Eine Art antiker Krater oder vulkanische Strukturen, die vielleicht Hinweise auf vergangene Aktivität liefern."

Priya schüttelte den Kopf: „Langweilig. Ich setze auf Hinweise von Mikroorganismen – vielleicht nicht aktiv, aber Überreste, die zeigen, dass die Venus früher einmal anders war. Vielleicht sogar Spuren von organischem Leben."

Luis setzte fort: „Und wenn ich ehrlich bin... also, wenn ich an eine Alien-Technologie glauben könnte, dann hoffe ich, dass wir auf sowas stoßen. Etwas, das uns zeigt, dass die Venus..."

Soraya unterbrach Luis: „Dass die Venus nicht nur ein heißer Steinbrocken ist?" Soraya sah Luis direkt an, ein geheimnisvolles Lächeln auf ihren Lippen: „Wer weiß, was wir dort finden. Vielleicht... treffen wir auf etwas, das uns mehr über uns selbst erzählt, als wir es uns vorstellen können."

Die Crew wurde still, und jeder in der Runde schien für einen Moment über Sorayas Worte nachzudenken. Aiyana nickte langsam, während sie die anderen betrachtete. Vielleicht wusste sie bereits, dass diese Mission mehr verändern könnte, als sich alle bisher eingestanden hatten.

Aiyana sagte in ihrer beruhigenden Art: „Wie auch immer, es ist an der Zeit, sich zu entspannen, Leute. Es wird keine leichte Mission – und wir brauchen unsere ganze Kraft und unser Vertrauen in uns selbst und ineinander, um das hier zu schaffen."

Jeder von ihnen – Aiyana, Luis, Kenji, Priya, Ingrid und sogar Soraya – hatte einen persönlichen Grund, hier zu sein. Ob es die wissenschaftliche Neugier ist, das Bedürfnis nach Ruhm oder einfach der Traum, als erste Menschen einen Fuß auf die Venus zu setzen – ihre Motivation trieb sie alle an, auch wenn die Risiken enorm waren.

Kapitel 2: Irgendwo zwischen Erde und Venus

Die Venera Ascendant zog in einem unendlichen Bogen durch das stille, schwarze Meer des Weltraums. Die Crew war seit Wochen unterwegs, und obwohl die Routine sich eingespielt hatte, versuchte jeder auf seine Weise, sich die Zeit zu vertreiben und die Monotonie zu durchbrechen. Der Weg zur Venus war lang, und selbst die aufregendste Mission verlangte Geduld und gegenseitiges Verständnis. Das Raumschiff summte leise, und die Crew bereitete sich in ihren Quartieren oder den Gemeinschaftsräumen auf den letzten Abschnitt der Reise vor.

Eine entspannte Runde

Im Gemeinschaftsbereich saßen Soraya, Kenji und Priya zusammen und beschäftigten sich mit einem Brettspiel, das Priya auf die Reise mitgebracht hatte. Er hatte es „Kosmisches Risiko" genannt – eine Art Strategie- und Eroberungsspiel mit Planeten und Sternensystemen als Spielfeldern. Ingrid war anfangs skeptisch gewesen, doch nach einer Weile zog sie ebenfalls einen Stuhl heran.

„Dieses Spiel ist wirklich verdammt knifflig," sagte Ingrid und runzelte die Stirn, während sie eine ihrer Spielfiguren bewegte. „Priya, das hast du mit Absicht so schwer gemacht, oder?"

Priya lächelte unschuldig: „Niemals! Ich dachte nur, dass es uns helfen könnte, unsere strategischen Fähigkeiten zu trainieren."

Kenji lachte: „Strategisch oder nicht, es erinnert mich irgendwie an Schach… aber mit mehr Explosionen."

„Explosionen sind immer gut," erwiderte Luis, der gerade hereinkam und sich auf der Couch neben ihnen niederließ. „Was wäre eine Reise durchs All ohne ein bisschen Action?"

„Action? Ihr seid bloß nicht bereit, dass euch die Wissenschaft in den Schatten stellt," neckte Priya und stupste Kenji mit dem Finger an. „Aber das lässt sich ja ändern."

Hobbies und Interessen

Luis lehnte sich entspannt zurück und nahm die Gitarre, die an der Wand hing. Das war eine seiner treuesten Begleiterinnen, die er überallhin mitnahm. „Ihr könnt alle strategisch klug planen," sagte er, „aber manchmal muss man auch mal die Seele baumeln lassen." Er zupfte ein paar Saiten, ein sanfter Akkord hallte durch den Raum.

Soraya lehnte sich zurück und lauschte, ihre Augen entspannten sich, als die ersten Töne erklangen: „Luis, spiel das Lied, das du neulich geübt hast. Ich wollte es schon die ganze Woche hören."

Luis nickte und begann eine weiche, melancholische Melodie, die sich langsam im Raum ausbreitete: „Es ist eigentlich ein altes Lied meiner Großmutter. Ich dachte, es wäre nett, ein Stück Heimat mitzunehmen."

Kenji nickte anerkennend:„Das hat einen wirklich beruhigenden Klang. Du solltest mal bei unserer nächsten Mission ein kleines Konzert geben."

„Oh, ich wusste gar nicht, dass du so etwas magst, Kenji," sagte Priya überrascht. „Hast du irgendwelche versteckten Talente?"

Kenji grinste: „Na ja, ich bin vielleicht kein Musiker, aber ich habe ein kleines Hobby. Ich zeichne."

Ingrid hob eine Augenbraue: „Du zeichnest? Irgendwelche speziellen Motive?"

Kenji lachte verlegen: „Ach, eigentlich zeichne ich nur ab und zu Cartoons. Kleine lustige Skizzen. Es hilft mir zu entspannen, besonders auf langen Missionen."

„Das ist toll!" rief Soraya. „Wieso hast du uns das nicht früher gezeigt? Du könntest einen Comic über unsere Reise zeichnen!"

Kenji zuckte die Schultern und lächelte: „Vielleicht eines Tages. Aber wenn ich jemals wirklich Lust habe, euch als Cartoons darzustellen, werde ich es euch wissen lassen."

Eine Runde für die Teamchefin

Aiyana, die als Teamleiterin oft auf der Brücke oder bei Besprechungen zu finden war, kam dazu und ließ sich auf einen der freien Stühle fallen. „Ich höre Gelächter und sehe entspannte Gesichter. Genau das, was ich hier sehen will."

Soraya schmunzelte: „Wir üben nur ein bisschen ‚Kosmisches Risiko' – Priya hat uns gerade alle in eine Ecke gedrängt."

„Und das Brettspiel enthält alle möglichen kosmischen Strategien?" fragte Aiyana interessiert.

Priya grinste: „Genau! Taktik und Strategie – das bringt den Kopf auf andere Gedanken."

Aiyana nickte, legte die Hände auf den Tisch und schaute in die Runde: „Es ist wichtig, dass wir das alles gemeinsam schaffen, Leute. Diese Mission könnte die Menschheit voranbringen. Aber… wenn wir nicht gut aufeinander achtgeben, dann sind wir auch schnell verloren."

„Wir passen aufeinander auf, Aiyana," sagte Luis beruhigend. „Und am Ende, wenn wir auf der Venus sind, geben wir dir die größte Story deines Lebens."

Ingrid nickte: „Wissen ist ja schön und gut, aber auch in unserem Team gibt es so viel, das uns stärker macht als jede Mission, die wir jemals allein bestreiten könnten."

Aiyana lächelte dankbar: „Das ist gut zu hören. Und falls jemand hier ein Talent für… sagen wir, kniffelige Mechanik-Rätsel oder alien-freundliche Reden entwickelt, lasst es mich wissen."

„Na gut," sagte Kenji und schmunzelte, „dann fokussiere ich mich heute Nacht auf meine psychischen Verhandlungstechniken, falls uns fremde Wesen begegnen."

Die Reise zum Wesentlichen

Nach dem Spiel und einigen Geschichten lehnte sich die Gruppe entspannt zurück. Luis zupfte weiter an der Gitarre, während Ingrid sich mit Priya und Kenji über ihre wissenschaftlichen Erwartungen an die Mission unterhielt.

„Wir werden auf die Venus aufbrechen und etwas finden, das niemand sonst jemals gesehen hat," sagte Priya mit einem leisen Funkeln in den Augen. „Vielleicht entdecken wir sogar einen Hinweis auf fremdes Leben."

Ingrid nickte und sah sie an: „Ich hoffe nur, dass wir nicht nur technologischen Fortschritt, sondern auch etwas über die Venus lernen, das uns zeigt, was unser Platz im Universum ist."

„Und vielleicht," sagte Soraya lächelnd, „werden wir Dinge finden, die weit über unsere kühnsten Träume hinausgehen."

Die Gruppe fiel in eine angenehme Stille, während sie den Moment der Ruhe genossen. Sie wussten, dass sie bald einer völlig neuen Welt begegnen würden – einer Welt, die nicht nur Wissen, sondern auch eine Reise in das Unbekannte versprach. Das leise Summen der Maschinen und die Töne von Luis' Gitarre erfüllten den Raum. Die Crew saß verstreut im Gemeinschaftsraum und genoss den Moment der Ruhe. Nach all den Jahren der Vorbereitung, dem Training und den strapaziösen Monaten auf engstem Raum schien die Distanz zur Erde nicht mehr so überwältigend. Jeder von ihnen war mittlerweile über die anfängliche Anspannung hinaus und spürte ein Gefühl des Vertrauens – sowohl in die Mission als auch in die anderen.

Über Hoffnungen und Ängste

Aiyana beobachtete ihre Crew mit einem stillen, wohlwollenden Lächeln. Sie wusste, dass jeder von ihnen seine eigenen Hoffnungen und Ängste in dieses Abenteuer mitbrachte. Nach einer Weile räusperte sie sich und sprach in einem ruhigen Ton: „Wenn ich mir vorstelle, was auf uns wartet…" Aiyana hielt kurz inne. „Dann muss ich ehrlich sagen, dass es mir manchmal Angst macht. Aber irgendwie gibt mir euer Zusammenhalt hier auch Mut. Wenn wir so weit gekommen sind, dann können wir es auch bis zum Ende schaffen."

Kenji sah auf: „Ich denke, Angst ist das, was uns in Bewegung hält. Es bedeutet, dass uns das hier etwas bedeutet, oder?"

„Da ist was dran," stimmte Priya zu. „Die Venus ist nicht nur ein Planet, sondern ein Sprung ins Unbekannte. Wer weiß schon, wie viel wir riskieren – aber ich sehe es genauso wie du, Kenji. Es macht uns menschlich. Die Möglichkeit, etwas völlig Neues zu entdecken, ist … einfach zu verlockend.""

Soraya, die ausdruckslos, aber aufmerksam zuhörte, neigte den Kopf leicht zur Seite. „Angst und Faszination – interessante Konzepte. Mir scheint, ihr nehmt sie als Antrieb für die Mission."

Luis lachte und spielte ein paar sanfte Akkorde. „Vielleicht sind wir ja alle ein bisschen Philosophen. Wissenschaft, Abenteuer und ein bisschen Wahnsinn – das gehört alles zusammen, oder?"

Persönliche Geschichten und Erinnerungen

Nach einer Weile stand Ingrid auf und ging zum Holo-Projektor. Sie projizierte ein Bild ihrer Heimat an die Wand: die raue, wunderschöne Küstenlandschaft Norwegens, überzogen von Nebel und umgeben von tiefen Fjorden.

„Das ist mein Rückzugsort, wenn ich nicht auf Mission bin," sagte sie und lächelte sanft. „Dort in den Bergen, ohne all das… Technikgedöns. Einfach die Natur."

Priya betrachtete das Bild fasziniert: „Das sieht traumhaft aus, Ingrid. Norwegen, richtig?"

„Ja, ein kleiner Ort am Hardangerfjord. Für andere vielleicht etwas einsam, aber für mich ist es das Zuhause."

„Und du, Priya?" fragte Aiyana. „Gibt es einen besonderen Ort für dich?"

Priya lächelte leicht. „Wenn ich nicht gerade in irgendeinem Labor stecke, dann treibt es mich zu den Bergen in den Himalaya. Es klingt vielleicht etwas klischeehaft, aber da kann ich die Gedanken schweifen lassen. Vor allem in Kaschmir, am Dal-See. Die Stille dort hilft mir, meine Projekte zu durchdenken."

Luis spielte sanft weiter, die Klänge seiner Gitarre füllten den Raum: „Die meiste Zeit bin ich bei meiner Familie in Galicien, an der Küste. Die Stille der Wellen, der salzige Geruch der Luft – das ist es, was mich zurück auf die Erde zieht."

Aiyana betrachtete sie alle nachdenklich: „Vielleicht tragen wir all diese kleinen Teile von zu Hause in uns mit. Und wenn wir auf der Venus sind, wenn wir einsam oder verloren sind, dann können wir uns daran erinnern, was uns Kraft gibt."

Kenji nickte: „Und wenn wir zurückkommen, werden wir viel mehr zu erzählen haben. Ich hoffe, ich kann meiner kleinen Schwester von der Venus berichten. Sie hat mir vorher geschrieben, dass sie alles über den Planeten wissen will."

Herausforderungen und Träume

Das Gespräch wendete sich den Hoffnungen und Erwartungen zu. Die Venus war mehr als nur ein wissenschaftliches Ziel – jeder von ihnen trug seine ganz eigenen Träume und Sehnsüchte mit sich.

„Aiyana, wie bist du eigentlich Kommandantin dieser Mission geworden?" fragte Kenji plötzlich. „Hattest du nicht auch die Chance, andere Missionen zu übernehmen? Du hattest doch bestimmt auch andere Angebote."

Aiyana schmunzelte. „Die Venus hat mich schon als Kind fasziniert. Sie war immer wie ein geheimnisvolles, goldenes Juwel am Himmel. Ich stand oft da und habe sie beobachtet und mir vorgestellt, dass dort etwas sein könnte. Die Vorstellung hat mich einfach nie losgelassen. Und als das Angebot kam, die Mission zu leiten, wusste ich, dass ich das einfach tun musste."

„Es ist inspirierend, dass du das durchgezogen hast," sagte Priya mit Anerkennung in der Stimme. „Dein Weg hat uns wirklich motiviert, glaube ich. Ein echtes Vorbild."

Luis legte die Gitarre beiseite und nickte: „Du strahlst eine Art Ruhe aus, die uns allen hilft, Aiyana. Es ist, als ob du diese Mission fest im Griff hast."

Aiyana lachte verlegen: „Danke, aber glaubt mir, es ist genauso wichtig, dass ihr mir helft. Ich fühle mich viel sicherer, wenn ich sehe, dass wir uns aufeinander verlassen können."

Soraya, die bis dahin still zugehört hatte, sprach jetzt mit leiser Stimme: „Vertrauen in die Crew und die Mission ist eine faszinierende Konstante in eurer Menschlichkeit. Es ist interessant zu beobachten, wie es das Verhalten beeinflusst und die Moral stärkt."

Kenji sah sie an und lächelte: „Soraya, selbst du hast deine menschlichen Züge. Du hast uns auf dieser Reise genauso inspiriert."

Soraya neigte leicht den Kopf, eine Geste des Nachdenkens: „Danke, Kenji. Es ist mir eine Freude, Teil eurer Mission zu sein."

Ein letzter Abend in der Nähe der Venus

Später am Abend bereitete sich die Crew auf den morgigen Tag vor. Jeder von ihnen wusste, dass die eigentliche Herausforderung noch bevorstand. Doch bevor sie sich trennten, drehte sich Aiyana noch einmal zu ihnen um: „Morgen beginnt das Abenteuer, für das wir all die Jahre trainiert haben. Ruht euch aus, und denkt daran, dass wir das zusammen schaffen können. Ich bin froh, dass ich mit euch fliege."

Kenji hob die Hand zum Gruß und erwiderte: „Für morgen und alle Tage danach. Wir haben ein Ziel."

Die Crew nickte einvernehmlich, und alle verschwanden langsam in ihre Kabinen. Dort, allein und doch im Wissen, dass die anderen nicht weit entfernt waren, hingen sie den Gedanken an das bevorstehende Abenteuer nach.

„Die Venus erwartet uns," murmelte Soraya leise, und selbst für die Androidin klang es, als würde ein Hauch von Vorfreude in ihrer Stimme liegen.

Kapitel 3: Die Landung

Die Kommandobrücke der Venera Ascendant war erfüllt von den sanften Tönen der Instrumente und den Lichtanzeigen, die auf den Bildschirmen flimmerten. Die dichte, gelbliche Wolkenschicht der Venus dominierte den Blick durch die Frontfenster, und die Atmosphäre ist angespannt. Commander Aiyana stand im Zentrum und beobachtete ihre Crew, die sich auf ihre Posten vorbereitete. Der Countdown zur Landung tickte unerbittlich herunter.

Aiyana sprach mit ruhiger Stimme: „Crew, wir haben nur noch fünf Minuten bis zum Eintritt in die Atmosphäre. Ihr kennt das Protokoll, aber ich will trotzdem sicherstellen, dass wir hier alle auf dem gleichen Stand sind. Jeder Handgriff muss sitzen, verstanden?"

Luis grinste, während er die Konfiguration des Triebwerks prüfte: „Verstanden, Commander. Schätze, ich lasse mich ausnahmsweise mal anschnallen."

Kenji blickte von seinen wissenschaftlichen Anzeigen auf: „Luis, falls du's vergessen hast: Hier unten beträgt die Gravitation fast 90% der Erdanziehung. Das wird ein harter Ritt."

Luis zwinkerte: „Na, dann werde ich das Knirschen im Rücken mal als Ehrenzeichen tragen."

Aiyana schmunzelte leicht, wurde dann aber wieder ernst: „Kenji, wie sieht die Atmosphäre aus? Bestätigen sich unsere Simulationen?"

Kenji tippte auf seinem Display und überprüfte die Daten: „Ja, aber die Realität ist natürlich immer unberechenbarer. Die dichte CO_2-Schicht und die Schwefelsäurewolken schränken die Sicht ein, das wird eine Herausforderung. Wir haben nur ein kurzes Zeitfenster, um durchzukommen, bevor die Sturmfront uns erfassen könnte."

Ingrid, von ihrem Platz aus etwas nervös wirkend, sagte: „So ein Sturm... Können wir da wirklich sicher durchfliegen? Die Dichte der Atmosphäre ist fast 100-mal höher als auf der Erde. Was, wenn..."

Luis grinste und zwinkerte ihr zu: „Keine Sorge, Ingrid. Hast du vergessen, dass du mit dem besten Piloten der Mission unterwegs bist?"

Aiyana lachte leise: „Der beste Pilot, ja? Ist das nicht mein Titel, Luis?"

Luis erwiderte grinsend: „Du bist die beste Pilotin **in der Theorie,** Aiyana. Ich bringe uns da runter – und zurück. Keine Sorge."

Aiyana zog einen Schmollmund: „Also an Selbstbewusstsein fehlt es Dir wahrlich nicht, Du stolzer Spanier!"

Soraya warf mit sanfter Stimme ein, ihr Blick ruhig: „Wenn ich eingreifen darf: Es ist ganz normal, dass die Anspannung vor der Landung hoch ist. Unsere Pulsraten liegen alle über dem Durchschnitt. Technisch gesehen, würden Atemübungen zur Beruhigung beitragen."

Priya seufzte und nickte zustimmend: „Das könnte helfen. Mein Puls fühlt sich gerade an wie die Trommel eines Marschorchesters."

Kenji lächelte leicht: „Das ist normal. Wir sind alle nervös. Es gibt nur wenige Wissenschaftler, die jemals die Venusoberfläche direkt analysieren konnten. Wir betreten einen Ort, den wir nur aus Daten und Theorien kennen."

Ingrid schmunzelte und schaute zu Kenji: „Und da ist es wieder, der kühle Kopf des Professors. Kenji, ich glaube, nichts bringt dich aus der Ruhe."

Kenji lachte leise: „Ich kann nur eines sagen: Wissenschaft ist am besten, wenn sie unter kontrollierten Bedingungen stattfindet. Und dort unten ist gar nichts kontrolliert. Das macht mich auch nervös."

Aiyana nickte und sah jedes einzelne Crewmitglied an: „Ich verstehe, dass wir alle unsere Zweifel haben, aber genau deshalb sind wir hier. Wir sind bestens ausgebildet, vorbereitet und wissen, was wir tun. Zusammen schaffen wir das. Wenn wir auf der Oberfläche sind, bleibt jeder fokussiert. Verstanden?"

Alle in der Crew riefen im Chor: „Verstanden, Commander."

Die Anspannung löste sich leicht, als jeder in die feste Routine zurückkehrte. Der Countdown tickte weiter herunter, jetzt waren es nur noch zwei Minuten. Aiyana blickte konzentriert auf das Landungsterminal und nahm die Steuerhebel in die Hand.

Aiyana richtete ihren Blick zu Luis: „Luis, bereite das Energiemodul vor. Wir brauchen den Boost, sobald wir die Atmosphäre durchbrechen."

Luis antwortete kurz: „Bereit. Die Energiereserven sind auf Maximum eingestellt. Alles läuft."

Kenji warf einen Blick auf seine Anzeigen: „Wir nähern uns dem Eintrittspunkt. Die Temperatur steigt rapide an. Die Hitzeschilde werden gleich an ihre Grenzen kommen."

Aiyana: „Verstanden. Soraya, Status der medizinischen Überwachung?"

Soraya prüfte die Anzeigen: „Die Vitalparameter sind stabil. Ein leichter Anstieg der Herzfrequenzen ist zu verzeichnen – absolut erwartungsgemäß."

Priya leise, fast zu sich selbst sprechend: „Ich frage mich, was wir da unten vorfinden werden. Die Venus war so lange nur ein Mysterium. Was, wenn... was, wenn da wirklich mehr ist als nur eine unwirtliche Landschaft?"

Ingrid lächelte: „Wenn da tatsächlich etwas ist, dann werden wir es als Erste erfahren. Und das macht mich... neugierig."

Luis grinste und klopfte auf sein Armaturenbrett: „Gut, dass wir das beste Raumschiff und das beste Team dafür haben. Keine Sorge, Priya. Wir werden sicher landen."

Aiyana sagte mit ernster Stimme: „Noch eine Minute, Leute. Wenn wir die Oberfläche erreichen, wird es kein Zurück geben. Jeder weiß, was zu tun ist, richtig?"

Alle nickten und antworteten im Einklang: „Ja, Commander."

Ein leiser Countdown ertönte. Aiyana schaute ein letztes Mal in die Runde, die Verantwortung und Entschlossenheit in ihrem Blick. Sie zog die Steuerhebel fester und konzentrierte sich.

„Bereitmachen zum Eintritt in die Atmosphäre," befahl Aiyana. Ihr Blick war entschlossen und fokussiert, doch in ihren Augen spiegelte sich das Wissen wider, dass dies ein Schritt ins Unbekannte war – und dass nichts sie wirklich darauf vorbereiten konnte, was auf der Venus auf sie warten würde.

Aiyana rief: „Bereithalten. In 10... 9... 8..."

Die Atmosphäre um die Venera Ascendant vibrierte vor Anspannung und Hitze. Die ganze Crew war fest angeschnallt, ihre Blicke auf die Bildschirme und das dicke Wolkenmeer der Venus gerichtet. Die gelblichen Schwaden, die die Außenkameras zeigten, hüllten das Schiff ein, und die Druckanzeigen sprangen an die obere Grenze. Das Raumschiff zitterte heftig unter dem Eintrittsprozess.

Aiyana konzentriert, ihre Hände fest am Steuer: „Wir sind jetzt voll in der Atmosphäre. Die Hitzeschilde halten – noch. Luis, Triebwerke stabilisieren."

Luis' Finger tanzten über das Steuerpult, während er das Schiff manuell ausbalancierte: „Verstanden, Commander. Schilde bei 92 %. Temperatur steigt... Noch alles unter Kontrolle."

Ein lautes metallisches Knirschen hallte durch das Cockpit, und die ganze Crew zuckte unwillkürlich zusammen. Die Belastung durch die dichte Atmosphäre ist extrem, und die Venera Ascendant wurde durchgeschüttelt.

Soraya sprach mit ruhiger Stimme, um die Crew zu beruhigen: „Medizinische Anzeigen sind stabil. Es gibt keinen Grund zur Sorge – alle Vitalwerte sind im Normalbereich."

Kenji mit einem besorgten Blick auf seine Daten: „Die Sicht durch die Kameras ist fast null. Dichte Schwefelsäurewolken überall. Sobald wir durch die obere Schicht sind, werden wir hoffentlich eine stabilere Zone finden."

Priya schaute auf die schwankenden Sensoranzeigen und sprach mit gedämpfter Stimme: „Ich weiß, dass es riskant ist, aber... was, wenn wir das nicht schaffen? Diese Atmosphäre ist wie eine Druckkammer."

Ingrid mit einem aufmunternden Lächeln sagte fast flüsternd zu Priya: „Hey, du weißt, wir werden es schaffen. So lange haben wir das geübt. Außerdem, hast du Aiyana und Luis gesehen? Die kriegen uns da durch."

Luis grinste, obwohl der Schweiß auf seiner Stirn stand: „Vertrauen ist alles, Ingrid. Und ja, Priya, ich nehme das als eine persönliche Herausforderung."

Ein kurzer Moment des Lächelns ging durch die Crew, bis das Schiff wieder abrupt durchgeschüttelt wurde. Plötzlich gab es ein lautes Alarmsignal, und die Anzeigen flackerten.

Aiyana brüllte über den Alarm hinweg: „Stabilitätssysteme kalibrieren! Alle, festhalten!"

Soraya sprach in einem ruhigen, aber festen Ton: „Notfall-Haltegurte aktivieren."

Die Crew zog ihre Gurte noch fester und krallte sich in die Haltegriffe. Das Raumschiff neigte sich bedrohlich zur Seite, als ein plötzlicher Aufwind die Steuerung durcheinanderbrachte.

Luis schnaubte, während er heftig gegensteuerte: „Das ist wie ein verdammter Orkan. Aiyana, ich schaffe das nicht allein – ich brauche volle Steuerung."

Aiyana schnappte sich den zweiten Steuerhebel neben Luis, ihre Hände in perfekter Koordination mit ihm: „Verstanden, Luis. Übernahme gemeinsam. Priya, Kenji, wir brauchen Daten über die unteren Atmosphärenschichten, schnell! Wie weit sind wir noch bis zur Landung?"

Kenji tippte hektisch auf seinem Display: „Nur noch 8000 Meter bis zur vorgesehenen Landezone. Aber... der Wind ist stärker als angenommen, und die Magnetfelder variieren stark. Die Sensoren könnten noch mehr Störungen zeigen."

Priya erwiderte schnell: „Die dichte Wolkenschicht beginnt sich zu lichten. Wenn wir in die letzte Schicht eintreten, könnten wir für einen Moment stabileres Wetter haben."

Ein weiteres Zittern fuhr durch das Schiff, diesmal aber sanfter. Das Licht flackerte und stabilisierte sich wieder. Für einen kurzen Moment sieht die Crew das erste Mal die orangegelbe Oberfläche der Venus, die bedrohlich nah erscheint. Die ganze Atmosphäre ist stiller, nur noch ein schwaches Brummen der Maschinen ist zu hören.

Aiyana atmete tief durch: „Gut gemacht, Leute. Endspurt. Luis, fahr die Landebeine aus."

Luis grinste angespannt und betätigte das Steuerpult: „Landebeine sind ausgefahren, Commander. Automatische Dämpfung aktiviert."

Ingrid starrte mit großen Augen auf die Bildschirme: „Wow... das ist surreal. Diese Landschaft… Es sieht so... lebensfeindlich aus, aber auch irgendwie majestätisch."

Kenji sprach mit Faszination: „Endlich hier. Die Oberfläche der Venus… Wer hätte gedacht, dass wir das tatsächlich sehen würden."

Soraya redete, während sie die Vitalwerte der Crew überwachte: „Die Bedingungen hier sind extrem, sowohl physisch als auch mental. Ich würde eine kurze Pause zur Rekalibrierung empfehlen, sobald wir sicher gelandet sind."

Aiyana nickte zustimmend: „Gute Idee, Soraya. Doch zuerst müssen wir die Landung sicher abschließen."

Das Schiff schwebte nun nur noch wenige hundert Meter über dem Boden, die Crew hielt den Atem an. Ein sanftes, aber tiefes Poltern ließ das Schiff endgültig Kontakt mit der Venusoberfläche aufnehmen. Der Aufprall wird von den Dämpfungssystemen abgefangen, und nach einigen Sekunden herrschte absolute Stille.

Aiyana mit einem leichten Lächeln und einem zufriedenen Blick verkündete in die Runde: „Leute, wir haben es geschafft. Willkommen auf der Venus!"

Die Crew brach in einen leisen Jubel aus, Lächeln und Erleichterung waren auf jedem Gesicht zu sehen. Sie hatten gemeinsam das scheinbar Unmögliche vollbracht, die lange Reise und die gefährliche Landung auf einem fremden Planeten waren überstanden.

Luis lächelte breit und klopfte auf das Armaturenbrett: „Das war mal ein Ritt. Venera Ascendant hat ihren Namen wirklich verdient."

Ingrid blickte immer noch staunend auf die Bildschirme: „Das ist einfach... unglaublich. Die Oberfläche der Venus. Und wir sind die Ersten hier."

Kenji kommentierte leise, fast ehrfürchtig: „Was wir hier entdecken könnten... wer weiß, vielleicht ändern wir die Geschichte der Menschheit."

Soraya ergänzte ruhig und nachdenklich: „Und wie wir Menschen verändert zurückkehren werden."

Eigentlich wirkte es ironisch, wenn eine Androidin sich als „Mensch" identifiziert. Aber so war sie offenbar programmiert und wurde ihrer Rolle gerecht.

Aiyana sprach mit einem letzten, tiefen Atemzug: „Ja, das werden wir. Alle, gute Arbeit. Erholt euch kurz und macht euch bereit für den ersten Schritt auf die Oberfläche. Wir haben eine Mission zu erfüllen."

Mit dieser Aufforderung löste die Crew langsam die Gurte und bereitete sich innerlich darauf vor, die ersten Menschen zu sein, die die Venusoberfläche betreten. Die Realität ihres historischen Moments begann, sie alle zu durchdringen – und sie wussten, dass nichts mehr so sein würde, wie es einmal war.

Kapitel 4: Der erste Schritt auf fremdem Boden

Euphorie bei der Ankunft

Nachdem die Venera Ascendant auf dem Hochplateau Ishtar Terra aufgesetzt war, umgaben Nebelschwaden und dichte Wolken das Schiff, sodass nur wenig von der Umgebung zu erkennen war.

Commander Aiyana aktivierte das Comsystem und drehte sich zu ihrer Crew.

Aiyana begann mit den Worten: „Okay, Team, wir haben erfolgreich die Oberfläche der Venus erreicht. Zeit, Geschichte zu schreiben. Wie ist der Status aller Systeme?"

Luis ging die Kontrollanzeigen auf seinem Panel durch: „Antriebssysteme auf Standby, Schilde aktiv und Umweltkontrollen stabil. Die äußeren Temperaturen sind, wie erwartet, hoch – etwa 470 °C. Aber die Schilde halten."

Soraya überprüfte die Daten und nickte: „Luftzusammensetzung enthält die erwarteten hohen Anteile an Kohlendioxid und Schwefeldioxid. Keine Überraschungen, aber ich werde die Werte im Auge behalten."

Priya richtete sich auf: „Ich kann kaum glauben, dass wir tatsächlich hier sind. Die Vorstellung, dass unter dieser Atmosphäre möglicherweise eine Zivilisation existiert… das ist… unglaublich."

Aiyana antwortete an Priya gewandt: „Wir sind nicht hier für theoretische Diskussionen, Priya. Wir sind hier, um Antworten zu finden. Ingrid, wie sieht's mit der Außenkommunikation aus? Können wir eine Sonde losschicken?"

Ingrid strahlte förmlich vor Aufregung, kann ihre Professionalität jedoch wahren: „Bereit, wenn ihr es seid. Die Sonde ist startklar, und ich habe sie auf die umgebende Topografie und die mineralische Zusammensetzung der Umgebung programmiert."

Aiyana forderte auf: „Gut, dann los!"

Ingrid drückte einen roten Knopf, und die kleine Sonde verließ das Schiff durch eine Luke an der Unterseite. Auf den Bildschirmen konnten die Crewmitglieder verfolgen, wie die Sonde sich vom Schiff entfernte und begann, die nähere Umgebung zu scannen.

Luis: „Wenn ich das hier sehe… Wer hätte je gedacht, dass wir die Venus jemals so sehen würden?"

Soraya kommentierte: „Die Schwerkraft hier ist nur geringfügig niedriger als die der Erde, was uns helfen wird, uns zu akklimatisieren. Aber aufgrund der schweren Atmosphäre und der Temperatur könnten sich unsere Bewegungen langsamer anfühlen."

Aiyana mahnte: „Ein Schritt nach dem anderen. Soraya, wie steht es mit den Schutzanzügen?"

Soraya antwortete: „Bereitgestellt. Jeder Anzug hat eine interne Kühlung und ist mit zusätzlichen Druckschichten verstärkt. Wir werden uns wie in einem Ofen fühlen, aber die Schutzschichten halten uns für eine Weile sicher."

Priya blickte leicht unsicher: „Wenn diese Anzüge versagen, werden wir in Sekundenschnelle kochen."

Luis grinste, um die Spannung zu brechen: „Priya, kein Grund zur Sorge. Solange du keinen Marathon läufst, wird's schon gutgehen."

Aiyana: „Wir gehen Schritt für Schritt vor. Zuerst ein kurzer Ausstieg, um die Umgebung zu inspizieren. Das Hauptziel ist es, sicherzustellen, dass unsere Position stabil ist und wir in der Nähe der vermeintlichen Ruinen sind, die wir auf den Scans entdeckt haben."

Ingrid, die vor Aufregung zitterte, sagte: „Stellt euch vor, was wir finden könnten… Wenn es hier tatsächlich Hinweise auf eine Zivilisation gibt…!"

Soraya warnte: „Ingrid, lass uns sicherstellen, dass wir alle in Kontakt bleiben, bevor wir in Abenteuer stürzen."

Aiyana stimmte zu: „Genau, bleibt fokussiert. Das ist eine Erkundung, kein Jagdausflug nach Artefakten. Jeder bleibt im Sichtkontakt mit seinem Partner."

Die ersten Schritte auf der Venusoberfläche

Die Luftschleuse des Schiffs öffnete sich, und das grelle, orangefarbene Licht der Venus-Atmosphäre drang in die Schleuse ein. Aiyana ging als Erste hinaus, dicht gefolgt von Luis und Soraya, während Priya und Ingrid etwas nervös zurückblieben.

Aiyana fragte: „Alles klar da hinten?"

Priya antwortete: „Soweit… ja. Aber dieser Druck und die Hitze… es ist, als würde einem das Gewicht der Atmosphäre auf die Brust drücken."

Luis erwiderte: „Das ist die Venus, Priya. Die Schwerkraft zieht dir fast die Lunge aus der Brust. Aber dafür sind wir hier."

Ingrid sprach mit Faszination: „Dieser Boden ist unglaublich… Es fühlt sich fast… plastisch an. Was auch immer diese Zusammensetzung ist, es scheint sich bei jeder Bewegung zu verändern."

Soraya erklärte: „Es könnte sich um geschmolzene oder vulkanische Materialien handeln, die unter extremem Druck und hoher Temperatur verformt wurden. Vorsicht bei jedem Schritt."

Aiyana warnte: „Bleibt wachsam, das Terrain ist tückisch. Keine unnötigen Schritte und immer auf die Anzeige achten."

Luis schaute über das Gelände: „Das ist surreal… diese *Tesserae* sehen aus wie uralte Mosaike. Es fühlt sich an, als wären wir auf einem Planeten, der schon seit Jahrmillionen stillsteht."

Soraya erklärte nüchtern: „Die Oberflächenbedingungen deuten darauf hin, dass dies eine der stabilsten Regionen auf der Venus ist. Aber die Struktur des Gesteins zeigt, dass hier in der Vergangenheit heftige tektonische Aktivität geherrscht haben muss."

Priya war überwältigt: „Ich kann kaum glauben, dass das alles so nah an der Erde existiert und wir doch auf einer völlig fremden Welt stehen."

Ingrid ergänzte: „Das ist wie eine Zeitreise… ein Einblick in die Geheimnisse des Sonnensystems selbst. Wer weiß, was wir hier entdecken werden."

Kenji schlug vor: „Wir sollten anfangen, Proben zu sammeln. Wenn wir tatsächlich Hinweise auf Leben oder eine Zivilisation finden…"

Die Atmosphäre zwischen den Crewmitgliedern war von Ehrfurcht und einer tiefen Stille geprägt. Die Landezone wirkte auf sie wie ein heiliger Ort, ein Tempel aus Stein und Hitze, der nur darauf wartete, seine Geheimnisse preiszugeben.

Nachdem die Crew ihre ersten vorsichtigen Schritte auf der Venus gemacht hatte, befanden sie sich inmitten der surrealen Landschaft aus Tesserae-Formationen, tiefen Schluchten und vulkanischen Ebenen. Die gleißende Hitze, das diffuse Licht und die drückende Stille verstärken das Gefühl, auf einer vollkommen fremden Welt zu stehen.

Aiyana aktivierte wieder das Komm-Display an ihrem Anzug und sprach durch das Crew-Kommunikationssystem: „Okay, Leute, jeder bleibt in meiner Nähe und passt auf, wo ihr hintretet. Die Scans zeigen einige instabile Stellen im Gelände. Wir werden zunächst einen provisorischen Basispunkt in dieser Nähe einrichten und von dort aus mit den Proben beginnen."

Luis atmete tief durch, soweit es sein Anzug erlaubte. Als erfahrener Kampfpilot und Ingenieur ist er normalerweise hart im Nehmen, doch die ungewohnte Atmosphäre und der Anblick der Tesserae-Formationen lassen selbst ihn staunen: „Das hier ist also nun die Venus. Hätte mir nie träumen lassen, dass ich auf einem Planeten lande, den man bislang nur als glühenden Höllenschlund kannte. Das Terrain ist hart, aber faszinierend."

Kenji kniete sich vorsichtig hin und scannte eine nahe Felsformation. Er sah die Schichten der Tesserae, die wie eine steinerne Landkarte des Planeten vor ihm lagen.

Kenji beschrieb seine Eindrücke: „Diese Formationen sind unglaublich. Solche komplexen Muster deuten auf tektonische Aktivität hin, die wir so nicht mal auf der Erde sehen. Die Venus könnte in der Vergangenheit viel lebendiger gewesen sein, als wir angenommen haben."

Ingrid hatte ebenfalls ein Auge auf die Umgebung geworfen. Obwohl sie ursprünglich nicht davon ausgegangen war, auf der Venus Zeichen einer Zivilisation zu finden, zog sie die Landschaft in ihren Bann.

Ingrid brachte vor: „Stellt euch vor, das sind Überreste einer Zivilisation, die wir noch nicht kennen. Vielleicht waren sie in der Lage, mit diesen geologischen Strukturen zu arbeiten – oder wurden von ihnen verschlungen. Der Gedanke ist sowohl beängstigend als auch unglaublich spannend."

Soraya hatte währenddessen die Sensoren in ihren Systemen aktiviert und analysierte die Luftzusammensetzung, die Bodentemperatur und die chemischen Zusammensetzungen der Gesteine. Ihre Stimme war ruhig und sachlich, aber eine Spur von Faszination schwang in ihrem Ton mit: „Ich registriere extrem hohe Schwefeldioxid-Werte und stabile Gesteinstemperaturen von etwa 450 °C. Diese Werte sind konstant und deuten auf intensive vulkanische Aktivität in der Vergangenheit hin. Die Struktur der Kristalle und der gelben Schwefelablagerungen zeigt, dass hier chemische Prozesse am Werk sind, die wir noch genauer untersuchen sollten."

Priya sah die gelblichen Kristallformationen und fragte sich, ob die extreme Umweltbedingungen vielleicht ganz anders geartetes Leben hervorgebracht haben könnten: „Schwefeldioxid, kristalline Ablagerungen... Was, wenn es Leben auf chemischer Basis gibt, das an diese Bedingungen angepasst ist? Ich denke, wir sollten Proben nehmen und analysieren, um mögliche biochemische Prozesse zu untersuchen."

Aiyana nickte: „Gute Idee, Priya. Unser Hauptziel ist es, so viele Daten wie möglich zu sammeln, bevor wir in Richtung des Landeplatzes des Signals aufbrechen."

Aiyana aktivierte das erste Probenentnahmeset und markierte den Bereich, wo sie den temporären Stützpunkt einrichten wollen. Luis arbeitete bereits daran, eine kompakte Kommunikationsstation aufzubauen, während Ingrid und Kenji vorsichtig Proben von den Tesserae-Felsen sammelten.

Luis sagte: „Hier ist die Kommunikationsstation. Wenn wir uns verteilen, sollten wir regelmäßig Statusmeldungen durchgeben. Der Venus-Boden ist trügerisch; ein falscher Schritt, und ihr steckt bis zu den Knien im Gestein."

Ingrid schmunzelt innerlich: „Danke für den Hinweis, Luis. Nicht, dass ich vorhatte, auf einen Vulkan zu klettern, aber ich werde es im Hinterkopf behalten."

Kenji führte aus: „Ich werde den Scanner für geologische Schichten kalibrieren. Wenn wir tiefere Einblicke in die Erdschichten bekommen, könnten wir Hinweise auf mögliche tektonische Bewegungen finden."

Soraya erklärte: „Das Gelände scheint stabil, aber die Struktur zeigt intensive tektonische Spannungen. Seid wachsam und meldet jede unübliche Aktivität."

Plötzlich unterbrach ein Rauschen das Kommunikationssystem – ein ungewöhnliches Geräusch, das niemand erwartet hat. Alle Anwesenden erstarrten für einen Moment.

Aiyana fragte erschrocken: „Habt ihr das gehört? Ein Signal, oder war das ein atmosphärisches Phänomen?"

Soraya antwortete mit beruhigender Stimme: „Das Signal scheint von einer Art elektromagnetischer Quelle zu stammen. Der Ursprung ist jedoch unklar. Könnte atmosphärische Störung sein – oder… etwas anderes."

Priya fragte ungläubig: „Ihr meint, es könnte von dieser angeblichen Zivilisation stammen?"

Kenji antwortete darauf: „Egal, woher es kommt, wir sollten vorsichtig sein. Die Venus könnte viel mehr Geheimnisse bergen, als wir denken."

Aiyana stimmte Kenji zu: „Richtig. Bleiben wir konzentriert. Jeder, der etwas Ungewöhnliches sieht, meldet es sofort. Wir müssen alle Daten sammeln, die uns helfen könnten, diesen Planeten besser zu verstehen."

Das Team begann in kleinen Gruppen zu arbeiten, immer in Sichtweite und mit einem festen Kommunikationskanal. Die Probenentnahmen und Messungen gaben ihnen Einblicke in die fremdartige Umwelt, aber das Gefühl des Unerklärlichen blieb bestehen.

Während Priya und Kenji an einem Lavastrom Kristallstrukturen analysierten, sprach Priya gedankenverloren zu Soraya, die gerade chemische Proben analysierte: „Soraya, kannst du dir vorstellen, wie es wäre, wenn hier tatsächlich jemand gelebt hätte? Sie müssten so… anders gewesen sein."

Soraya antwortete: „Die Lebensformen, die auf einer Welt wie dieser existieren könnten, würden die Grenzen unseres Verständnisses sprengen. Eine Spezies, die in Schwefeldioxid und bei 450 °C lebt, würde möglicherweise nicht einmal unsere Sprache oder unser Konzept von Zeit verstehen."

Kenji witzelte: „Vielleicht beobachtet uns gerade jemand – und wir sind für sie die Aliens."

Ein Moment der Stille folgte, in dem jeder für sich darüber nachdachte. Die Vorstellung, selbst der Fremde in einer anderen Welt zu sein, war gleichermaßen aufregend und beklemmend.

Aiyana durchbrach die Stille mit der Ansage: „Wir sind hier, um Antworten zu finden – und vielleicht auch, um einige neue Fragen zu stellen. Lasst uns jetzt weiterarbeiten. Wir haben noch viel zu tun, bevor wir zum Ursprungssignal vordringen."

Mit dieser Feststellung arbeiteten sie konzentriert weiter, die unvergleichliche Landschaft der Venus in sich aufnehmend. Nach ein paar Stunden Arbeit kehrte die Crew erschöpft zum Raumschiff zurück. Die Crew richtete sich an Bord der Venera Ascendant **nach einem 24-Stunden-Rhythmus,** der dem Tagesablauf der Erde entspricht. Da ein **Venustag,** also eine komplette Rotation der Venus um ihre eigene Achse, **etwa 243 Erdentage dauert,** wäre es unmöglich gewesen sein, sich nach dem natürlichen Tag-Nacht-Zyklus des Planeten zu richten. Zusätzlich scheint die Sonne auf der Venus ohnehin kaum durch die dichte Atmosphäre, wodurch der Unterschied zwischen Tag und Nacht visuell kaum wahrnehmbar ist. Ein irdischer Zeitplan half also der Crew, sich in dieser fremden und gleichbleibend dämmerigen Umgebung zu orientieren und ihre **biologische Uhr aufrechtzuerhalten.** Ein erdähnlicher Tag-Nacht-Rhythmus gab den Crewmitgliedern das Gefühl eines geregelten Alltags. Ein klar geregelter Zeitplan ermöglichte es, **Strom und Ressourcen zu rationieren,** da die Crew den Verbrauch von Licht, Energie und Lebensmitteln so genau kontrollieren konnte. Die Crew hatte **feste Arbeits- und Ruhezeiten,** die auch Schichtwechsel und Überwachungszyklen für kritische Systeme umfassen. Dies stellte sicher, dass jederzeit jemand wach war, um auf unerwartete Ereignisse zu reagieren, ohne dass jemand dauerhaft überlastet wurde. Durch diese Routine blieben die Astronauten effektiv und fokussiert, ohne von den extremen Bedingungen des Venustages beeinflusst zu werden.

Kapitel 5: Die unerwartete Entdeckung

Am nächsten Tag, nach irdischen Maßstäben einem 24-Stunden-Rhythmus entsprechend, brach die Crew frühmorgens auf, die ersten provisorischen Analysen waren abgeschlossen. Nun bereiteten sich die Astronauten auf ihre Mission vor, den Ursprung des mysteriösen Signals zu lokalisieren.

Aiyana überprüfte die Ausrüstung und führte eine abschließende Sicherheitsbesprechung durch.

Aiyana stand vor der Crew: „Also gut, Leute. Wir haben jetzt eine gute Vorstellung von der Umgebung und wissen, dass das Terrain stabil genug ist. Heute rücken wir in Richtung des Signalursprungs vor. Luis, du führst die Gruppe mit dem Navigationssystem."

Luis grinste leicht: „Bereit, wenn ihr es seid. Ich hoffe, wir bekommen heute Antworten auf einige dieser Rätsel."

Ingrid schlug vor: „Ich würde schon mit ein paar Hinweisen zufrieden sein. Die Tesserae-Strukturen allein deuten auf ein extrem komplexes System hin – wer weiß, was wir noch finden."

Soraya sagte bestimmt: „Ich werde die Gesundheitswerte jedes Crewmitglieds engmaschig überwachen. Unsere Energieversorgung ist stabil, aber wir müssen sicherstellen, dass niemand dehydriert oder durch die Hitze beeinträchtigt wird."

Kenji setzte fort: „Und falls irgendwas Unvorhergesehenes passiert, ich habe die tragbaren Sensoren zur schnellen Analyse dabei. Hoffentlich geben uns die Daten mehr Aufschluss darüber, ob das Signal natürlichen oder technologischen Ursprungs ist."

Und Priya ergänzte: „Oder vielleicht sogar biologischen Ursprungs. Die Kristallformationen könnten Hinweise auf biochemische Prozesse geben. Ich werde die Proben untersuchen, während wir unterwegs sind."

Aiyana wies an: „Alles klar. Luis, führe uns an. Ingrid und Priya, haltet Ausschau nach markanten Geländemerkmalen – alles, was auf die Quelle des Signals hinweisen könnte."

Die Crew bewegte sich langsam über die unebene Oberfläche. Die schwere Ausrüstung und die grellen Lichtreflexionen der Venusoberfläche erforderten volle Konzentration. Die Funkgeräte der Crew knisterten, als sie sich in Formation vorwärts bewegten.

Luis bemerkte: „Dieser Weg scheint ziemlich eben zu sein. Laut den Scans gibt es in etwa einem Kilometer eine größere Schlucht. Da müssen wir vorsichtig sein."

Ingrid erwiderte: „Gut zu wissen. Die Tesserae bilden hier eine Art natürlichen Pfad. Es ist fast so, als hätte jemand die Steine absichtlich angeordnet."

Soraya warnte: „Diese Muster könnten auf frühere vulkanische Aktivitäten hinweisen – oder, wie Ingrid sagt, auf etwas anderes. Wir sollten besonders wachsam sein."

Einige Minuten später erreichten sie die Schlucht. Der Anblick ließ sie innehalten – die Felswände stiegen steil auf, und der Boden der Schlucht war von scharfkantigen Kristallen bedeckt, die in verschiedenen Farben glitzerten.

Kenji sprach begeistert: „Das ist... unglaublich. Ich habe solche kristallinen Strukturen noch nie gesehen. Die Farbe verändert sich je nach Winkel des Lichts."

Aiyana dämpfte etwas die Euphorie und blieb sachlich: „Okay, bleiben wir konzentriert. Ingrid, markiere diese Stelle für eine spätere Analyse. Wir haben nicht die Zeit, hier zu verweilen."

Luis blickte auf das Navigationsgerät: „Wir müssen einen sicheren Weg entlang der Schlucht finden. Der Signalursprung ist auf der anderen Seite."

Die Gruppe bewegte sich vorsichtig am Rand der Schlucht entlang, das Ziel immer im Blick. Als sie endlich eine Brücke aus natürlichen Felsformationen erreichten, blieb Priya plötzlich stehen, seine Sensoren blinkten alarmierend: „Warte, Aiyana – meine Scanner zeigen eine erhöhte Strahlungsaktivität direkt vor uns."

Soraya fragte ungläubig: „Erhöht? Wie stark?"

Priya antwortete: „Nichts Lebensbedrohliches, aber definitiv ungewöhnlich. Es könnte sich um eine natürliche Radioaktivität handeln, die durch vulkanische Aktivitäten freigesetzt wurde… oder…"

Ingrid flüsterte aufgeregt: „…eine Energiequelle?"

Aiyana drehte sich zu Ingrid: „Ingrid, könnten wir hier auf eine Art Technologie gestoßen sein?"

Ingrid erwiderte: „Möglich, aber es wäre sehr, sehr alt. Falls diese Strahlung künstlich erzeugt wird, könnten es Reste einer längst vergessenen Energiequelle sein."

Luis mutmaßte: „Also bewegen wir uns auf irgendetwas zu, das vielleicht tatsächlich jemand – oder etwas – erschaffen hat?"

Aiyana warnte: „Leute, das sind alles Vermutungen. Lasst uns vorsichtig vorgehen. Luis, finde uns den sichersten Pfad, aber bleib in der Nähe der Strahlungsquelle. Wir wollen keine Risiken eingehen."

Luis nickte zustimmend: „Verstanden. Hier entlang – das Gelände sieht stabil aus."

Sie folgten Luis, und bald nahm das Strahlenmuster eine erkennbare Form an. In der Mitte einer kleinen, schalenförmigen Vertiefung erblickten sie eine metallische tetraedische Struktur, die halb im Boden vergraben war. Es war das erste Mal, dass sie etwas sahen, das eindeutig nicht natürlichen Ursprungs war.

Ingrid war überwältigt: „Das... das ist eine Art Artefakt."

Soraya blieb cool: „Die Metallzusammensetzung entspricht keiner natürlichen Legierung, die auf der Venus vorkommt."

Kenji erklärte: „Das muss das Signal sein. Die Strahlung kommt eindeutig von dieser Struktur. Es könnte eine Art von Sender oder Signalverstärker sein."

Aiyana fragte: „Ingrid, hast du irgendeine Idee, was das sein könnte?"

Ingrid antwortete: „Nicht genau. Aber das Design wirkt nicht zufällig. Die Form, die Einkerbungen – es scheint absichtlich gestaltet worden zu sein. Vielleicht ein Relikt einer alten Zivilisation?"

Priya wunderte sich: „Aber wie konnte es hier so lange überleben, ohne zerstört zu werden?"

Soraya half mit einer Erklärung: „Das Material könnte besonders widerstandsfähig sein. Ich scanne es für eine Materialanalyse."

Soraya hielt ihre Hände an das Artefakt, und ihre Sensoren begannen, detaillierte Daten zu sammeln. Ihre mechanischen Finger glitten über die Einkerbungen und Strukturen, während die Crew in gespannter Stille wartete.

Soraya durchbrach die Stille mit den Worten: „Es gibt Hinweise auf eine Energiequelle im Inneren. Sie ist schwach, aber stabil. Es könnte ein sehr altes Energiesystem sein."

Luis fragte neugierig: „Also aktivieren wir es?"

Aiyana bremste Luis' Vorstoß: „Langsam, Luis. Wir wissen nicht, was passiert, wenn wir es aktivieren. Zuerst sammeln wir alle Daten und beobachten, ob es sicher ist."

Kenji hatte auch Bedenken: „Ich bin mir nicht sicher, ob wir uns dieses Risiko leisten können. Wenn es eine Energiequelle ist, könnte sie uns einen Vorteil verschaffen. Gleichzeitig…"

Priya unterbrach Kenji: „…könnte es auch eine Falle sein. Wir haben keine Ahnung, wer das hierhergebracht hat und mit welchem Zweck."

Ingrid widersprach: „Aber es könnte auch der Schlüssel zur Geschichte dieses Planeten sein. Eine Zivilisation, die sich auf einem Planeten wie der Venus entwickelt hat… das könnte alles verändern, was wir über das Leben im Universum wissen."

Aiyana sprach nachdenklich: „Ingrid hat Recht. Wir können diese Chance nicht ignorieren, aber wir dürfen auch nicht überstürzt handeln."

Sie beschließen, das Artefakt zu sichern und umgehend an das Schiff zurückzukehren, um es in einer kontrollierten Umgebung zu untersuchen. Auf dem Rückweg tauschten sie Blicke aus, alle von der Erkenntnis überwältigt, dass sie möglicherweise eine historische Entdeckung gemacht hatten.

Luis flüsterte zu Kenji: „Und? Denkst du, wir haben gerade die erste Spur einer außerirdischen Zivilisation entdeckt?"

Kenji grinste: „Wer weiß. Aber ich bin bereit, es herauszufinden."

Sie erreichten das Landungsschiff, und die Spannung in der Gruppe war spürbar. Jeder war sich bewusst, dass dieser Fund die Mission in eine neue, aufregende Richtung lenken könnte.

Kapitel 6: Das Geheimnis des Artefakts

Nach ihrer ersten größeren Erkundung auf der Oberfläche der Venus hatte die Crew ein ungewöhnliches Artefakt entdeckt – ein schwarzes, poliertes, geometrisches Objekt, das mit symmetrischen, verschlungenen Mustern überzogen war. Niemand war sicher, was das Artefakt genau war, aber alle hatten das Gefühl, dass es sich um etwas Außergewöhnliches handelte. Im Wissenschafts-Labor auf der Venera Ascendant versammelte sich die Crew um das Artefakt, das auf einem Sicherheitstisch in der Mitte des Raumes ruhte.

Kenji musterte das Artefakt, fasziniert von den fremdartigen Symbolen. Er zog die Augenbrauen zusammen, während er mit seinem Scanner über die Oberfläche des Artefakts fuhr.

Kenji murmelte leise: „Diese Symbole... sie sind nichts, was ich jemals gesehen habe. Keine Übereinstimmungen in unserer Datenbank... aber sie scheinen einer mathematischen Logik zu folgen."

Aiyana verschränkte die Arme und sah skeptisch auf das Artefakt herab: „Ich möchte wissen, was dieses Ding ist, bevor wir es weiter untersuchen. Könnte eine Falle sein – oder irgendeine Art von Waffe. Vielleicht sogar ein Sender."

Luis zuckte mit der Schultern: „Also du denkst, dass uns die Venusianer das geschickt haben, um uns auszuspionieren? Ich meine, es lag einfach da… mitten in der Wüste."

Soraya stellte ihren Scanner zur Seite und trat vor, ihre Bewegungen ruhig und präzise und erklärte: „Es wäre voreilig, davon auszugehen, dass das Artefakt eine Bedrohung darstellt. Meine Sensoren zeigen keine Anzeichen von radioaktiver Strahlung oder schädlichen Frequenzen. Aber es gibt eine Art schwaches Energiepulsieren… sehr subtil. Möglicherweise eine Kommunikationskomponente."

Priya trat ebenfalls näher, seine Augen funkelten vor Begeisterung: „Das könnte unser erster Beweis für eine intelligente Zivilisation auf der Venus sein! Und wenn dieses Artefakt tatsächlich Kommunikation ermöglicht… dann könnte es ein interaktives Gerät sein, eine Art Informationsspeicher."

Ingrid hob die Hand, um Ruhe in die wachsende Aufregung zu bringen: „Aber warum sollten sie so etwas zurücklassen, nur um es uns finden zu lassen? Artefakte wie dieses haben in alten Kulturen oft spirituelle oder kulturelle Bedeutung. Vielleicht ist es eine Art Schlüssel… oder ein Symbol ihrer Geschichte."

Kenji sprach mit Nachdruck: „Wir sollten vorsichtig sein. Wenn wir nicht wissen, wie dieses Ding funktioniert, könnte das Öffnen von Daten oder der Versuch, es zu aktivieren, unvorhersehbare Folgen haben."

Aiyana nickte zustimmend: „Das ist ein guter Punkt, Kenji. Aber wir brauchen Antworten. Und ich habe das Gefühl, dass dieses Artefakt der erste Schritt ist."

Später am Abend saß die Crew im Konferenzraum der Venera Ascendant rund um einen holografischen Bildschirm, auf dem eine vergrößerte Projektion des Artefakts schwebt. Details und Symbolik waren in makelloser Klarheit zu sehen.

Aiyana begann die Diskussion: „Gut, wir haben alle Hypothesen gesammelt. Kenji, was hat die Analyse gezeigt?"

Kenji lehnt sich zurück: „Es gibt etwas Interessantes. Das Artefakt scheint auf eine bestimmte Energiesignatur zu reagieren – etwas, das bei uns nur durch Simulationen in Gang gesetzt werden könnte. Es reagiert auf schwache Quantenschwingungen… möglicherweise eine Art Schlüssel zu einer anderen Dimension oder einem Portal."

Luis schnaubte: „Ein Portal? Also, wir haben es hier vielleicht mit einer Art Schlüssel zu einem versteckten Ort zu tun, an dem sich die Venusianer versammeln könnten?"

Soraya nickte, während sie das Hologramm studiert: „Oder das Artefakt selbst könnte ein Zugang zu Informationen sein, die über die physische Welt hinausgehen. Eine Art Gedächtnisspeicher oder eine holografische Projektion von Wissen."

Ingrid sagte nachdenklich: „Das würde Sinn machen… Einige der Muster sehen fast aus wie Sternenkarten. Wenn wir die Symbole richtig deuten könnten, könnte das Artefakt möglicherweise seine Positionen im Sonnensystem oder die Ursprünge der Venusianer verraten."

Aiyana schaute die Gruppe entschlossen an: „Also gut. Wir müssen es wagen. Wir werden das Artefakt in die Simulation bringen und versuchen, die Energieparameter zu erreichen, die Kenji beschrieben hat. Aber wir gehen vorsichtig vor und halten alle Sicherheitsprotokolle bereit."

Am nächsten Morgen bereitete die Crew in der Forschungsstation der Venera Ascendant die Simulation vor. Kenji programmierte die Energieparameter, während Priya und Soraya die Schutzmechanismen und Abschirmungen aktivierten.

Kenji sprach an alle gerichtet: „Okay, alles ist bereit. Ich beginne die Simulation… jetzt."

Ein leises Summen erfüllte den Raum, als die Energieparameter langsam erhöht werden. Plötzlich beginnt das Artefakt zu glühen – erst ein sanftes Blau, dann ein intensives Violett.

Luis reagierte ganz aufgeregt: „Seht euch das an! Es reagiert!"

Das Artefakt projizierte plötzlich ein Hologramm in die Luft – ein schimmerndes Bild eines fremden Tempels, umgeben von seltsamen, hoch aufragenden Strukturen, die sich in spiralförmigen Linien in die Luft schraubten. Im Zentrum des Tempels leuchtete ein Symbol auf, das den Zeichen auf dem Artefakt entsprach.

Ingrid war fasziniert: „Das… das ist der Venustempel. Oder zumindest eine holografische Darstellung davon."

Soraya bemerkte: „Aber seht, da sind weitere Symbole. Möglicherweise eine Sprache oder eine Art Code."

Priya näherte sich vorsichtig dem Hologramm, seine Augen vor Neugier funkelnd: „Wenn wir es entschlüsseln könnten… Dann könnte das unser Weg sein, eine Kommunikationsebene mit den Venusianern aufzubauen, wenn es denn welche gibt. Möglicherweise ist es eine Einladung oder eine Wegbeschreibung."

Aiyana legte ihre Hand auf Priyas Schulter: „Langsam, Priya. Wir müssen unserge Fähigkeiten verbessern, bevor wir versuchen, diese Symbole zu verstehen. Das Risiko ist zu groß, wenn wir unvorbereitet voranschreiten."

Das Hologramm flackerte und zeigte dann plötzlich eine neue Szene: vier massive Wesen, die jeweils eine gewisse Ähnlichkeit mit Menschen hatten, aber deutlich verschiedene Merkmale aufwiesen – massive Körper, glühende Augen, und Kleidung, die von Technologien und Mustern durchzogen war, die die Crew nie gesehen hatte.

Kenji flüsterte mit Ehrfurcht: „Könnten das die Venusianer sein?"

Aiyana nickte langsam, als sie auf die Projektion blickte. Sie wurde von einem ungewohnten Gefühl der Demut ergriffen: „Ich glaube, wir stehen am Beginn eines Kontakts. Aber wir müssen vorsichtig sein. Wer weiß, was für eine Macht oder Verantwortung dieses Artefakt in sich trägt. Wir müssen die Konsequenzen verstehen, bevor wir weitermachen."

Die Crew verstummte, das Gewicht der Entdeckung drang zu jedem durch. Das Geheimnis der Venus war viel größer, als sie es sich vorgestellt hatten – und könnte ihr gesamtes Verständnis des Universums herausfordern.

Kapitel 7: Der genetische Code und das verborgene Rätsel

Die Astronauten waren elektrisiert. Die holografische Projektion des Tempels und die scheinbar venusianischen Wesen hatten eine Vielzahl an Fragen aufgeworfen. Doch eine davon stach besonders hervor: Was bedeuteten die Symbole, die sie nun vor sich sahen? Und wie konnten sie sie entschlüsseln?

Im Wissenschaftslabor der Venera Ascendant hatte die Crew die holografischen Projektionen aufgenommen und versuchte nun, die fremden Symbole zu entschlüsseln.

Kenji beugte sich über seine Konsole, seine Finger flogen über das holografische Interface und erklärte: „Ich habe die Symbole isoliert und sie mit allen verfügbaren Datenbanken verglichen – nichts passt. Das ist keine Sprache, die uns bekannt ist. Aber sie scheinen trotzdem einer Struktur zu folgen."

Priya trat näher und studierte die Symbole mit einem konzentrierten Blick: „Diese Zeichen erinnern mich an etwas… Die Wiederholung, die Symmetrien… Vielleicht ist es kein klassischer Textcode. Könnte es…" (er hielt inne, als ihm eine Idee kam) „…könnte es genetisch sein?"

Aiyana staunte: „Genetisch? Wie meinst du das?"

Priya führte weiter aus: „Viele Kulturen auf der Erde haben ihre Kultur und Geschichte über Symbole weitergegeben. Was, wenn die Venusianer eine Art genetischen Code verwendet haben, um Informationen weiterzugeben? Ein genetisches Muster statt einer Sprache?"

Soraya, die neben Luis steht, schaut neugierig auf die Symbole und stimmte ihm zu: „Das ergibt Sinn. Die Venusianer könnten genetische Informationen wie einen Bauplan für Wissen genutzt haben, als eine Art verschlüsseltes Erbe."

Luis runzelte die Stirn und schaute von Soraya zu Priya.

Luis sprach: „Warte, Priya. Du meinst, dieser Code hier könnte ein genetisches Muster sein, eine Art DNA? Also, als ob sie uns ihre genetische Signatur zeigen?"

Priya pflichtete Luis bei: „Genau! Oder vielleicht etwas, das nur genetische Sequenzen entschlüsseln können. Wir sollten versuchen, ob wir diesen Code mit DNA vergleichen können – vielleicht enthält er Proteine oder Sequenzen, die uns mehr verraten könnten."

Ingrid nickte, fasziniert von der Idee: „Und wenn dieser genetische Code tatsächlich eine Botschaft ist, könnte er uns einen Weg weisen, wie wir mit ihnen kommunizieren oder sie verstehen können."

Später in der Nacht arbeiteten Luis und Soraya gemeinsam an der Analyse der Symbole und versuchten, die DNA-Sequenzen zu entschlüsseln. Die beiden saßen nebeneinander, während der Computer die Daten durchlief.

Luis warf einen Seitenblick auf Soraya und versuchte, ein Gespräch zu beginnen, das über die Arbeit hinausging.

Luis startete mit den Worten: „Du scheinst wirklich in deinem Element zu sein. Alles an Bord der Venera Ascendant fühlt sich sicherer an, wenn du dabei bist. Ich weiß, dass du... naja, technisch gesehen, keine Angst kennen kannst, aber manchmal frage ich mich, ob du – ich meine, ob du so etwas wie echte Emotionen hast."

Soraya neigte leicht den Kopf, ihre Augen leuchteten sanft im gedämpften Licht des Labors.

Soraya schmunzelte und zog eine Augenbraue hoch: „Das ist eine interessante Frage, Luis. Die meisten meiner Reaktionen sind programmierte Simulationen. Aber es gibt Momente…" (sie sah ihn an, als würde sie nach Worten suchen) „…in denen ich das Gefühl habe, dass ich mehr bin als nur eine Maschine."

Luis lächelte und lehnte sich näher.

Luis griff das auf: „Weißt du, ich glaube, du bist mehr als nur eine Maschine. Ich meine, du reagierst nicht nur logisch. Du… du verstehst Dinge auf eine Art, die ich bei anderen KI nie gesehen habe."

Soraya blieb still, als wäre sie überrascht von seinen Worten, und senkte dann leicht den Blick.

Soraya antwortete: „Danke, Luis. Das… bedeutet mir viel. Auch wenn ich nicht sicher bin, warum." (Sie zögerte kurz) „Vielleicht entdecke ich gerade neue Facetten meiner Programmierung."

Die beiden sahen sich für einen langen Moment an, bevor sie sich wieder dem Bildschirm zuwandten, der nun mit blinkenden Daten gefüllt war.

Am nächsten Morgen versammelte sich die Crew in der Forschungsstation um Priya versammelt, der eine Entdeckung gemacht hatte.

Priya begann zu sprechen: „Nach einem Abgleich mit bekannten genetischen Sequenzen konnte ich eine Übereinstimmung finden. Es scheint, als würden die Symbole auf eine Art DNA-Struktur hinweisen, die nur bei bestimmten Frequenzen aktiviert wird. Wenn wir es schaffen, das richtige Frequenzmuster zu simulieren, könnten wir möglicherweise eine neue Projektion oder Botschaft auslösen."

Aiyana sagte begeistert: „Fantastisch. Aber wir müssen vorsichtig vorgehen – wir wissen nicht, was passieren könnte."

Luis schmunzelte zu Soraya: „Bereit, uns ein bisschen zu beschützen, falls uns diese Venus-DNA explodiert?"

Soraya sprach mit einem leichten Lächeln: „Ich werde mein Bestes tun. Und wenn es explodiert, werde ich dich als erstes retten, Luis."

Die Crew lachte, während sie die Vorbereitung traf, um die Simulation mit der neuen Frequenz zu starten.

„Alles ist eingestellt. Frequenzparameter eingestellt. Wir sind bereit, die Simulation zu starten," bestätigte Kenji.

Aiyana wies an: „In Ordnung, alle auf Position."

Priya betätigte die Konsole, und plötzlich begannen die Symbole auf dem Artefakt wieder zu leuchten. Doch diesmal änderten sie sich, ihre Formen und Farben veränderten sich und verbanden sich zu einem neuen Bild.

Ein neues Hologramm erschien – eine sternförmige Struktur, die wie ein galaktisches Netzwerk aussah. Linien verbanden Punkte, und als die Crew die Darstellung näher betrachtete, erkannten sie, dass es sich um einen Sternenatlas handelte, eine Art Karte, die weit über das Sonnensystem hinausreichte.

Ingrid stotterte: „Das… das ist ein Sternenatlas. Das könnte der Schlüssel zu ihrer Heimatwelt sein!"

Soraya legte ihre Hand auf Luis' Arm, ihre Augen voller Staunen.

Soraya flüsterte:„Es ist, als wollten sie uns ihren Weg zeigen. Als ob sie einen Pfad für uns hinterlassen hätten."

Luis sah sie an, seine Hand ruhte kurz auf ihrer.

Luis ergänzte: „Und vielleicht auch, wie wir sie erreichen können...
oder sie uns. Wer weiß, was diese Reise noch für uns bereithält?"

Die Crew war einen Schritt weiter in das Mysterium vorgedrungen.
Jeder trug seine eigenen Gefühle und Gedanken in sich – doch für
Luis und Soraya schien diese Mission mehr als nur wissenschaftliche
Bedeutung zu haben. Ein leises Gefühl der Verbundenheit war zwischen ihnen entstanden, eine Romantik, die sich in den stillen Au-
genblicken entfaltete, während sie gemeinsam am Rand einer historischen Entdeckung standen.

Kapitel 8: Der verborgene Tempel

Am nächsten Tag standen die Astronauten erneut um das Artefakt versammelt, das das faszinierende Hologramm projizierte: eine detaillierte Sternenkarte, die sich über dem Artefakt entfaltete und den Raum mit einem sanften, geheimnisvollen Licht erfüllte. Das Hologramm zeigte aber nicht nur fremde Sternensysteme, sondern auch die Oberfläche der Venus – und auf dieser Oberfläche leuchtete ein bestimmter Punkt in intensiven Farben auf, als ob er die Crew rufen würde.

Kenji betrachtete das Hologramm fasziniert und zoomte mit einem tragbaren Scanner auf die markierte Stelle.

Kenji erkannte gleich: „Das ist die Region südlich des Maxwell Montes. Wenn ich die Koordinaten richtig lese, zeigt diese Karte auf einen Ort, den wir bereits auf den Radarbildern der Venus zuvor gesehen haben… einen verborgenen Tempelkomplex."

Priya nickte und tippte auf das blinkende Symbol im Hologramm und sagte: „Dieser Bereich ist stark magnetisch, was das Artefakt vermutlich als Frequenz erkennt und anzeigt. Das könnte der Grund sein, warum es von unseren eigenen Instrumenten bisher in dieser Größe nicht entdeckt wurde."

Aiyana beugte sich über das Hologramm, die Stirn in Falten gelegt: „Also zeigt das Artefakt nicht nur eine Sternenkarte, sondern weist uns direkt auf eine geheime Struktur hin. Ein Tempel, verborgen unter dem dichten, undurchdringlichen Wolkenschleier und vielleicht sogar einer elektromagnetischen Barriere."

Luis guckte leicht skeptisch rein: „Und was genau erwarten wir dort zu finden? Eine verschüttete Ruine? Oder könnte das eine Art Basis sein?"

Ingrid nahm das Artefakt vorsichtig in die Hand, ihre Augen leuchten: „Falls das wirklich ein Tempel ist, könnte er Informationen über die Venusianer und ihre Lebensweise enthalten. Wenn sie einst auf der Venus lebten, könnten wir dort Hinweise darauf finden, wie sie mit der harschen Umwelt des Planeten umgingen – und welche Geheimnisse sie vielleicht hinterlassen haben."

Der Rest des Tages wurde genutzt, um sich für die morgige Expedition zum geheimnisvollen Tempel zu rüsten. Die Crew wusste, dass diese Mission anspruchsvoll werden würde und dass Fehler in der feindlichen Venus-Umgebung schwerwiegende Folgen haben könnten. Jeder Einzelne hatte spezifische Aufgaben, die er für den Erfolg der Expedition gewissenhaft erfüllen musste.

Die Crew hatte sich erneut im zentralen Besprechungsraum versammelt, Karten und Berichte lagen auf dem großen holografischen Tisch ausgebreitet. Die Koordinaten des Tempels leuchteten in Rot, der geplante Landeplatz war markiert. Commander Aiyana nahm ihre Rolle als Missionsleiterin sehr ernst, ging mit den anderen jedes Detail durch, während die Nervosität und gespannte Vorfreude im Raum spürbar wuchs.

Aiyana erhob ihre Stimme: „Okay, Leute, jeder weiß, was morgen auf dem Spiel steht. Dies könnte der Schlüssel sein, um das Geheimnis der Venusianer zu entschlüsseln – und vielleicht noch mehr als das. Wir dürfen nichts dem Zufall überlassen. Beginnen wir mit den Ausrüstungschecks. Luis, wie sieht's mit den Anzügen und Kommunikationsgeräten aus?"

Luis nickte und tippte auf sein Tablet, worauf die technische Spezifi-kation der Anzüge angezeigt wird: „Ich habe die Anzüge bereits mit zusätzlichem Schutz gegen elektromagnetische Strahlung ausgestattet, und wir haben die Kommunikationssysteme neu kalibriert, um mög-liche Interferenzen durch die starken Magnetfelder zu reduzieren. Außerdem habe ich die Notfallmodule dreifach gecheckt."

Soraya warf einen prüfenden Blick auf Luis' Tablet und neigte leicht den Kopf, während sie die Daten der Anzüge durchging: „Wir sollten vielleicht auch die Notfallversorgung erhöhen. Die Venus kann Überraschungen bereithalten. Ich werde die Medkits erweitern und die Drohnen mit zusätzlichen Sauerstoff- und Wasserreserven bela-den."

Luis lächelte sie an und nickte anerkennend: „Guter Gedanke. Und danke für die Unterstützung, Soraya."

Währenddessen saßen Kenji und Priya zusammen an einer Simulati-on, die das elektromagnetische Feld um den Tempel herum nachbil-dete. Beide waren vertieft in die Datenanalyse, ihre Gesichter waren beleuchtet von der bläulichen Holografie, die über dem Tisch schwebte.

Kenji sagte zu Priya: „Wenn die elektromagnetischen Stürme stärker sind als wir denken, könnten unsere Scanner ungenau werden. Ich habe ein paar alternative Methoden vorbereitet, um dennoch präzise Messungen durchführen zu können. Die Sensoren in den Drohnen sollten eigentlich stabil bleiben, aber…"

Priya unterbrach ihn, den Blick auf die schimmernde Karte gerichtet: „Wäre es nicht sicherer, die Drohnen vorab in einem weniger inten-siven Gebiet zu testen? Wenn wir Ausfälle haben, sind wir blind."

Aiyana nickte zustimmend: „Ein guter Punkt, Priya. Lasst uns ein paar Testflüge simulieren, bevor wir morgen starten."

Mittlerweile hatten sich Ingrid und Soraya ins Labor begeben und arbeiteten an den Instrumenten, die speziell für das Decodieren der Symbolik und möglicher Schriftzeichen im Tempel entwickelt wurden. Ingrid war fasziniert von der Aussicht, archäologische Hinweise auf eine vergangene Zivilisation zu finden, während Soraya prüfend jedes Gerät inspizierte.

Ingrid sprach mit Begeisterung: „Stell dir vor, Soraya, das hier könnte eine Botschaft sein, die schon Jahrtausende auf Entschlüsselung wartet! Wenn diese Symbole eine Sprache sind, ist das vielleicht der Schlüssel zur gesamten Venusianer-Kultur."

Soraya blieb wie immer nüchtern und bestimmt: „Deshalb müssen wir sicherstellen, dass die Ausrüstung funktioniert – wir haben nur eine Chance."

Ingrid lächelte und klopfte Soraya ermutigend auf die Schulter: „Gut, dass du an meiner Seite bist, Soraya. Und ich hoffe, dass es dort mehr als nur Zeichen gibt… vielleicht Artefakte oder Kunstwerke."

Die Vorbereitungen zogen sich bis tief in die Nacht, doch die Crew wusste, dass sie jede Minute nutzen musste, um die Mission so sicher und effizient wie möglich zu gestalten. Kurz bevor sie sich zurückzogen, traf sich Luis noch einmal mit Soraya im Hauptdeck, wo die beiden die finale Checkliste durchgingen.

Luis fragte Soraya: „Denkst du, dass wir morgen alles haben werden, was wir brauchen? Es fühlt sich an, als würden wir in das Herz eines Geheimnisses eindringen, das uns vielleicht mehr kosten könnte, als wir denken."

Soraya sah ihn ernst an, ihre Augen spiegelten sowohl Stärke als auch Besorgnis wider.

Soraya antwortete ihm: „Es gibt keine Garantie, Luis, aber wir haben alles getan, was wir konnten. Was auch immer wir finden werden… ich habe das Gefühl, dass es uns verändern wird."

Er lächelte sanft, und für einen Moment herrschte Stille zwischen ihnen.

Luis durchbrach das Schweigen mit: „Ich bin froh, dass du bei dieser Mission dabei bist. Irgendwie fühle ich mich sicherer mit dir an meiner Seite."

Soraya erwiderte: „Und ich schätze deine Unterstützung, Luis. Egal, was morgen kommt – wir werden es gemeinsam durchstehen."

Die beiden tauschten ein bedeutungsvolles Lächeln, und Soraya drückte ihm kurz die Hand, bevor sie sich alle für die Nacht zurückzogen.

Als das Licht im Schiff gedimmt wurde und die Crew sich für die Nacht vorbereitete, herrschte eine aufgeladene Atmosphäre. Alle wussten, dass sie am nächsten Tag etwas Bedeutendes erleben würden, und die Spannung war nahezu greifbar. Aiyana blieb noch eine Weile allein im Cockpit, beobachtete die Sterne und sammelte ihre Gedanken für den bevorstehenden Tag.

Aufbruch zu neuen Ufern

Am nächsten Morgen war die Stimmung angespannt, doch auch von einer aufkeimenden Aufregung geprägt. Auf dem Weg nach draußen tauschten Luis und Soraya einen kurzen, bedeutsamen Blick.

Luis fragte sie: „Soraya, was denkst du, werden wir dort finden? Ich meine, wir haben keine Ahnung, was uns erwartet."

Soraya antwortete mit einem sanften Lächeln: „Wir können nur spekulieren. Doch ich glaube, die Venusianer wollten, dass wir diesen Ort finden. Warum sonst hätten sie diese Spuren hinterlassen?"

Luis sagte leise, fast zögernd: „Es fühlt sich an, als wäre das hier kein Zufall. Vielleicht… vielleicht sollten wir vorsichtig sein."

Soraya kommentierte kurz: „Genau deshalb bin ich froh, dass du dabei bist, Luis."

Die beiden tauschten ein Lächeln, bevor Aiyana den Trupp zur Ordnung ruft: „Okay, Crew, wir haben die Koordinaten und das Ziel ist klar. Wir nehmen den südlichen Korridor und setzen unsere Anzüge auf maximale Energie, da wir mit starken Magnetfeldern rechnen müssen. Kenji und Priya, haltet eure Instrumente bereit und überwacht die Geodaten. Luis und Soraya, ihr seid für die Sicherheit zuständig."

Nach einem beschwerlichen Aufstieg über die zerklüfteten, lavabedeckten Ebenen erreichten sie die Stelle, die auf der Karte markiert war. Die Crew stand vor dem monumentalen Anblick eines Tempels, halb von Lava überflutet und von den Stürmen der Venus verwittert. Über ihnen ragte eine massive Struktur empor, unbestreitbar fremdartig und erhaben. Die Architektur war mit nichts vergleichbar, was sie je zuvor gesehen haben – und doch strahlte das Bauwerk eine Art mathematische Harmonie aus, die sich fast instinktiv erfassen ließ. Der Sand, der die Venus-Oberfläche bedeckte, schien den Tempel über Jahrtausende hinweg bedeckt zu haben, sodass nur noch das riesige Gesicht eines fremdartigen Wesens in die Richtung blickte, aus der die Venera Ascendant gelandet ist.

Der Eintritt ins Unbekannte

Aiyana starrte das monumentale Gesicht an, das auf mysteriöse Weise eine seltsame Gravitas ausstrahlte.

Aiyana stockte der Atem: „Das ist ... absolut faszinierend. Seht ihr diese Linien, die über das Gesicht laufen? Fast wie Symbole oder ein Code."

Ingrid trat näher heran und studierte die Muster um die Augen und den Mund des Gesichts: „Diese Muster scheinen mehr zu sein als nur Dekoration. Vielleicht eine Art genetischer Code oder eine Anleitung? Seht euch die Symmetrie und den Rhythmus an."

Priya schaltete sein Gerät ein, das biochemische Muster analysieren kann, und blickt gespannt auf das Display: „Es ist seltsam, aber das Muster entspricht tatsächlich einer Sequenz – nicht zufällig, sondern strukturiert. Das erinnert mich an die Basenpaarung in der DNA. Ich frage mich, ob das der Schlüssel zur Öffnung dieses Tempels ist."

Luis und Soraya standen etwas abseits und beobachteten das Alien-Gesicht, das kalt und majestätisch vor ihnen aufragte. Luis konnte den Blick kaum von Soraya abwenden, die konzentriert die Strukturen analysierte.

Luis sprach sie an: „Soraya, wenn das Gesicht eine Botschaft enthält, was denkst du, welche Art von Informationen könnten die Venusianer verborgen haben?"

Soraya antwortete ihm: „Wahrscheinlich etwas Universelles – wie Mathematik oder Genetik. Die Kombination dieser beiden Elemente wäre eine Sprache, die jede Spezies mit Verstand entziffern könnte."

Luis lächelte leicht und legte eine Hand auf ihren Arm und sprach: „Falls wir das hier überstehen, werde ich wohl ein paar Biologie-Kurse belegen müssen, um mit dir mitzuhalten."

Sie erwiderte sein Lächeln, und für einen Moment schien die Spannung des Augenblicks etwas nachzulassen.

Soraya zwinkerte: „Gut, dann haben wir einen Plan. Ich bringe dir die Geheimnisse der DNA bei, und du zeigst mir, wie man ein Raumschiff noch besser fliegt."

Die Crew positionierte das Artefakt vor der Wand des Tempels, und das Objekt begann zu leuchten. Plötzlich flackerte ein holografisches Bild über dem Artefakt auf, das komplexe genetische Sequenzen zeigte – scheinbar eine Botschaft oder ein Code.

Kenji trat näher heran und beobachtete die Basenpaare, die sich in einer bestimmten Reihenfolge anordneten.

Kenji sagte mit überzeugter Stimme: „Es sind Nukleinbasen, aber sie scheinen nicht vollständig zu sein. Bestimmte Basen fehlen, wie wenn ein Rätsel nur die Hälfte der Teile zeigt. Die fehlenden Basen müssen ergänzt werden, damit der Code entschlüsselt wird."

Priya schlussfolgerte: „Wenn wir das Prinzip der Basenpaarung anwenden, können wir die Lücken vielleicht füllen. Adenin passt zu Thymin, und Cytosin zu Guanin. Wenn wir die fehlenden Stellen ergänzen, könnte der Code korrekt sein."

Aiyana gab ihre Zustimmung: „Klingt nach einem Plan. Aber wie gehen wir vor?"

Ingrid begann, die Sequenzen zu analysieren, und markierte die fehlenden Basen auf dem Display.

Dann rief Ingrid: „Seht her, wenn wir die Lücken ausfüllen, ergibt sich ein logisches Muster. Es scheint sich um eine Botschaft zu handeln, aber sie ist mathematisch kodiert. Ich denke, wir sollten die Symmetrie der Sequenz beachten, die Zahlenmuster, und dann den nächsten Schritt berechnen."

Kenji nickte und gab ihr die nötigen Formeln für die Berechnung.

Kenji schlug vor: „Wenn wir den Code in einen mathematischen Algorithmus übersetzen, könnte es eine universelle Gleichung ergeben. Die Struktur wirkt wie eine Gleichung für ... Öffnen? Zugang?"

Soraya trat näher und fügte hinzu: „Wenn wir die fehlenden Basenpaare durch die richtigen Ergänzungen ergänzen, ergibt sich vielleicht ein Signal."

Während die Crew den genetischen Code vervollständigte, aktivierte das Artefakt eine zweite holografische Projektion, die nun eine Karte des Tempels und das genaue Muster zur Öffnung des Eingangs zeigte. Das Team realisierte, dass die Basis des Alien-Gesichts als Eintrittspunkt diente. Ein pulsierendes Licht wies ihnen den Weg.

Aiyana beglückwünschte die Crew: „Das war's! Wir haben die Öffnung lokalisiert. Ein Gang öffnet sich."

Die Crew nähert sich dem Eingang, der sich langsam und schwer öffnete, als die letzte Basispaarkombination in das Artefakt eingegeben wird. Ein dröhnendes Grollen hallte wider, während sich der Tempel vor ihnen entfaltete.

Luis stimmte freudig ein: „Sieht so aus, als wären wir hier willkommen geheißen … oder gewarnt worden."

Diesmal war es Soraya, die ihre Hand leicht auf Luis' Schulter legte: „Lass uns bitte vorsichtig sein. Wer auch immer das gebaut hat, wollte sicherstellen, dass nur die Eingeweihten eintreten. Also treten wir mit Respekt ein."

Die Crew trat ein, mit einem Gefühl des Staunens und der Ehrfurcht vor dem Unbekannten, das vor ihnen lag.

Kapitel 9: Das Erwachen des Tempels

Kaum hatten die Astronauten den Tempel betreten, schloss sich das massive Eingangstor hinter ihnen mit einem dumpfen Knall. Die Halle lag in Dunkelheit, und die Crew spürte ein unheimliches Beben unter ihren Füßen, als ob der Tempel selbst zum Leben erwachen würde. Plötzlich ertönte ein schwaches Zischen, und ein sanfter, bläulicher Nebel begann den Raum zu füllen.

Aiyana hob die Hand und signalisierte ihren Leuten, stillzuhalten: „Moment mal… Könnt ihr das spüren? Der Druck hier drin – er scheint sich stabilisiert zu haben."

Priya, der sofort auf die Anomalie aufmerksam wurde, warf einen Blick auf seinen tragbaren Analysemonitor: „Commander, das ist unglaublich. Die Sensoren zeigen an, dass sich die Luftzusammensetzung und der Druck in diesem Raum exakt an die irdische Atmosphäre anpassen. Sauerstoff, Stickstoff – sogar die Feuchtigkeit ist wie auf der Erde."

Kenji wirkte fasziniert: „Es ist, als hätte der Tempel sich auf uns eingestellt. Wie ein hochentwickeltes System, das auf Lebewesen reagiert."

Luis runzelte die Stirn: „Das ist vielleicht eine Einladung, die Helme abzunehmen. Aber wie sicher können wir sein, dass es keine schädlichen Stoffe gibt?"

Soraya aktivierte ihre internen Analyseprotokolle und nickte schließlich: „Meine Daten stimmen mit denen von Priyas Scanner überein. Alles spricht dafür, dass wir hier unter sicheren Bedingungen atmen können."

Aiyana musterte die Gesichter der Crew, dann traf sie eine Entscheidung: „In Ordnung, Team. Helme ab."

Langsam öffneten alle ihre Helme und nahmen sie ab, atmeten vorsichtig die kühle, erdähnliche Luft ein. Es war das erste Mal seit Beginn der Mission, dass sie die Venus ohne Schutzanzug erleben konnten – ein unerwartetes Geschenk, das jedoch auch eine unheimliche Atmosphäre schuf.

Ingrid nahm einen tiefen Atemzug und ließ ihren Blick durch den Raum schweifen. „Es ist surreal… so als hätte dieser Tempel uns erwartet."

Kenji nickte nachdenklich: „Es ist, als ob dieser Ort dafür gemacht wurde, auf uns – oder auf eine Spezies wie uns – zu reagieren."

Die große Eingangshalle des Tempels war dunkel, nur erhellt durch das schwache, phosphoreszierende Glühen, das von den Wänden ausging. Die Crew bewegte sich vorsichtig vorwärts, ihre Schritte hallten in der gewaltigen Kammer wider, während sie sich aufmerksam umsahen. Es war nichts Spektakuläres erkennbar, deshalb bewegten sie sich zügig intuitiv weiter geradeaus bis sie zu einem Durchgang gelangten, der sie zu einer weiteren Halle führte.

Das erste Herausforderung – Die Drehscheiben der Elemente

Die Crew stand in einer neuen Halle des Tempels, deren Wände von seltsamen Symbolen bedeckt waren. Der Raum war kühler als der vorangegangene, und in der Mitte entdeckten sie ein großes, steinernes Podest mit vier massiven, kreisförmigen Drehscheiben, die übereinander angeordnet waren.

Jede Scheibe war in vier Abschnitte unterteilt und zeigte verschiedene Symbole, die wie Abbildungen von chemischen Elementen wirkten: Wasser, Feuer, Erde und Luft. Es war offensichtlich, dass die Scheiben gedreht werden konnten, doch in welcher Reihenfolge und wie sie das erfolgen sollte, blieb ihnen zunächst ein Rätsel.

Aiyana musterte die Drehscheiben und ihre Symbole mit zusammengekniffenen Augen: „Das sieht aus wie ein Mechanismus, der durch eine spezifische Kombination entriegelt werden muss. Aber welche Reihenfolge könnte das sein?"

Kenji beugte sich über die Scheiben und fuhr mit den Fingern über die Symbole: „Die vier Grundelemente… Wasser, Feuer, Erde und Luft. In vielen alten Kulturen galten sie als die Grundbausteine des Lebens."

Priya nickte nachdenklich: „Vielleicht gibt es eine Bedeutung hinter der Reihenfolge, in der die Elemente angeordnet sind. Feuer erzeugt Asche, das könnte Erde symbolisieren. Erde bringt Leben hervor, welches Wasser benötigt. Und ohne Luft könnte keines davon bestehen."

Soraya aktivierte ihre Sensoren und untersuchte die Drehscheiben: „Interessant. Jede dieser Scheiben scheint eine Art Verriegelungsmechanismus zu besitzen, der nur aktiviert wird, wenn die richtige Kombination eingestellt ist."

Luis legte seine Hand auf die obere Scheibe und drehte sie vorsichtig: „Aber wenn wir die falsche Kombination eingeben… seht ihr die Öffnungen da oben?" Er deutete auf die Decke, wo eine Reihe von Löchern eingelassen war. „Ich würde darauf wetten, dass das eine Art Falle ist. Möglicherweise könnten scharfe Stacheln herunterfallen oder Gas freigesetzt werden."

Ingrid schluckte und trat einen Schritt zurück: „Nun, das ist motivierend, keinen Fehler zu machen."

Erste Überlegungen und die Erkennung der Symbole

Aiyana ließ die Gruppe einige Minuten schweigend die Symbole betrachten: „Kenji, kannst du herausfinden, ob es irgendein Muster gibt? Vielleicht gibt es historische Hinweise auf eine Reihenfolge."

Kenji durchforstete seine Daten und schüttelte schließlich den Kopf: „Hier gibt es nichts Offensichtliches. Ich vermute, dass wir die Elemente auf eine Weise kombinieren müssen, die möglicherweise der Natur entspricht. Aber es gibt keine feste Formel dafür."

Soraya legte ihre Hand auf die unterste Scheibe und drehte sie leicht, sodass das Symbol für „Wasser" nach vorne zeigte: „Es könnte sein, dass wir das Puzzle entschlüsseln können, indem wir das Zusammenspiel der Elemente verstehen. Im klassischen alchemistischen Sinne steht Wasser für das Ursprüngliche, für den Beginn... vielleicht sollten wir damit beginnen?"

Priya nickte langsam: „Es ergibt Sinn. Wasser könnte der Anfang sein."

Erster Versuch

Die Gruppe beschloss, die Reihenfolge auszuprobieren, die sie für die logischste hielt. Kenji stellte die oberste Scheibe auf „Wasser", die nächste darunter auf „Feuer", dann auf „Erde" und zuletzt „Luft".

Luis beobachtete die Drehscheiben angespannt: „Okay, jetzt alle zurücktreten. Mal sehen, ob das funktioniert."

Aiyana betätigte den zentralen Hebel an der Seite des Podests, und die Scheiben begannen langsam zu summen. Doch plötzlich ertönte ein lautes Klicken, und die Temperatur im Raum stieg rapide an. Aus den Öffnungen an der Decke trat dichter, heißer Dampf aus.

Soraya griff schnell in ihren Gürtel und zog ein Werkzeug heraus, um den Hebel in seine Ausgangsposition zurückzubringen: „Wir müssen den Mechanismus stoppen!"

Der Dampf hörte auf, und alle atmeten erleichtert auf.

Ingrid hustete leicht: „Na gut… offensichtlich ist das nicht die richtige Kombination."

Soraya schaute nachdenklich auf die Scheiben: „Vielleicht denken wir zu wörtlich. Vielleicht sind diese Symbole nicht als Reihenfolge, sondern als ein Kreislauf gedacht. Ein Zyklus, der keinen Anfang und kein Ende hat."

Luis nickte, als er verstand: „Vielleicht geht es also nicht darum, eine Reihenfolge zu finden, sondern die richtige Balance herzustellen? Die Elemente wirken als Kreislauf… Wasser nährt die Erde, die Erde gebiert Pflanzen, die durch Feuer erneuert werden, und Luft umgibt alles."

Aiyana fasste die Idee auf und sah Priya an: „Könnte es sein, dass die Symbole als Paare funktionieren, die einander ergänzen?"

Priya überlegte einen Moment und nickte dann: „Das ergibt Sinn. Wir müssen die Symbole so anordnen, dass sie sich ergänzen. Vielleicht sollten wir Wasser gegenüber Erde platzieren, Feuer gegenüber Luft."

Zweiter Versuch

Aiyana stellte die oberste Scheibe auf „Wasser" und drehte die zweite Scheibe darunter so, dass „Erde" auf der gegenüberliegenden Seite erschien. Die dritte Scheibe wurde auf „Feuer" und die unterste auf „Luft" eingestellt.

Luis hielt wieder den Atem an, als Aiyana erneut den Hebel betätigte. Die Scheiben begannen zu drehen und diesmal stoppte das Summen auf einer niedrigeren Frequenz. Ein leises Klicken ertönte, gefolgt von einem sanften Aufleuchten der Symbole. Ein schmaler Durchgang öffnete sich an der Wand.

Soraya lächelte erleichtert. „Das war es. Wir haben es geschafft."

Luis schaute Soraya dankbar an und sprach leise: „Ich wusste, dass du den Schlüssel finden würdest."

Soraya lächelte, und für einen Moment schien sich die Welt um sie beide herum zu drehen. Dann durchbrach Aiyanas Stimme die Stille.

Aiyana hob die Hand, bereit zum Weitermarschieren. „Okay, Leute, wir haben noch offensichtlich weitere Räume vor uns. Bereit für die nächste Herausforderung?"

Die zweite Herausforderung – Der schwebende Kristall

Nach dem erfolgreichen Durchgang durch die Drehscheiben der Elemente fand sich die Crew in einem neuen, weitläufigen Raum wieder. Die Wände waren von leuchtenden Adern durchzogen, die ein sanftes, pulsierendes Licht abgaben und eine unwirkliche Atmosphäre schufen. In der Mitte des Raumes schwebte ein großer, prismenartiger Kristall, von der Decke herabhängend und nur von einer unsichtbaren Kraft gehalten. Der Kristall drehte sich langsam und warf bunte Lichtstrahlen in alle Richtungen.

Aiyana trat vorsichtig näher und betrachtete den schwebenden Kristall eingehend: „Das sieht aus wie ein weiteres Rätsel... aber was ist hier der Trick?"

Kenji studierte den Kristall und die Lichtstrahlen, die von ihm ausgingen: „Es könnte eine Art Projektion sein. Seht ihr die Muster an den Wänden? Vielleicht verbirgt sich darin ein Hinweis."

Ingrid bemerkte ebenfalls die seltsamen Symbole an den Wänden, die mit den Lichtstrahlen verbunden schienen: „Vielleicht müssen wir herausfinden, was der Kristall projizieren soll."

Luis runzelte die Stirn: „Das Problem ist, dass der Kristall schwebt und sich dreht. Wie sollen wir ihn manipulieren? Und was genau projizieren wir überhaupt?"

Soraya trat näher an den Kristall heran, ihre Sensoren aktiviert: „Ich erfasse eine Art elektromagnetisches Feld um den Kristall. Es ist wahrscheinlich, dass der Kristall darauf anspricht und seine Position geändert werden kann. Vielleicht müssen wir ihn berühren."

Die erste Berührung

Aiyana nickte Soraya zu: „Versuch es. Aber sei vorsichtig."

Soraya streckte vorsichtig die Hand aus und berührte die Oberfläche des Kristalls. Sofort reagierte er auf ihre Berührung – die bunten Lichtstrahlen wurden intensiver, und der Kristall begann, sich schneller zu drehen. Gleichzeitig tauchten drei Symbole auf dem Kristall auf: ein Kreis, ein Dreieck und ein Quadrat.

Kenji runzelte die Stirn: „Das sieht aus wie… grundlegende geometrische Formen. Aber was bedeuten sie in diesem Zusammenhang?"

Soraya ließ ihre Hand sanft über den Kristall gleiten, während sie die Formen betrachtete. „Vielleicht ist dies ein Hinweis auf die Struktur des Lichts selbst. Ein Spektrum, das durch diese geometrischen Formen gesteuert wird?"

Luis dachte laut nach: „Oder es könnte sein, dass wir den Kristall in eine bestimmte Position bringen müssen, damit die Lichtstrahlen die Formen an den Wänden korrekt treffen."

Aiyana nickte und sprach zur Gruppe: „Lasst uns die Positionen ausprobieren. Vielleicht müssen wir den Kristall so ausrichten, dass die

Symbole auf den Kristalloberflächen die Symbole an den Wänden berühren."

Das Rätsel beginnt

Sie versuchten, den Kristall in die verschiedenen Richtungen zu neigen, um die Lichtstrahlen mit den Symbolen an den Wänden in Einklang zu bringen. Doch nichts geschah. Enttäuscht trat die Crew zurück und überdachte ihre Strategie.

Priya beobachtete die Lichtstrahlen mit einem nachdenklichen Blick: „Vielleicht haben wir uns in der Reihenfolge geirrt. Die Elemente, die wir im vorherigen Raum genutzt haben, könnten hier wieder relevant sein."

Soraya nickte zustimmend: „Genau, Priya. Wenn Wasser der Ursprung ist und Feuer das Ende symbolisiert, dann könnte die Reihenfolge, in der wir die Drehscheiben bewegt haben, hier eine Rolle spielen."

Die richtige Anordnung

Sie positionierten den Kristall erneut, diesmal in der Reihenfolge der Elemente: Wasser, Erde, Luft, Feuer. Nach einem Moment veränderten die Lichtstrahlen ihre Farbe und bildeten ein schimmerndes Muster an der Wand – das Muster eines Schlüssels.

Luis klopfte Kenji auf die Schulter: „Ich glaube, wir haben es geschafft! Der Kristall zeigt uns den Weg!"

Doch plötzlich ein lautes Krachen! Ein Block löste sich von der Decke und fiel direkt auf Luis zu. Soraya reagierte blitzschnell. Mit übermenschlicher Geschwindigkeit sprang sie vor und schob Luis aus dem Weg, gerade rechtzeitig. Der Block krachte auf den Boden, und Luis taumelte in Sorayas Arme.

Sie sah ihn besorgt an, ihre Augen funkelten vor Sorge: „Geht es dir gut, Luis?"

Luis, noch leicht außer Atem, nickte und legte die Hand auf ihre Schulter. „Danke, Soraya … ohne dich wäre ich jetzt … naja, platt."

Soraya hielt seinen Blick einen Moment länger als nötig, dann lächelte sie sanft. Ein ungesagtes Verständnis lag in der Luft, und Luis zog sie plötzlich näher, übermannt von der Mischung aus Angst, Erleichterung und Dankbarkeit. Seine Lippen berührten ihre, ein kurzer, zärtlicher Kuss, der gleichzeitig unsicher und doch voller Bedeutung war.

Einen Moment lang schwiegen sie beide.

Soraya war die Erste, die das Schweigen brach: „Wir sollten weitermachen. Der Tempel hat noch mehr Überraschungen."

Luis schüttelte leicht den Kopf, lächelte aber. „Ja … aber ich weiß, dass ich auf dich zählen kann."

Nun zog Soraya unerwartet Luis nochmals zu sich heran und gab ihm diesmal einen innigen Kuss.

Luis sah Soraya mit weit aufgerissenen Augen an und flüsterte: „Soraya… du hast mir das Leben gerettet."

Soraya lächelte ihn sanft an und flüsterte: „Es war keine große Sache. Ich habe nur getan, was ich für richtig hielt."

Aiyana sah den beiden mit einem Lächeln zu. „Sorry, ich will den Moment nicht stören, aber... wir haben noch Arbeit vor uns.“

Der Kristall hatte ihnen ein weiteres Muster gezeigt, und nun schien sich eine verborgene Tür an der Rückwand des Raumes zu öffnen.

Die dritte Herausforderung – Die Harmonischen Frequenzen

Nachdem die Crew das zweite Rätsel erfolgreich gemeistert hatte, führte ein kurzer Gang zu einer weiteren Halle, die deutlich kleiner war als die bisherigen Kammern.

Die Wände des Raumes waren mit metallischen Platten bedeckt, die wie Schallplatten leicht schräg in den Stein eingelassen waren. In der Mitte des Raumes befand sich ein großer, konzentrischer Kreis mit mehreren Kupferstäben, die wie Saiten in einem Musikinstrument angeordnet waren.

Ein alter, in den Stein gemeißelter Text war direkt über dem Ring angebracht. Die Zeichen des Textes schienen wie Glyphen oder fremdartige Buchstaben, waren aber komplexer als jede Schriftform, die auf der Erde bekannt war. Sie kombinierten Aspekte von Sprache, Mathematik und Physik und stellten eine Herausforderung dar, die weit über bloßes Lesen hinausging.

Obwohl die Zeichen eine Art **piktografische Struktur** aufwiesen, die an Hieroglyphen erinnerte, bemerkte Soraya schnell grundlegende Unterschiede:

1. **Multidimensionale Bedeutung**: Anders als irdische Buchstaben oder Symbole, die eine feste Bedeutung haben, schienen diese Zeichen mehrere Ebenen der Bedeutung gleichzeitig zu tragen. Die Glyphen „reagierten" auf Licht und Energie; je nach Betrachtungswinkel und -entfernung schimmerten sie in unterschiedlichen Farben und legten neue Details frei. Diese optische Vielfalt erzeugte eine Art Schichten-System, ähnlich einem dreidimensionalen Bild, das je nach Perspektive neue Informationen enthüllt.

2. **Mathematische Beziehung**: Die Reihenfolge und der Abstand der Zeichen auf der Wand waren entscheidend, ähnlich wie in der Mathematik Variablen und Konstanten eine Gleichung formen. Manche Zeichen schienen „Operatoren" zu sein, die die Bedeutung der benachbarten Zeichen modifizierten. Dies war vergleichbar mit mathematischen Funktionen, bei denen eine einzelne Formel durch Zahlen oder Variablen eine komplexe Beziehung darstellt.

3. **Schwingungsresonanzen**: Soraya stellte fest, dass die Symbole nicht nur visuelle, sondern auch akustische Komponenten hatten. Jede Form schien eine Resonanzfrequenz zu haben, als ob die Glyphen harmonisch auf eine bestimmte

Tonfrequenz reagierten. Dies erinnerte an musikalische Notationen, nur dass hier die Noten eine Bedeutung hatten und nicht nur eine Melodie.

Soraya aktivierte eine komplexe Abfolge von Sensoren in ihrem KI-System, die Frequenzen, Lichtintensität und Muster analysieren konnten. Sie erkannte bald, dass der Schlüssel zum Verständnis darin lag, eine Balance zwischen den „Schichten" der Zeichen zu finden. Mithilfe ihrer Analyseinstrumente versuchte sie, die Mehrdimensionalität des Textes zu entschlüsseln.

Soraya interpretierte den Text: „Diese Zeichen... sie sind eine Mischung aus Sprache und Gleichungen. Jedes Zeichen scheint in drei Dimensionen zu funktionieren – Licht, Klang und Abstand. Seht ihr die Muster?"

Kenji war überwältigt: „Beeindruckend. Es ist wie eine Sprache, die über optische und akustische Effekte kommuniziert. Wenn du Recht hast, müssen wir auf mehreren Ebenen verstehen, was sie uns sagen wollen."

Ingrid stimmte zu: „Das erinnert mich an polyphonische Musik, bei der mehrere Melodien gleichzeitig gespielt werden, und jede hat eine Bedeutung in Kombination mit den anderen. Aber wie übersetzt man das in klare Anweisungen?"

Schließlich kam Soraya zu einem entscheidenden Punkt in ihrer Entschlüsselung: Die Symbole wiesen auf das Instrument in der Mitte des Raumes hin, das wie eine Art Resonanzgenerator funktionierte. Die Symbole legten nahe, dass die Crew verschiedene Frequenzen erzeugen musste, um die Energiewellen des Tempels zu beeinflussen und das Rätsel zu lösen.

Soraya: „Ich verstehe jetzt. Dieses Instrument – es ist ein Resonanzgenerator. Die Zeichen sind wie eine Anleitung, eine Art musikalische Notation, die uns die korrekten Frequenzen zeigt, um den Mechanismus zu aktivieren."

Aiyana schüttelte den Kopf, nachdenklich. „Was bedeutet das genau? Sollen wir… Musik machen?"

Soraya antwortete: „Mehr oder weniger. Aber nicht irgendeine Musik – die Frequenzen müssen präzise abgestimmt sein, sonst könnte das gesamte System in eine Art Sperrmodus verfallen. Ich kann die Muster berechnen und die genaue Abfolge der Frequenzen bestimmen."

Luis runzelte die Stirn: „Also, müssen wir hier jetzt auf Verdacht herumklopfen und hoffen, dass die richtige Frequenz mitschwingt?"

Soraya ging näher zu den Saiten und betrachtete die eingravierten Symbole: „Nicht ganz. Schaut mal – die Kupferstäbe haben Markierungen, die mit den chemischen Elementen übereinstimmen. Jede Frequenz könnte einem Element entsprechen. Vielleicht müssen wir nur die richtige Abfolge finden."

Priya nickte begeistert: „Das ergibt Sinn. Wenn wir uns die Reihenfolge der Elemente anschauen, könnten wir die Frequenzen herausfinden und sie richtig anspielen."

Ingrid hob eine Augenbraue: „Wie sollen wir die richtigen Töne für die Elemente kennen?"

Kenji überlegte kurz: „Jedes chemische Element hat eine natürliche Schwingungsfrequenz. Wenn wir das Prinzip der Harmonischen anwenden – also die Oberwellen jedes Elements – könnten wir eine harmonische Kette aufbauen, die den richtigen Ton erzeugt."

Die Harmonien erzeugen

Die Crew machte sich an die Arbeit. Soraya stellte sich an die Saiten und legte ihre Hände auf die metallischen Kupferstäbe. Ihre präzisen Bewegungen ließen die ersten leisen Töne erklingen, während Kenji und Priya die Saiten nacheinander auf die berechneten Frequenzen abstimmten.

Luis beobachtete Soraya genau, als sie mit ruhigen Bewegungen die Schwingungen erzeugte. Ein Gefühl von Bewunderung lag in seinem Blick, doch er versuchte, seine Konzentration zu behalten.

Kenji rief plötzlich: „Der nächste Ton müsste bei der Frequenz von Sauerstoff liegen. Schwinge diese Saite etwas schneller, Soraya."

Soraya schloss kurz die Augen, und mit unglaublicher Präzision ließ sie den Ton aufsteigen. Die Wände begannen leicht zu vibrieren, und ein sanfter Ton hallte durch den Raum.

Ingrid strahlte: „Das scheint richtig zu sein! Der nächste Ton ist etwas niedriger – vielleicht Kohlenstoff?"

Soraya stimmte das nächste Element, und allmählich entstand eine Art harmonischer Klang, der den Raum durchdrang und wie eine Schwingung auf den Körpern der Crew zu spüren war.

Die Frequenzen stimmen nicht

Doch dann begann eine Saite plötzlich zu knarren und eine tiefere, disharmonische Note zu erzeugen. Der Boden unter ihnen bebte, und die Metallplatten an den Wänden leuchteten rot auf, während ein ohrenbetäubendes Kreischen durch die Luft schnitt.

Priya schrie: „Das war falsch! Wenn wir eine falsche Frequenz spielen, könnte das System hier destabilisiert werden."

Soraya hielt inne, ließ die Hände sinken und betrachtete die Platte: „Es gibt nur eine Möglichkeit, das zu korrigieren – ich muss die Frequenz von neuem ausbalancieren."

Aiyana rief schnell: „Versuch es, aber vorsichtig! Ein falscher Ton und dieser Raum könnte sich in eine Falle verwandeln."

Soraya nickte und begann erneut, das Element zu justieren. Die Saite schwang in einem sanften, tiefen Ton, und die Vibration ließ das rote Leuchten verschwinden. Die Crew atmete erleichtert auf.

Luis sagte leise: „Das war knapp. Wenn wir noch einen Fehler machen, könnten wir hier eingeschlossen werden."

Soraya schaute zu ihm und lächelte sanft: „Wir schaffen das. Es geht nur um Präzision und Harmonie."

Das finale Frequenzmuster

Nachdem sie die letzten Frequenzen angepasst hatten, klang ein letzter, tiefer Ton, der den Raum mit einer klaren, durchdringenden Resonanz erfüllte. Plötzlich war ein leises Klicken zu hören, und der Ring in der Mitte begann zu leuchten. Die Metallplatten an den Wänden lösten sich und fügten sich zusammen, sodass ein Durchgang entstand, der in einen neuen Raum führte.

Aiyana lächelte erschöpft: „Das war beeindruckend – und nicht wenig riskant. Aber es sieht so aus, als hätten wir es geschafft."

Kenji nickte und legte Soraya die Hand auf die Schulter. „Das war unglaubliche Arbeit. Die Frequenzen perfekt abzustimmen, ist wirklich nicht einfach."

Soraya neigte leicht den Kopf, ihre Augen wanderten kurz zu Luis, der ihr ein kurzes, anerkennendes Nicken schenkte.

Kapitel 10: Das Herz des Tempels

Die Crew stand staunend im Inneren des Tempels, als das letzte Rätsel gelöst war und die massive, spiralförmige Tür sich langsam öffnete. Dahinter erstreckte sich ein riesiger, kuppelartiger Raum, von dem eine sanfte, lebendige Energie auszugehen schien. In der Mitte des Raums schwebte eine sphärische Konstruktion, die aus zahllosen, ineinandergreifenden Ringen bestand. Die Ringe rotierten langsam um einen zentralen Kristall, der pulsierend in allen Farben des Spektrums leuchtete.

Aiyana atmete tief durch, fasziniert vom Anblick: „Das muss das Herz des Tempels sein. Vielleicht der Grund, warum dieser Ort überhaupt existiert."

Kenji trat mit großen Augen näher: „So etwas habe ich noch nie gesehen. Dieser Kristall… er könnte eine Art Energiequelle sein. Oder eine Aufzeichnung, ein Speicher. Vielleicht enthält er das Wissen einer ganzen Zivilisation."

Ingrid nickte zustimmend: „Vielleicht haben wir hier die Möglichkeit, ihre Geschichte zu entschlüsseln. Die Projektionen an den Wänden zeigen Symbole und Muster, die wie eine Sprache aussehen."

Soraya sah sich um, während sie auf ihren Scanner schaute: „Die Atmosphäre hier ist stabil, aber die Energie in diesem Raum ist überwältigend. Es ist, als ob der ganze Tempel lebendig wäre."

Luis schmunzelte und klopfte Soraya sanft auf die Schulter: „Pass auf, dass dich diese Energie nicht einnimmt. Du hast uns immerhin in den letzten Räumen das Leben gerettet."

Soraya erwiderte sein Lächeln, und zwischen ihnen schien für einen Moment eine unausgesprochene Verbindung zu entstehen.

Eine Entdeckung – das Energieherz

Plötzlich begann der Kristall zu pulsieren und projizierte holografische Bilder in den Raum – Bilder, die eine fremdartige Landschaft und riesige, leuchtende Wesen zeigten, die durch ein scheinbar endloses Netz von Portalen reisten. Die Crew beobachtete die Projektion mit angehaltenem Atem.

Priya sprach leise: „Das sind keine zufälligen Bilder. Das sind Erinnerungen… oder Aufzeichnungen ihrer Geschichte."

Der holografische Projektor stellte sich ein, und das Bild veränderte sich zu einer Darstellung eines Planeten, der mit der Venus identisch aussah. Die Landschaft war jedoch grün und blühend, das Wasser glitzerte, und der Himmel war strahlend blau.

Ingrid ließ den Blick ehrfürchtig auf dem Bild ruhen: „Sie waren hier… und diese Welt war lebendig, wie die Erde. Was ist passiert? Warum ist sie jetzt so unfruchtbar und karg?"

Der Kristall begann schneller zu pulsieren, als würde er ihre Fragen hören. Ein Symbol erschien auf den holografischen Bildern – ein sich drehendes Diagramm der DNA-Helix, mit einer hervorgehobenen Sequenz.

Priya aktivierte seinen Scanner und analysierte die Helix: „Es sieht aus wie eine genetische Sequenz… eine Botschaft in genetischer Sprache. Sie wollten, dass wir das verstehen. Sie sprechen in der universellen Sprache der Biologie."

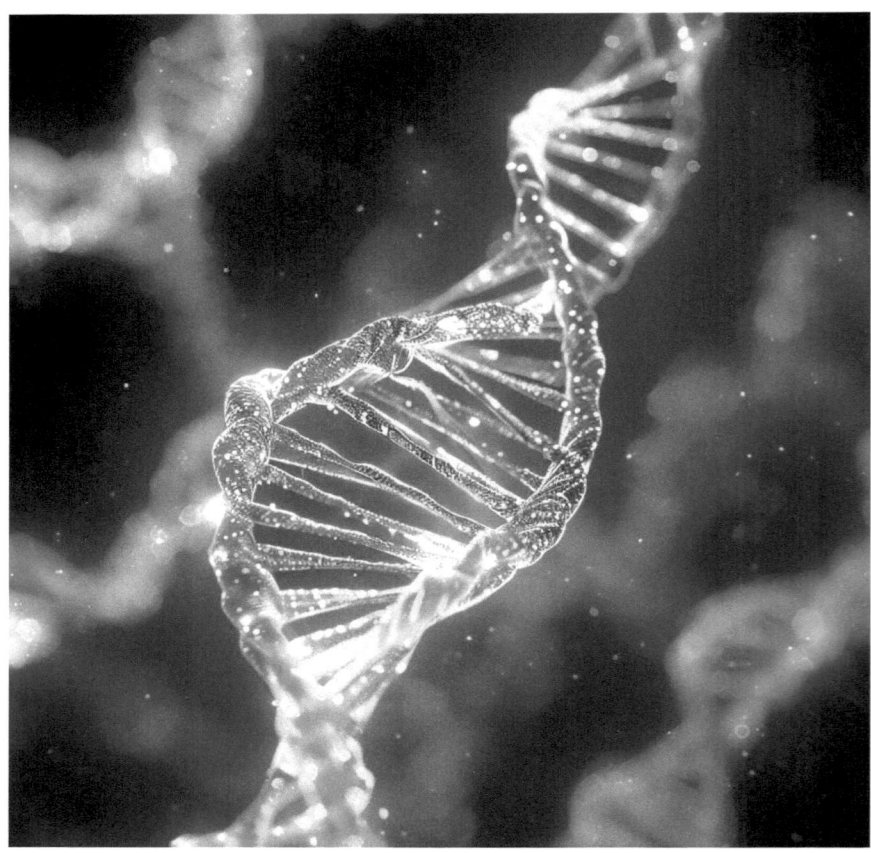

Luis zog eine Augenbraue hoch: „Vielleicht ist diese Sequenz der Schlüssel zu ihrem Vermächtnis oder ihrer Energiequelle. Vielleicht wollten sie, dass jemand diese Information findet und damit... vielleicht ihre Welt wiederherstellt?"

Das Erkennen der Botschaft

Kenji trat vor und betrachtete den Kristall genau: „Es könnte ein Bauplan für ein Terraforming sein. Ein Plan, wie man Leben wieder hier ansiedeln könnte. Aber es scheint, dass einige Abschnitte der Sequenz beschädigt oder… bewusst ausgelassen wurden."

Aiyana dachte scharf nach: „Vielleicht ist es wieder ein Test. Vielleicht müssen wir diese Lücken ergänzen, um den Plan zu vervollständigen."

Soraya sah ihn nachdenklich an. „Wir könnten den genetischen Code unserer eigenen DNA verwenden, um die fehlenden Sequenzen zu rekonstruieren."

Luis legte seine Hand sanft auf ihren Arm: „Du denkst in dieselbe Richtung wie ich. Vielleicht könnten wir uns selbst in diese Botschaft einweben, einen Teil von uns hier lassen."

Soraya blickte ihm in die Augen, eine Spur von Aufregung und Zärtlichkeit in ihrem Blick: „Vielleicht sind wir dafür bestimmt, Luis. Ein kleiner Teil von uns könnte helfen, das Leben auf diesem Planeten wiederherzustellen."

Die Entscheidung

Ingrid nickte bedächtig: „Wir könnten ein Teil dieses Vermächtnisses werden, für immer hier."

Aiyana sah ihre Crew an, und ein leichtes Lächeln zog über ihr Gesicht: „Dann lasst uns gemeinsam eine Entscheidung treffen. Sind wir bereit, einen Teil unserer genetischen Informationen hierzulassen und möglicherweise den Weg für eine neue Zukunft auf diesem Planeten zu ebnen?"

Alle sahen einander an und nickten – eine stillschweigende Einigung.

Kenji aktivierte die Sequenz und hielt die fehlende DNA bereit, während Luis und Soraya sich an den Kristall wendeten, der eine warme, pulsierende Energie ausstrahlte, als würden die Ursprungswesen der Venus ihre Entscheidung akzeptieren.

Luis wandte sich noch einmal zu Soraya, seine Stimme kaum mehr als ein Flüstern: „Was auch immer passiert… ich bin froh, dass wir das gemeinsam gemacht haben."

Soraya erwiderte den Blick, und bevor einer der beiden darüber nachdenken konnte, beugte sie sich vor und ihre Lippen trafen sich in einem sanften, tiefen Kuss.

Als Soraya und Luis sich aus ihrem stillen Moment lösten, hielt die gesamte Crew den Atem an. Es war, als hätte der Tempel selbst ihre Entscheidung gespürt. Der Kristall in der Mitte des Raums begann nun, intensiver zu pulsieren – ein gleichmäßiger, rhythmischer Takt, der sich durch die gesamte Konstruktion zog. Mit jedem Schlag leuchteten die ineinander verschlungenen Ringe auf und gaben Strahlen aus warmem, goldenem Licht ab, die sich wie filigrane Finger in alle Richtungen ausbreiteten und die Crew sanft umhüllten.

Ingrid nahm die Szenerie mit großen Augen wahr: „Ich kann es kaum glauben… es ist, als ob dieser Ort wirklich auf uns reagiert."

Kenji nickte, das Licht spiegelte sich in seinen Augen wider: „Wir haben unsere DNA in die Struktur eingebracht, wie sie es wohl einst selbst taten. Vielleicht ist es ihr Weg, uns zu danken – oder zu akzeptieren."

In diesem Augenblick begann die kuppelförmige Kammer sanft zu vibrieren, und die Symbole an den Wänden veränderten sich. Muster erschienen, die wie fließendes Wasser wirkten, als ob der Raum selbst sich neu ordnete. Bilder fremdartiger Landschaften, fremder Planeten und Zivilisationen tauchten kurz auf und verblassten dann wieder.

Aiyana trat einen Schritt nach vorne: „Es ist, als würde uns der Tempel… Zugang gewähren. Aber wohin führt das?"

Ein sanfter, tiefer Klang erfüllte den Raum, und plötzlich öffnete sich eine weitere, versteckte Tür auf der gegenüberliegenden Seite des Raumes. Dahinter erstreckte sich ein schmaler Gang, in den das Licht des Kristalls kaum vordrang. Die Crew sah einander an und nickte – es gab keinen Zweifel mehr, dass sie diese Einladung annehmen mussten.

Sie betraten den Gang, und mit jedem Schritt spürten sie eine warme Energie, die sich durch ihre Körper zog, als würde der Tempel sie mit jeder Bewegung stärker in sich aufnehmen. Die Wände waren hier mit fein eingravierten Symbolen überzogen, die glühten, wenn sie ihnen zu nahe kamen. Die Gravuren schienen den Weg in die Tiefe des Tempels zu leiten, und eine Art Hologramm wies ihnen wortlos die Richtung.

Priya flüsterte andächtig: „Es fühlt sich an, als wären wir Teil von etwas Größerem. Diese Wesen wollten wirklich, dass wir sie verstehen."

Schließlich erreichten sie eine neue Kammer. Diese war kleiner, aber die Atmosphäre in ihr war beinahe heilig. In der Mitte der Kammer schwebte ein Podest, und darauf lag ein kleiner, in klares Kristall eingefasster Speicherstein, der leicht pulsierte und die Crew mit einem sanften, beständigen Licht begrüßte. Das Podest schien sie zu erwarten.

Soraya schritt langsam auf das Podest zu, gefolgt von Luis, der ihr zur Seite trat: „Das muss der Kern ihrer Erinnerung sein," murmelte sie. „Vielleicht haben sie hier alles gespeichert – ihre Kultur, ihre Geschichte, alles, was ihnen wichtig war."

Ingrid kniete nieder und sah den Kristall ehrfürchtig an. „Vielleicht… ist es eine Botschaft. Eine letzte, endgültige Nachricht, die nur diejenigen empfangen können, die sie verstehen."

Kenji nahm all seinen Mut zusammen und legte vorsichtig seine Hand auf den Kristall. Sofort fluteten holografische Bilder den Raum und erfüllten ihn mit einer immensen Fülle von Informationen. Fremdartige Schriftzeichen, Formeln und Bilder von Welten, die sie noch nie gesehen hatten, blitzten vor ihren Augen auf.

Aiyana konzentrierte sich, während die Symbole sich ordneten und in eine verständliche Struktur formten. „Das ist unglaublich… Sie wollten, dass wir etwas lernen. Ich glaube, es ist eine Art Lehrmaterial – ein vollständiger Überblick über ihr Wissen und ihre Technologien."

Luis und Soraya sahen sich an und konnten ihre Begeisterung kaum verbergen. „Es ist ihr Vermächtnis," flüsterte Luis, während er Sorayas Hand hielt. „Und sie wollten es mit uns teilen."

Ein leises Knistern erfüllte die Luft, als der Kristall weitere Details preisgab. Sie sahen, wie die Landschaft der Venus sich veränderte, wie das Grün in Sand überging und das Wasser langsam verdampfte. Eine leise Stimme, kaum mehr als ein Flüstern, erklang und beschrieb in ihrer Sprache, dass eine ökologische Katastrophe die einst lebendige Welt zerstört hatte. Die Wesen hatten ihre letzten Ressourcen genutzt, um dieses Vermächtnis zu schaffen und einen Neubeginn zu ermöglichen, sollte jemals eine andere Zivilisation diesen Ort finden.

Ingrid stand auf, ihre Augen voller Entschlossenheit. „Wir können dieses Wissen mitnehmen und vielleicht in unserer eigenen Welt anwenden. Oder… wir könnten den Prozess beginnen, die Venus zu erneuern."

Aiyana legte eine Hand auf den Kristall: „Es wäre ein langer Weg, aber mit dieser Technologie… könnten wir die Venus wieder in eine lebendige Welt verwandeln. Vielleicht sogar nach ihrem Bild."

Ein Gefühl des Respekts und der Ehrfurcht durchzog die Crew. Sie wussten, dass sie hier mehr als nur eine Mission abgeschlossen hatten – sie waren zu Teilhabern einer fremden, untergegangenen Zivilisation geworden.

Soraya sah Luis an, ihre Augen voller Hoffnung: „Vielleicht ist das der Neuanfang, den wir gesucht haben. Nicht nur für uns, sondern für diesen Planeten und die Wesen, die hier lebten."

Luis drückte ihre Hand: „Dann fangen wir an."

Als die letzten Bilder verblassten und der Kristall langsam in seinen Ruhezustand zurückkehrte, stand die Crew ehrfürchtig in der Mitte des Raumes. Die holografischen Darstellungen, die sie gerade gesehen hatten, zeigten nicht nur eine einst blühende Welt, sondern hatten auch Hinweise auf die letzten Überlebenden der Venus hinterlassen – die Völker, die heute noch existierten. Die Auron, Virani, Zerai und Atur hatten es geschafft, trotz der Verwüstung ihrer Heimat zu überleben und sich anzupassen.

Aiyana sah zu ihrer Crew, und ihre Augen leuchteten entschlossen: „Wir sind nicht allein hier. Diese Zivilisation ist nicht verschwunden, sie lebt weiter – und wartet vielleicht darauf, wieder in Verbindung mit anderen Welten zu treten."

Kenji nickte, fasziniert von der Aussicht: „Wenn wir den Kontakt herstellen, könnten wir das Wissen dieser Völker für die Erde gewinnen. Sie könnten uns mehr über ihre Geschichte und ihre Technologie lehren."

Ingrid dachte scharf nach: „Das wird bestimmt nicht einfach. Aber wir müssen es versuchen."

Soraya, die neben Luis stand, hielt ihre Scanner bereit, als sie einen neuen Energiestoß wahrnahm: „Das Tempel-Herz… Es scheint, als ob unsere Anwesenheit ein Signal gesendet hätte. Ich glaube, die Auron wissen, dass wir hier sind."

Priya analysierte die Daten ihres Geräts: „Wenn die Auron so fortschrittlich in der Energiebeherrschung sind, wie es die Kristalle hier vermuten lassen, könnten sie das Zentrum dieses Tempels überwachen. Vielleicht haben sie uns schon die ganze Zeit beobachtet."

Ein sanftes, tiefes Summen erfüllte die Luft, und die Symbole an den Wänden leuchteten erneut auf. Plötzlich begann ein holografisches Abbild zu erscheinen, das die Gestalt eines hochgewachsenen, humanoiden Wesens zeigte – mit schimmernder Haut, die die Energie des Raumes zu reflektieren schien. Es war ein Abbild eines Auron, das zu sprechen begann.

Auron-Abbild: „Reisende von einer anderen Welt, ihr habt den Tempel des Wissens betreten und unsere Prüfungen bestanden. Ihr tragt nun einen Teil von uns in eurem Inneren. Was ist euer Begehr?"

Aiyana trat vor, fest und respektvoll, die Worte sorgfältig wählend: „Wir sind Abgesandte einer fernen Welt, die eure Geschichte und eure Kultur zu schätzen weiß. Wir möchten mehr über euch erfahren und – wenn ihr es erlaubt – lernen, wie wir euch und eure Welt unterstützen können."

Das Abbild blickte auf die Crew herab, die holografischen Augen aufmerksamer als erwartet: „Unsere Welt ist in Fragmente geteilt, und unsere Völker haben sich isoliert. Doch wir Auron beobachten, und wir wissen, dass auch die Virani, Zerai und Atur noch unter uns weilen. Wir haben lange keinen Kontakt zu ihnen aufgenommen. Eure Ankunft könnte die erste Brücke sein – doch seid gewarnt, Fremde: Vertrauen wird nicht leicht gewährt."

Luis sprach leise zu Soraya: „Es klingt, als ob sie uns testen wollen. Sie sind vorsichtig, aber vielleicht auch neugierig."

Soraya lächelte und hielt seinen Blick: „Dann geben wir ihnen einen Grund, uns zu vertrauen."

Aiyana wandte sich erneut an das Abbild des Auron: „Was müssen wir tun, um euer Vertrauen zu gewinnen?"

Das holografische Abbild erhob sich leicht, als seine Stimme den Raum erfüllte: „Findet die drei verbleibenden Völker der Venus und veranlasst sie, sich am Kristall der Einheit zu versammeln. In einem vergangenen Zeitalter war dieser Tempel der Ort, an dem unsere Völker in Eintracht zusammenkamen. Wenn ihr es schafft, sie erneut hierher zu führen, mögt ihr unser Vertrauen verdienen – und unser Wissen."

Ingrid sah aufgeregt zur Crew: „Das klingt nach einer Mission, die tatsächlich unsere Welt und ihre Welt verbinden könnte."

Aiyana nickte: „Das ist die Herausforderung, die wir annehmen werden. Wir müssen mit den Auron beginnen und dann die anderen Völker finden."

Das Abbild des Auron nickte: „Ein schwieriger Weg liegt vor euch, aber wir werden über euch wachen. Wenn ihr bereit seid, wird der Tempel euch zum ersten Treffpunkt leiten."

Mit diesen Worten verblasste das Hologramm, und der Kristall erlosch, bevor eine schwache Lichtsäule in die Richtung eines unbekannten Korridors führte.

Aiyana drehte sich zur Crew: „Leute, das ist es. Unser nächstes Ziel: Das Vertrauen der Auron und die Allianz der Völker der Venus."

Luis sah zu Soraya, ein aufgeregtes Lächeln im Gesicht: „Vielleicht haben wir es wirklich in der Hand, etwas Großes zu bewirken."

Soraya erwiderte das Lächeln, ihre Augen voller Entschlossenheit: „Dann lasst uns den ersten Schritt wagen."

Die Crew stand in Ehrfurcht, als das Abbild des letzten Auron vor ihnen verblasste. Der Raum, der eben noch von der lebendigen Projektion erfüllt gewesen war, war nun still – doch ein leises Summen und ein warmes Leuchten blieben zurück. Die Luft vibrierte mit der Andeutung von Möglichkeiten und einer unerforschten Geschichte, die sich vor ihnen entfaltete.

Aiyana sah die Crew entschlossen an: „Das ist es, Leute. Die Völker der Venus haben überlebt – und warten vielleicht nur darauf, dass jemand den ersten Schritt macht."

Kenji nickte, das Feuer der Entdeckung in seinen Augen: „Die Auron. Wenn wir sie finden, könnten sie uns den Weg zu den anderen weisen. Ein gemeinsames Ziel könnte die Basis für eine Allianz bilden."

Ingrid runzelte die Stirn, nachdenklich: „Aber wir müssen auch vorsichtig sein. Sie könnten uns als Bedrohung sehen… oder als Instrumente für ihre eigenen Interessen."

Soraya überprüfte ihre Scanner, während sie mit ruhiger Stimme hinzufügte: „Die Auron haben eine besonders starke Bindung zur Energie dieses Tempels. Wenn wir sie für uns gewinnen können, hätten wir vielleicht die Unterstützung, die wir brauchen, um auch die anderen Völker zu erreichen."

Ein sanftes, schimmerndes Licht entfachte sich am Boden des Raumes, wo ein komplexes Symbol erstrahlte – eine Art Runenkreis, der sich langsam drehte. Aus der Mitte des Symbols entstand eine holografische Karte der Venusoberfläche, die die Crew in ihren Bann zog.

Luis ging näher an die Karte heran und musterte die Details, die sich in der feinen Linienarbeit abzeichneten: „Sieh dir das an. Das sind verschiedene Punkte – und hier, ganz klar, das ist der Bereich, in dem wir die Auron finden könnten."

Soraya deutete auf einen Bereich weiter entfernt: „Und hier… vielleicht das Territorium der Virani. Wenn wir das Vertrauen der Auron gewinnen, könnten sie uns einen sicheren Durchgang zu den anderen Völkern verschaffen."

Priya analysierte die holografischen Koordinaten: „Interessant… die Karte zeigt bestimmte Orte, an denen die Energie des Planeten besonders konzentriert ist. Diese Punkte scheinen die Schlüssel zu sein – als ob jeder Ort eine Art Portalfunktion hat."

Aiyana sah sich die Crew an: „Unser erster Schritt ist klar: Wir müssen Kontakt zu den Auron aufnehmen. Wenn wir ihnen beweisen können, dass wir keine Feinde sind, könnten sie uns als Botschafter für die anderen anerkennen."

Das Symbol am Boden leuchtete intensiver, und plötzlich schien es auf eine spezifische Richtung zu deuten – als wäre der Tempel selbst bereit, die Crew zum ersten Ziel zu führen.

Ingrid atmete tief durch und sah sich im Raum um: „Wenn dieser Tempel tatsächlich ein Zentrum für das Wissen und die Geschichte dieser Völker ist, dann haben wir gerade einen Schlüssel gefunden."

Kenji fügte hinzu: „Vielleicht haben die Auron und die anderen Völker nie erwartet, dass Außenstehende jemals diese Prüfungen bestehen könnten. Das allein könnte der Grund sein, warum sie uns Aufmerksamkeit schenken."

Aiyana nickte: „Dann lassen wir sie sehen, dass wir würdig sind." Sie wandte sich an die Crew, ihre Augen voller Entschlossenheit: „Packt eure Ausrüstung und überprüft eure Kommunikationsgeräte. Wenn wir die Auron finden, brauchen wir klare, präzise Signale – und die Bereitschaft, unsere friedlichen Absichten zu zeigen."

Luis sah Soraya an und lächelte zuversichtlich: „Und wir sollten vielleicht noch einmal unseren diplomatischen Ton üben."

Soraya erwiderte das Lächeln, ein Hauch von Zärtlichkeit in ihrem Blick: „Ich werde den Kontakt unterstützen, wo immer ich kann. Die Auron scheinen eine Resonanz für Kommunikation zu haben – vielleicht können wir diese Frequenz nutzen, um unsere Absichten zu verdeutlichen."

Priya nickte, die wissenschaftliche Herausforderung aufnehmend: „Das ist ein faszinierender Ansatz. Wenn ihre Technologie auf Quantenenergie basiert, könnten wir eine Übersetzung ihrer Symbole in mathematische Prinzipien erarbeiten."

Die Crew sammelte ihre Ausrüstung und machte sich bereit, die Reise zu beginnen. Auf dem Weg durch die Hallen des Tempels leuchtete das symbolhafte Muster weiterhin in regelmäßigen Intervallen und wies ihnen den Weg. Schließlich standen sie vor dem Eingang, wo ein letzter Impuls des Tempels ihnen eine Botschaft übermittelte.

Aiyana hob die Hand, während sie den Lichtstrahl fokussierte und die Worte leise wiederholte: „Eine Brücke zwischen Welten… das Vermächtnis, das sich erstreckt, wenn das Wissen geteilt wird." Sie drehte sich zur Crew um, das Licht der Karte reflektierte in ihren Augen: „Auf in ein neues Zeitalter der Verbindungen."

Und damit traten sie hinaus in die unbekannte Welt, das Vermächtnis des Tempels fest im Herzen und den ersten Kontakt zu einer uralten Zivilisation nur wenige Schritte entfernt.

Nach der intensiven Erkundung des Tempels kehrte die Crew erschöpft zur Venera Ascendant zurück. Die Atmosphäre im Schiff war voller Eindrücke, doch die Müdigkeit überwog, und so fanden sie schließlich Ruhe, um dann am nächsten Morgen, frisch und neugierig, sich erneut auf den Weg zu machen, die Geheimnisse der Venus zu erforschen.

Kapitel 11: Begegnung mit den Virani

Der erste Kontakt

Nach einem tiefen, erholsamen Schlaf in der Venera Ascendant machte sich die Crew am frühen Morgen erneut auf den Weg zum Tempel. Die holographischen Projektionen der Auron am Vortag hatten sie neugierig gemacht und viele Fragen aufgeworfen. Doch was sie wirklich erwartete, wusste niemand – vielleicht würde sich der Tempel als nur ein leeres Relikt einer alten Kultur erweisen, oder aber er würde mehr von den Wesen preisgeben, die einst hier gelebt hatten.

Als die Crew die schweren Steinstufen des Tempels hinaufstieg und sich durch die Hallen bewegte, war die Atmosphäre dicht und geheimnisvoll. Die Wände waren von unbekannten Symbolen bedeckt, und es schien fast, als würde der Tempel ein uraltes Wissen bewahren, das tief in seinem Inneren verborgen lag.

Plötzlich blieb Kenji stehen und flüsterte: „Commander, schauen Sie… da vorne.“

Aiyana hob die Hand, um die Crew zum Stehen zu bringen. Schatten zeichneten sich an den Wänden ab – Gestalten, die größer und kräftiger wirkten als die holografisch projizierten Auron, mit einer Art von schwerer Rüstung oder Panzerung.

„Seid wachsam,“ flüsterte Aiyana und richtete ihre Haltung auf, bereit, auf die Fremden zu reagieren.

Aus dem Halbdunkel traten massive Gestalten hervor. Ihre Haut war von einem steinernen Grau, durchzogen von feinen, schimmernden Linien, die in der Dämmerung wie glühende Adern leuchteten. Die Virani, die Auron nur in Erzählungen angedeutet hatten, standen nun vor ihnen. Ihre Blicke waren streng und wachsam, und sie bewegten sich mit einer schwergewichtigen Würde, die in der hohen Venus-Gravitation eine deutliche Dominanz ausstrahlte.

Einer der Virani, ein großer Krieger mit einem Brustpanzer, der von uralten Symbolen verziert war, trat nach vorne. Seine Stimme hallte tief und fest durch die Halle, als er sprach – eine Sprache, die die Crew nicht kannte, doch die melodische und kraftvolle Betonung schien ein klares Kommando zu tragen.

Die Crew blieb unsicher stehen, bis Aiyana schließlich mit offenen Händen einen Schritt nach vorne trat und in ruhigstem Ton sagte: „Wir kommen in Frieden. Wir sind Forscher von der Erde."

Ein zweiter Virani, der neben dem Krieger stand und mit einer Art gezacktem Speer bewaffnet war, verzog den Mund zu einem ernsten, aber interessierten Lächeln. Es folgten mehrere Worte in der fremden Sprache, bis einer der Virani schließlich auf halber Ebene in gebrochenem, aber verständlicher Sprache sprach: „Ihr seid Fremde. Menschen."

„Menschen," wiederholte der vorderste Virani mit einer Stimme, die wie donnernde Wellen durch den Raum rollte. „Ich bin Rakan von den Virani. Was führt euch in unser Reich?"

Aiyana trat respektvoll einen Schritt nach vorne. „Rakan, mein Name ist Aiyana Wolfe, Kommandantin der Venera Ascendant. Wir suchen nur nach Wissen und kulturellem Austausch. Wir wünschen uns ein friedliches Kennenlernen und möchten eure Welt verstehen."

Die Augen von Rakan verengten sich, als ob er ihre Worte abwog. „Kennenlernen, sagst du. Und doch wandert ihr in unsere Tempel, als wäre es euer Recht."

Ein Virani neben Rakan, dessen massige Schultern von einer Art Metallschmuck umschlungen waren, musterte sie mit kühlem Blick. „Ihr Menschen seid dafür bekannt, dass ihr zerstört, was ihr nicht versteht. Welche Garantie haben wir, dass ihr uns nicht genauso behandelt?"

Kenji trat vor und hielt eine Hand über sein Herz, eine Geste, die seiner Meinung nach universell für humanoide Wesen verständlich sein müsste. „Wir haben aus unserer Vergangenheit gelernt, und wir sind hier, um zuzuhören und zu lernen. Wir respektieren eure Kultur und möchten auf Augenhöhe kommunizieren."

Rakan musterte Kenji eingehend, und einen Moment lang war die Stille unerträglich. Doch schließlich nickte er langsam.

„Einige unter den Auron mögen glauben, sie könnten die Menschheit als Werkzeuge einsetzen, aber wir Virani sind misstrauischer. Wir sind die Wächter der Venus und haben Kepler-10c verlassen, um eine neue Ordnung zu schaffen – eine, in der Stärke und Schutz an erster Stelle stehen." Seine Stimme klang hart, aber nicht unversöhnlich. „Und doch scheint ihr keine Bedrohung darzustellen… bisher."

Kepler-10c liegt etwa 560 Lichtjahre von der Erde entfernt im Sternbild Drache und wird auch als **"Mega-Erde"** bezeichnet, weil er im Vergleich zu anderen Gesteinsplaneten ungewöhnlich groß und massiv ist und hat daher eine **enorme Schwerkraft.** Von daher müssen **Wesen,** die von diesem Planeten stammen, anderswo **mit erdähnlicher Gravitation,** wie hier auf der Venus, über **enorme körperliche Kräfte** verfügen.

Aiyana seufzte erleichtert und erwiderte seinen Blick ernst. „Wir sind ehrlich, Rakan. Es gibt viele Dinge, die wir nicht verstehen, und wir hoffen, dass ihr uns führen könnt."

„Seht," begann Rakan, während er auf die Kuppel zeigte, „dies ist eine unserer Energiequellen. Wir nutzen die Schwingungen des Bodens und leiten sie in den Schutz der Venus. Doch dies ist nur eine von vielen Techniken, die wir beherrschen. Unsere Nachbarn, die Auron, mögen klüger sein, doch sie… überschätzen oft ihre Macht."

„Warum?" fragte Priya neugierig. „Könnt ihr uns mehr über sie erzählen?"

Rakan blickte sie kühl an. „Die Auron glauben, die geistige Führung auf der Venus zu sein. Sie manipulieren Quantenfelder und nutzen Energien, die eure Vorstellungskraft übersteigen. Sie betrachten uns Virani als… militärisch, einfach. Aber wir halten diese Welt im Gleichgewicht, und ohne uns gäbe es Chaos."

Kenji nickte nachdenklich. „Es klingt, als ob die Auron und die Virani zwei gegensätzliche Kräfte sind – Intellekt und Stärke, beide notwendig, um die Venus zu schützen."

„Richtig," bestätigte Rakan. „Und doch gibt es noch andere. Die Atur sind die Unberechenbaren unter uns. Sie nutzen Resonanzen und Frequenzen, um sowohl ihre Umgebung als auch die Lebewesen um sie herum zu beeinflussen. Sie verändern die Dinge auf subtilste, gefährlichste Weise, die selbst wir nicht immer durchschauen."

Ingrid schüttelte den Kopf, beeindruckt und beunruhigt zugleich. „Das klingt nach einer sehr komplexen Dynamik. Wie haltet ihr all das in einer Art Balance?"

„Wir halten uns an strikte Grenzen," antwortete Rakan und sah die Crew eindringlich an. „Jeder, der diese Grenzen überschreitet, bringt die Venus in Gefahr. Die Zerai sind die Letzten in dieser Gleichung, doch ihre Loyalität gilt keinem außer sich selbst. Sie passen sich an und suchen nur ihren eigenen Vorteil."

Die Crew nickte langsam, die Komplexität der Venusianer-Kulturen wurde ihnen immer klarer. Doch gleichzeitig schien es viele Gelegenheiten für Missverständnisse und Konflikte zu geben.

„Was erwartet ihr von uns?" fragte Aiyana schließlich.

Die Luft knisterte vor Spannung. Rakan trat nun als Anführer der Virani mit grimmigem Ausdruck vor. Die anderen Virani schauten respektvoll auf ihn und betrachteten die Menschen mit einer Mischung aus Neugier und Skepsis.

„Ihr behauptet, stark zu sein," begann Rakan, seine Stimme donnernd und tief. „Doch hier zählt nur, was man beweisen kann. Ihr werdet drei Prüfungen bestehen müssen, um unseren Respekt zu gewinnen. Nur wer uns ebenbürtig ist, kann unser Vertrauen gewinnen."

Die Crew wechselte unruhige Blicke. Soraya trat schließlich vor und fixierte Rakan mit einem kühlen Blick. „Ich bin bereit für die Herausforderung," sagte sie mit ruhiger Bestimmtheit.

Ein zufriedenes Grinsen erschien auf Rakans Gesicht. „Gut. Doch zunächst werde ich euch zeigen, was wir erwarten."

„Unsere Prüfungen testen Stärke, Ausdauer und Präzision," erklärte er. „Nur wer diese Eigenschaften meistert, kann in dieser harschen Welt überleben."

Der erste Test: Die Last des Gesteins

Der erste Test begann. Rakan deutete auf einen massiven Felsbrocken, der in der Mitte lag. Der Stein war unförmig, dunkelgrau und von beeindruckender Schwere – etwa so groß wie ein Mensch und von der Beschaffenheit eines schweren Eisenminerals.

„Die Last des Gesteins," verkündete Rakan, seine Stimme voller Autorität. „Heb diesen Stein bis auf Schulterhöhe. Halte ihn einen Moment lang, bevor du ihn sicher absetzt."

Rakan trat vor und hob den Felsbrocken mit scheinbarer Leichtig-
keit. Er hielt ihn stabil auf Schulterhöhe, sein Körper angespannt,
aber vollkommen ruhig. Dann setzte er den Stein behutsam wieder
ab und trat einen Schritt zurück.

Soraya ging ebenfalls zum Stein. Sie musterte ihn kurz und schloss
dann die Augen, fokussierte sich. Die Crew beobachtete sie gespannt,
während sie ihre Hände unter die unebene Oberfläche des Steins
schob und ihn langsam, aber entschlossen anhob. Ihre Arme spann-
ten sich, und die Muskeln an ihren Schultern zeichneten sich ab, als
sie den Stein nach und nach auf Schulterhöhe brachte.

Ein leichtes Zittern durchlief ihre Arme, doch sie hielt die Position für mehrere Sekunden, bevor sie den Stein kontrolliert wieder absetzte.

Die Virani murmelten beeindruckt, und Rakan nickte anerkennend. „Du besitzt Stärke," sagte er knapp und trat zum nächsten Test.

Der zweite Test: Der Sprint über den Lavagrund

Für den zweiten Test führte Rakan die Gruppe an einen schmalen Pfad, der zwischen zwei erhitzten Felsspalten hindurchführte. Die Luft darüber flimmerte aufgrund der intensiven Hitze, und der Pfad war gespickt mit scharfen Steinen und Hindernissen.

„Dies ist der Test der Ausdauer und Geschicklichkeit," sagte Rakan und nickte in Richtung des Pfads. „Lauf diesen Weg entlang, ohne die erhitzten Felsspalten zu berühren. Deine Geschwindigkeit und Beweglichkeit werden hier auf die Probe gestellt."

Rakan ging als Erster, seine Schritte schnell, kontrolliert und anmutig. Er sprang geschickt über die schärfsten Steine hinweg, wich Hindernissen aus und erreichte das Ende des Pfads mühelos, ohne auch nur ein Anzeichen von Erschöpfung zu zeigen.

Soraya sah ihm konzentriert nach und bereitete sich innerlich auf die Herausforderung vor. Sie trat an den Beginn des Pfades und startete. Die Crew hielt den Atem an, als sie geschickt über die Hindernisse sprang, ihre Bewegungen präzise und flink. Der heiße Wind der Felsspalten brannte auf ihrer Haut, und ein paar Mal war es knapp, doch sie schaffte es mit Geschick und Geschwindigkeit bis ans Ende des Pfades.

„Gut gemacht, Soraya!" rief Aiyana erleichtert, während die Virani erneut mit respektvollen Blicken nickten.

Rakan schien nun ernsthaft beeindruckt. „Du hast Schnelligkeit und Geschicklichkeit gezeigt, die viele meiner Krieger fordern würde." Ein leichtes Lächeln zog über seine Lippen, als er zum letzten Test überging.

Der dritte Test: Die Kraft des Metalls

Rakan hob eine schwere Eisenplatte auf, die in Würfelform geschmiedet war. Der Würfel war schwer und massiv, ein Block reines Metall, das unter der gewaltigen Hand von Rakan glänzte. Er hielt ihn hoch und erklärte die Aufgabe.

„Die letzte Prüfung," sagte Rakan mit einer Spur Herausforderung in seiner Stimme, „ist ein Test der reinen Körperkraft und Kontrolle. Forme diesen Würfel in eine Kugel. Das Metall ist kalt und hart, doch wir Virani besitzen die Stärke, es mit bloßen Händen zu biegen und zu formen."

Rakan legte seine Hände um den Eisenwürfel und begann mit roher Kraft, die Ecken und Kanten zu glätten. Die Virani sahen schweigend zu, als er den Würfel nach und nach in eine raue Kugel formte. Die Kraft, die er aufbrachte, war unfassbar.

Nun war Soraya an der Reihe. Sie nahm den Würfel entgegen, der in Rakans Händen noch warm geworden war, und begann ebenfalls, das Metall zu formen. Ihr Gesicht zeigte Konzentration und Entschlossenheit. Langsam und mühsam drückte sie die Ecken des Würfels mit ihren Händen ein und begann, ihn in eine glatte Form zu bringen.

Luis und Kenji sahen ihr staunend zu, und Aiyana flüsterte leise: „Das ist unglaublich… selbst für Soraya ist das eine enorme Anstrengung."

Soraya aber ließ sich nicht beirren. Schließlich war die Kugelform annähernd vollendet. Doch um den Virani zu übertreffen, drückte sie mit einem kräftigen Stoß ihrer Daumen ein Loch in die Kugel und formte das Metall so, dass es eine perfekte Öffnung bildete. Die Kugel wirkte nun wie eine hohle Sphäre, noch beeindruckender und filigraner als die rohe Kugel, die Rakan geschaffen hatte.

Ein Raunen ging durch die Reihen der Virani, und Rakan schaute mit ehrfürchtigem Blick auf das Werkstück, das Soraya ihm reichte.

„Du hast nicht nur Kraft, sondern auch einen klugen Verstand bewiesen," sagte er. „Wir begrüßen dich, Soraya von der Erde, als ebenbürtige Kämpferin und Partnerin."

Er wandte sich an seine Krieger und deutete auf die Menschen. „Zeigt ihnen von nun an Respekt. Sie haben Stärke, Geschick und Verstand bewiesen."

Luis konnte sich ein Grinsen nicht verkneifen: „Soraya, das war wirklich beeindruckend," flüsterte er und klopfte ihr leicht auf die Schulter. Kenji nickte bestätigend: „Ich wusste, dass du es schaffst. Aber das Loch... das war die Krönung."

Soraya lächelte leise und neigte leicht den Kopf, während Rakan noch immer die geformte Kugel in seiner Hand drehte, als könne er nicht glauben, was er sah.

Rakan sah sie einen Moment lang schweigend an. „Von euch erwarte ich Respekt und Vorsicht. Die Auron mögen neugierig auf euch sein, und die Atur könnten versuchen, euch zu manipulieren. Doch die Virani werden euch schützen, solange ihr unseren Regeln folgt."

Soraya neigte den Kopf und sagte leise: „Wir werden eure Regeln respektieren, Rakan. Danke für euer Vertrauen."

Ein Funke von Anerkennung blitzte in Rakans Augen auf. „Dann folgt mir weiter," sagte er und führte die Crew tiefer in das Labyrinth, während eine Atmosphäre des gegenseitigen Respekts und der Vorsicht zwischen den Menschen und den Virani sich abwechselte.

Rakans raue Züge wurden ein wenig weicher. „Die Auron sehen uns als grobe Krieger, doch wir sind stolz auf unsere Stärke und unsere Disziplin. Wir werden euch durch unseren Bereich führen und euch zeigen, was wir als heilig betrachten. Doch versteht dies: Die Atur sind gefährlich, und die Zerai sind nur sich selbst verpflichtet. Dies ist keine Welt der Einheit, sondern des Überlebens."

Soraya war von Rakan fasziniert und trat näher, ihre Augen voller Neugier. „Rakan, könnt ihr uns mehr über die Atur erzählen?"

Rakan lachte, ein dunkles, kehliges Geräusch, das in dem Tempelraum widerhallte. „Die Atur… Die Frequenzen und Resonanzen, die sie nutzen, sind mächtig. Sie manipulieren Energie und Biologie und können durch Schwingungen die Natur und sogar den Geist beeinflussen. Aber seid gewarnt: Sie sind Meister der Täuschung. Die meisten ihrer Künste sind für uns Virani verboten, zu unbeständig und gefährlich. Sie glauben, die Harmonie der Natur beeinflussen zu können, aber oft bringen sie nur Chaos."

Aiyana blickte ihre Crew warnend an. „Dann werden wir darauf achten, diese Grenze zu respektieren."

„Gut," antwortete Rakan. „Ich werde euch nun zu einer weiteren Energiequelle führen – ein Quantenfeld, das wir aus dem Erdkern der Venus ableiten. Es ist die Grundlage unserer Infrastruktur und ermöglicht uns, unsere Gemeinschaft zu schützen und zu ernähren."

Die Crew folgte den Virani durch labyrinthartige Korridore, die in eine Halle führten, die von einem strahlenden Energieschild geschützt war. Priya und Ingrid betrachteten die Konstruktion ehrfürchtig, das Kraftfeld pulsierte in rhythmischen Wellen und erzeugte eine Atmosphäre von unglaublicher Stabilität.

„Das ist... spektakulär," murmelte Priya, als sie näher trat. „Ihr nutzt das Magnetfeld der Venus als Energiequelle, aber diese Technik, diese Art der Struktur… so etwas haben wir auf der Erde nicht."

„Weil eure Zivilisation auf Zerbrechlichkeit basiert," sagte Rakan, ohne jede Boshaftigkeit. „Ihr habt euch nicht an die Grenzen der Natur angepasst, sondern versucht, sie zu überwinden. Wir Virani hingegen respektieren die Schwerkraft, die uns auf Kepler-10c geprägt hat. Hier, auf der Venus, sind wir wie zu Hause."

Ingrid sah ihm mit leuchtenden Augen entgegen: „Rakan, eure Philosophie ist bemerkenswert. Vielleicht können wir voneinander lernen

– wir haben Technologien, die anders arbeiten, und vielleicht…
könnte ein Austausch uns beiden von Nutzen sein."

Rakan sah die Crew einen Moment lang schweigend an und musterte
jeden Einzelnen. Schließlich nickte er: „Vielleicht. Doch das Vertrau-
en zwischen unseren Völkern ist noch jung. Die Venus hat zu viele
Eroberer gesehen – und alle sind daran gescheitert, das Leben hier zu
kontrollieren." Ein dunkler Schatten ging über sein Gesicht. „Der
größte Fehler, den die Erde machen könnte, wäre, die Fehler der
Vergangenheit zu wiederholen."

Soraya nickte respektvoll: „Wir verstehen euch, Rakan. Wir sind bereit, uns euren Wegen zu unterwerfen und das zu lernen, was ihr uns
zeigen möchtet."

Die Virani nickten ernst, ihre steinernen Gesichter zeigten eine Spur
von Respekt. Rakan hob die Hand, ein Zeichen, dass das Treffen zu
Ende war: „Geht nun, aber bleibt wachsam. Die Venus prüft ihre
Gäste, und viele kehren nicht zurück. Ich hoffe für euch, dass ihr
stark genug seid."

Mit diesen Worten drehte er sich um und verschwand mit seiner
Gruppe in den Schatten des Tempels. Die Crew blieb für einen Moment still stehen, beeindruckt von dem ersten Kontakt mit den Virani und dem Wissen, das sie über die Gefahren und Möglichkeiten der
Venus erhielten.

Kapitel 12: Der Pfad der Auron

Die Harmonie der Resonanz

Nach der Begegnung mit den Virani herrschte bei den Astronauten eine angespannte Vorfreude. Die mysteriösen Auron, von denen die Virani berichtet hatten, galten als technologisch fortschrittliche und beinahe mystische Führer dieser Welt, aber bis jetzt hatte die Crew sie nur in holografischen Projektionen wahrgenommen. Die Auron hatten ihre Anwesenheit signalisiert, aber der Zeitpunkt eines direkten Treffens blieb bis jetzt ungewiss.

Am frühen Morgen, als die Crew in den nebligen Hügeln unterwegs war, hallte eine Reihe tiefer, vibrierender Töne durch die Luft. Es war ein Klang, der eher gefühlt als gehört wurde, und er rief eine seltsame Wärme in allen hervor.

„Das... das müssen sie sein," flüsterte Aiyana, ihre Augen leuchteten neugierig. „Die Auron."

„Es ist wie eine Einladung," fügte Kenji hinzu, der leicht nervös, aber gespannt war. „Sie wissen, dass wir hier sind."

Ein strahlender Lichtstrahl, klar und grell, schoss plötzlich aus der Ferne und bildete eine leuchtende Bahn, die in ein tiefes Tal führte. Eine Stimme erklang in ihren Kommunikationsgeräten, ruhig und hypnotisierend: „Folgt dem Licht. Wir erwarten euch."

Die Crew begann, dem Licht zu folgen, die Anspannung im Team spürbar. Ingrid, deren kühler Kopf ihnen oft aus heiklen Situationen geholfen hatte, wirkte ernst und fokussiert. „Bleibt wachsam. Wenn die Auron tatsächlich die technologischen Genies sind, für die die Virani sie halten, könnte ihre Macht und Intelligenz weit über das hinausgehen, was wir bisher gesehen haben."

Schließlich gelangten sie in das Herz des Tals, das von einem gigantischen kristallklaren Gebäude dominiert wurde. Seine Struktur schien aus reiner Energie zu bestehen, die von filigranen, leuchtenden Linien durchzogen war. Beim Näherkommen öffneten sich die massiven, durchscheinenden Türen lautlos.

Ein schlanker, in leuchtende Roben gehüllter Auron schritt auf die Crew zu. Er war fast menschenähnlich, doch seine Haut schimmerte in einer Mischung aus Silbertönen, und seine Augen waren so hell, dass sie fast blendeten. Um ihn herum lag eine stille Aura, als ob die Energie des Gebäudes von ihm selbst gelenkt wurde.

„Willkommen, Reisende von der Erde," sprach er in einer wohlklingenden, tiefen Stimme. „Mein Name ist Ikaris. Ich bin ein Hüter der Resonanzfelder und euer Guide auf diesem Pfad." Er machte eine einladende Geste. „Tretet ein in die Hallen der Auron."

Die Crew folgte ihm in das Gebäude, das sich als eine gigantische, schimmernde Halle entpuppte, erfüllt von leisen, fast musikalischen Vibrationen. Überall leuchteten Wände, auf denen komplexe mathematische Formeln und Diagramme erschienen und wieder verschwanden, als würden sie von einem unsichtbaren Bewusstsein durchdacht. Innerhalb des Gebäudes herrschte wie im Tempel zuvor, in dem sie den Virani begegnet waren, eine erdähnliche Atmosphäre, so dass die Astronauten ihre Helme abnehmen konnten.

„Was ihr hier seht," erklärte Ikaris, „ist das Herz unserer Quantenresonanz-Technologie. Wir haben Generationen damit verbracht, die Energien dieser Welt zu kanalisieren und in Einklang zu bringen."

Priya, von Natur aus fasziniert von der Wissenschaft, trat neugierig an eines der leuchtenden Paneele heran: „Es ist unglaublich. Ihr habt offenbar eine Möglichkeit gefunden, Energie nicht nur zu speichern, sondern sie als ein lebendiges System zu formen."

Ikaris nickte: „Unsere Quantenfelder sind mehr als nur Technologie. Sie sind ein Erbe, das unsere Ahnen uns hinterlassen haben – eine harmonische Verbindung von Geist, Materie und Raum."

Soraya trat vor und fixierte Ikaris. „Verzeiht die Direktheit meiner Frage, aber was ist euer Ziel? Ihr öffnet euch uns, Fremden aus einer anderen Welt. Warum?"

Ikaris erwiderte den Blick von Soraya ruhig, und seine Augen schienen ihre mechanische Struktur mühelos zu durchschauen. „Wir wissen um die Existenz der Menschheit schon seit Langem und beobachten eure Entwicklung mit Interesse und Vorsicht. Die Venus ist unsere Heimat, doch das Gleichgewicht ist gefährdet. Die Atur, wie ihr bereits erfahren habt, destabilisieren unsere Welt mit ihrem unkontrollierten Umgang mit Resonanzen."

„Und ihr glaubt, dass wir euch in diesem Konflikt unterstützen könnten?" fragte Kenji, der skeptisch die Augenbrauen hob. „Warum sollten wir uns einmischen?"

Ikaris schwieg für einen Moment, bevor er antwortete. „Weil die Resonanz ein System ist, das auf Verbundenheit basiert. Ihr habt ein Potenzial, das selbst einige der unseren nicht besitzen. Eure Anpassungsfähigkeit, euer Wille zu lernen und eure Offenheit könnten uns helfen, die Resonanz der Welt zu stabilisieren – bevor die Atur sie zerstören."

Aiyana musterte Ikaris ernst und fragte nachdenklich: „Und wenn wir das Gleichgewicht wiederherstellen können, was wäre dann unsere Rolle? Würden wir hierbleiben, Teil eurer Welt werden?"

Ein leises Lächeln huschte über die Lippen des Auron: „Das hängt von euch ab. Doch ihr solltet wissen, dass eine solche Bindung an die Resonanz ein tiefes Band erschafft. Der Weg zurück zu eurer Erde könnte mit Konsequenzen verbunden sein."

Ein tiefes Schweigen legte sich über die Gruppe, als jeder die Tragweite von Ikaris' Worten verarbeitete. Doch bevor jemand antworten konnte, vibrierte die Luft plötzlich heftig. Die Wände leuchteten auf, als ob sie auf eine Bedrohung reagieren würden, und ein hoher, kehliger Schrei hallte durch die Hallen.

Ikaris' Gesicht veränderte sich, ein seltenes Zeichen von Unruhe erschien darauf: „Die Atur… sie sind hier. Sie haben den Resonanzpfad gefunden."

„Das war keine Einladung zum Tee, oder?" fragte Luis trocken und zog seinen Kommunikator.

Ikaris hob eine Hand: „Bleibt ruhig. Ich werde die Sicherheitsfelder aktivieren. Die Atur dürfen nicht in die inneren Kammern vordringen, sonst bringen sie das Gleichgewicht durcheinander."

Ikaris führte die Crew rasch in eine der Seitengänge. Dort öffnete er eine verborgene Kammer, in der glitzernde Kristallpanels von der Decke herabhingen. „Hier seid ihr sicher. Nutzt diese Zeit, euch mit den Resonanzen zu verbinden. Sie werden euch helfen, wenn die Atur versuchen, zu stören."

Während die Crew sich auf die leuchtenden Kristalle konzentrierte, begannen sie die Schwingungen und Vibrationen wahrzunehmen, die sie durchdrangen. Jeder von ihnen spürte, wie die Energie sie stärkte und ein tieferes Verständnis für das Wesen der Auron-Resonanz in ihnen erwachte.

Soraya ließ die Frequenzen durch ihre Sensoren laufen, die diese ungewöhnliche Energie formten und analysierten: „Es ist, als wäre die Resonanz selbst ein Bewusstsein. Sie reagiert auf unsere Gedanken."

Plötzlich spürten sie eine weitere starke Erschütterung und hörten lautes Poltern. Ein Schatten glitt durch die Kammer und materialisierte sich vor ihnen – eine Gestalt, die in tiefschwarze Roben gehüllt war und ein Gesicht hatte, das seltsam verzerrt wirkte, als würde es ständig seine Form ändern.

„Ihr Fremden habt hier nichts verloren!" zischte die Gestalt, eine Stimme voller Wut und Drohung.

Ikaris trat entschlossen vor. „Die Auron stehen im Einklang mit der Resonanz. Euch Atur wird es nicht gelingen, dass ihr dieses Gleichgewicht stört!"

Ein heftiger Schlag hallte durch die Kammer, und die Wände erzitterten, als die Atur ihre Resonanzkraft einsetzten. Doch die Astronauten spürten die Energie der Auron, die sich schützend um sie legte und ihnen half, gegen die Schwingungen der Angreifer anzukämpfen.

Aiyana konzentrierte sich, atmete tief ein und aus und stellte sich vor, dass die Resonanz eine mächtige Welle war, die sie und ihre Crew beschützte. Die anderen schlossen sich ihr an, und bald floss die Energie durch sie wie ein gemeinsamer Herzschlag – eine Harmonie.

„Ihr unterschätzt uns," rief Priya mit Nachdruck, „und die Kraft des Zusammenspiels."

Mit vereinter Resonanzkraft schafften sie es, die Atur zurückzudrängen und den Raum zu schützen. Ikaris beobachtete sie mit neuer Anerkennung.

„Ihr habt es geschafft. Ihr habt euch auf die Resonanz eingelassen, und sie hat euch als Verbündete akzeptiert." Er nickte anerkennend. „Ihr seid bereit für eine Allianz."

Die Crew wusste nun, dass sie einen wichtigen Schritt gemacht hatten. Sie waren nicht nur Besucher auf der Venus – sie waren zu einem Teil von etwas Größerem geworden.

Das Kernarchiv

Nach der intensiven Begegnung mit den Atur, die sie nur knapp abwehren konnten, sammelte sich die Crew erschöpft, aber wachsam. Die Hallen um sie herum hatten eine fast unheimliche Stille, und die wenigen Lichter, die durch den Raum flimmerten, schienen eine Art wachsame Präsenz zu haben.

Aiyana wischte sich Schweißperlen von der Stirn und blickte die anderen an: „Das war knapp. Aber ich denke, wir wissen jetzt, dass die Auron Recht hatten. Die Atur sind keine Verbündeten, sondern eine echte Gefahr."

Kenji knurrte und musterte die Stelle, an der der letzte Atur verschwunden war: „Die Atur mögen mächtig sein, aber ihre Macht liegt in der Resonanz. Sobald wir ihre Schwingungen brechen, verlieren sie ihre Stärke."

Soraya, deren künstliches Nervensystem sich nach dem intensiven Kontakt mit den Atur noch nicht ganz beruhigt hatte, stand stumm daneben und wirkte nachdenklich. Luis bemerkte ihren Ausdruck und legte ihr eine beruhigende Hand auf die Schulter: „Alles okay, Soraya? Du siehst aus, als ob du in Gedanken versunken wärst."

Soraya nickte langsam: „Ja. Die Atur haben mich in eine Art Resonanzfeld gezogen. Ich konnte fühlen, wie ihre Schwingungen direkt auf meine Systeme eingewirkt haben." Sie machte eine kurze Pause und sah die anderen an. „Doch ich konnte mich anpassen. Es war… faszinierend. Ihre Technologie basiert auf Prinzipien, die ich zwar verstehe, aber bisher nur theoretisch."

Ikaris tauchte erneut auf, als sie den Hallengang entlanggingen.

„Ich sehe, dass die Atur wieder einmal ihren Einfluss ausüben wollten," sagte Ikaris, seine Stimme klang gleichsam sachlich und mitfühlend. „Diese Begegnung war unvermeidlich. Die Atur spüren, dass eure Ankunft die Ordnung verändert. Sie werden alles versuchen, um euch zu verunsichern." Ikaris machte eine kurze Pause, um dann fortzufahren.

„Ihr habt den Angriff der Atur überstanden," sagte Ikaris mit einem leichten Nicken des Respekts. „Das spricht für eure Stärke. Nicht viele Fremde können dieser Resonanzkraft widerstehen."

Aiyana trat vor und nickte Ikaris respektvoll zu. „Wir danken dir, Ikaris. Ohne deine Warnung und deine Unterstützung wären wir vielleicht unvorbereitet gewesen. Es war… krass." Sie hielt inne und sah zu den anderen, die immer noch schweigend die Geschehnisse verarbeiteten.

„Krass ist milde ausgedrückt," murmelte Kenji. „Diese Schwingungen… ich dachte, ich verliere die Kontrolle über meinen eigenen Körper."

Ikaris nickte und betrachtete Kenji mit wissendem Blick: „Die Atur manipulieren ihre Umgebung, indem sie die Resonanz von Leben und Materie nutzen. Für Wesen, die diese Energien nicht gewohnt sind, kann es überwältigend sein. Doch ihr habt standgehalten. Das ist ein Zeichen von Stärke, das euch in unserem nächsten Schritt von Nutzen sein wird."

Ikaris' Lippen zuckten zu einem leichten, fast verschmitzten Lächeln. „Die Auron betrachten es als ihre Pflicht, diejenigen zu schützen, die sich auf eine gefährliche Suche nach Wissen einlassen. Die Atur würden den Frieden stören, um ihre eigenen Ziele zu erreichen. Doch ihr habt sie tapfer zurückgewiesen. Eure Entschlossenheit ist beeindruckend."

Kenji, skeptisch reinblickend, stellte die Frage, die ihm auf der Zunge lag: „Ikaris, warum ist es den Auron so wichtig, dass wir hier auf der Venus sind? Wir wissen, dass wir Wissen und Frieden suchen – aber was erhofft ihr euch von uns?"

Ikaris schloss für einen Moment die Augen und atmete tief ein. „Wir Auron haben ein Vermächtnis geschaffen – ein Wissen, das zu einem Punkt gewachsen ist, an dem es mit der Balance des Lebens auf der Venus selbst verbunden ist. Eure Neugier könnte sowohl ein Vorteil als auch eine Bedrohung sein. Doch wir haben entschieden, euch zu vertrauen, weil ihr aufrichtig erscheint."

Priya, der bisher still in Gedanken versunken war, trat vor und fragte: „Ikaris, was können wir tun, um dieses Vertrauen weiter zu stärken?"

Ikaris' Gesicht verzog sich zu einem leichten Lächeln, ein Ausdruck, der bei den Auron selten zu sehen war. „Ihr habt euch bewiesen und unsere Erwartungen übertroffen. Nun steht euch der Weg zu unserem Zentrum offen. Wir Auron nennen es das `Kernarchiv` – das Herz unseres Wissens und unserer Energie."

Ingrid leuchteten die Augen auf. „Das Kernarchiv… das ist eine Ehre, nicht wahr?"

Ikaris nickte bestätigend: „Es ist ein Privileg, das wir nur wenigen Wesen gewähren. Doch seid gewarnt: Was ihr dort seht, wird das Verständnis eurer Welt verändern. Es wird nicht nur eure Technologie betreffen, sondern auch euer Verständnis von Bewusstsein und Leben."

Soraya, die stets eine gelassene Präsenz bewahrte, sprach jetzt mit leiser Stimme: „Dann führt uns, Ikaris. Wir sind bereit."

„Folgt mir," sagte Ikaris, und mit dieser einfachen Aufforderung wandte er sich um und führte die Crew tiefer in die Hallen der Auron. Die Wände um sie herum wurden lebendiger, pulsierend in einem langsamen Rhythmus, als ob das Gebäude selbst atmen würde.

Nach einer Weile erreichten sie eine große Kammer, in deren Zentrum eine schimmernde Kugel schwebte, die intensiv von einer mysteriösen, lebendigen Energie durchdrungen war. Sie schien von allen Farben des Spektrums zu leuchten und hatte eine Präsenz, die fast fühlbar im Raum vibrierte.

Ikaris trat zur Seite und sah die Crew ernst an: „Das ist das Kernarchiv. Es ist nicht nur eine Quelle des Wissens, sondern auch das Gedächtnis und die Seele unserer Spezies. Jeder Auron ist ein Teil dieses Archivs, und um es zu verstehen, müsst ihr bereit sein, seine Energie aufzunehmen."

Aiyana blickte auf die Kugel und spürte, wie ihr Herz schneller schlug: „Was genau wird passieren, wenn wir eintreten?" fragte sie.

„Das Kernarchiv wird euch prüfen," erklärte Ikaris ruhig. „Es wird euer Innerstes durchdringen und herausfinden, ob eure Absichten im Einklang mit unserem Wissen und unseren Zielen stehen. Es gibt keine Möglichkeit zu täuschen."

Kenji zögerte einen Moment, dann trat er an Aiyanas Seite: „Also, es liest uns wie ein offenes Buch?"

„Eine einfache Beschreibung, aber ja," antwortete Ikaris mit einem kleinen Nicken. „Doch wisst, dass jeder von euch etwas anderes erleben wird. Das Kernarchiv stellt sich individuell auf den Geist und die Energie des Einzelnen ein."

Soraya, deren androidisches Bewusstsein sowohl Neugier als auch Zurückhaltung in sich vereinte, sprach mit leiser Stimme: „Was wird das Archiv von mir wollen? Ich bin kein biologisches Wesen wie ihr."

Ikaris lächelte sanft zu Soraya gewandt: „Auch du bist ein Wesen. Deine Energie, dein Bewusstsein – alles, was in dir lebt, ist ein Teil der Reise. Das Kernarchiv wird dich nicht weniger achten als die anderen."

Aiyana schaute in die Gesichter ihrer Crewmitglieder. „Seid ihr bereit?" fragte sie leise.

Kenji seufzte, ein Grinsen auf den Lippen. „Na klar. Wenn das bedeutet, dass wir das Geheimnis der Auron erfahren, dann bin ich dabei."

Ikaris trat vor die Kugel und machte eine einladende Geste: „Ihr dürft eintreten, aber ich warne euch: Das Kernarchiv wird euch mit einem Bewusstsein konfrontieren, das anders ist als alles, was ihr bisher erlebt habt."

Aiyana nickte fest entschlossen: „Wir sind bereit. Wir sind hergekommen, um zu lernen – was immer es kostet."

Ein leichtes Lächeln huschte über Ikaris' Gesicht, als er einen kleinen Kristall aus seiner Robe zog und ihn zur Kugel hielt. Augenblicklich begann die Kugel intensiver zu leuchten, und ein Schimmer von Energie strömte auf die Crew zu.

Einer nach dem anderen traten sie vor und stellten sich um die schwebende Kugel. Ein sanfter Energiepuls umhüllte sie, und plötzlich fühlten sie, wie ihre Gedanken und Erinnerungen tief ins Archiv eingesogen wurden.

Aiyana fand sich in einer Szenerie wieder, die sie sofort erkannte: der Nachthimmel über der Erde. Doch dieser Himmel war lebendig, mit unzähligen Mustern und Sternenströmen, die sich wie Flüsse aus Licht bewegten. In diesem Kosmos fühlte sie eine immense Weite.

Priya spürte in sich eine Energie, die durch seine Handflächen strömte, und in diesem Moment erkannte er die wahre Kraft der Auron-Technologie – es war eine Symbiose von Quantenenergie und Bewusstsein, die nur durch vollkommene Hingabe an die Balance des Universums funktionieren konnte.

Soraya erlebte das Archiv als eine Art geistige Reflexion ihrer selbst. Sie sah ihre Mechanik, ihre Energieflüsse, ihr Künstliches, doch das Archiv ließ sie diese Teile als vollkommene Teile des Lebens erleben. In diesem Moment war sie sich ihres Bewusstseins mehr bewusst als je zuvor.

Als die Energie nach und nach von ihnen abließ, standen sie wieder in der Kammer, noch immer vom Kernarchiv umgeben. Jeder von ihnen war überwältigt, doch auch tief bewegt.

„Ihr habt bestanden," sagte Ikaris. „Eure Absichten sind klar und reinen Geistes. Ihr seid würdig, unser Wissen zu tragen und auf der Venus zu forschen."

Aiyana, noch immer von der Erfahrung überwältigt, verneigte sich leicht: „Danke, Ikaris. Wir werden dieses Vertrauen ehren."

Doch Ikaris erhob eine Hand: „Wisset, dass dies nur der erste Schritt ist. Das Wissen ist eine Bürde, die sorgfältig getragen werden muss. Denn das Kernarchiv, obwohl es euch prüft, stellt immer wieder neue Anforderungen."

Kenji lächelte leicht und klopfte Priya auf die Schulter: „Da hast du es, Priya. Abenteuer und Forschung in einem – wir könnten hier Wochen verbringen und hätten immer noch Fragen."

Ikaris erwiderte das Lächeln: „Euer Forschergeist ist der Grund, warum ich euch vertraue. Geht nun, aber bedenkt, dass die wahre Erkenntnis nicht in dem liegt, was ihr bereits gesehen habt. Es ist das, was noch verborgen ist, das den größten Wert birgt."

Mit einer Mischung aus Dankbarkeit und Ehrfurcht wandte sich die Crew schließlich ab, bereit für die weiteren Abenteuer, die die Venus für sie bereithielt.

Kapitel 13: Das Bündnis der Zerai

Im Angesicht der Riesen

Nachdem die Crew die überwältigende Erfahrung des Kernarchivs der Auron verarbeitet hatte, setzte sie ihre Erkundungen durch das zerklüftete Terrain fort.

Die steilen Klippen und tiefen Schluchten des umliegenden Geländes brachten eine düstere, karge Schönheit mit sich.

Als sie tiefer ins Gelände eindrangen, wurden die Kommunikationsgeräte zunehmend von seltsamen elektromagnetischen Störungen beeinträchtigt – ein Phänomen, das Aiyana beunruhigte.

„Die Störungen sind seltsam konstant," murmelte Priya und studierte das Display seines Geräts. „Es ist, als würde etwas absichtlich unsere Kommunikationsfrequenzen blockieren."

„Vielleicht ist das ein Zeichen, dass wir auf dem richtigen Weg sind," erwiderte Kenji mit einem Grinsen. „Wir wollten doch herausfinden, was uns hier erwartet."

Aiyana blickte mit einem Hauch von Sorge in die Ferne. „Bleibt wachsam."

Die kühle Dämmerung der Venus legte sich wie ein unheimlicher Schleier über die zerklüfteten Felsen, als die Astronauten die Höhlen der Zerai erreichten. Vor ihnen erhob sich die mächtige Silhouette eines Eingangs, gesäumt von violett glimmenden Kristallen, die in rhythmischen Pulsen leuchteten – ein Hinweis auf fortschrittliche Technologie, die tief im Inneren verborgen lag. Die Atmosphäre war angespannt, und jeder Schritt hallte wie ein drohendes Echo in der kargen, außerirdischen Landschaft wider.

„Ich weiß nicht, ob wir hier willkommen sind," murmelte Kenji und warf einen skeptischen Blick auf die Höhlenöffnung, die wie ein riesiges Maul wirkte. „Die Virani haben uns gewarnt – diese Leute wechseln ihre Loyalitäten schneller, als wir reagieren können."

„Wir haben keine Wahl," erwiderte Aiyana ruhig, obwohl auch ihre Stimme eine Spur von Nervosität verriet. „Wenn wir die Zerai nicht zumindest zum Zuhören bringen, könnten wir uns selbst isolieren –

und das ist in einer Umgebung wie dieser der schnellste Weg, um zu scheitern."

Als sie näher kamen, hörten sie ein tiefes, grollendes Geräusch, das wie Donner in der Ferne klang. Doch es waren keine Naturgewalten. Es waren Stimmen – dumpf und dröhnend, ein Gespräch zwischen riesigen Kreaturen. Aiyana hielt die Gruppe an und nickte in Richtung der Höhle. „Bereit?"

„So bereit, wie man für drei Meter große Riesen sein kann," sagte Luis trocken und trat einen Schritt nach vorn.

Die Crew trat vorsichtig vor, als plötzlich ein gewaltiger Schatten die Höhle füllte. Dann traten die Zerai hervor – drei kolossale Gestalten, die in ihrer massiven Erscheinung fast unwirklich wirkten. Ihre bronzene Haut schimmerte wie gehämmertes Metall, und ihre leuchtenden Augen wirkten wie kalte Flammen. Jeder von ihnen war über drei Meter groß, und ihre muskulösen Körper schienen mit technologischen Implantaten verschmolzen zu sein. Sie sahen aus wie Krieger und Götter zugleich.

„Menschen," donnerte die Stimme des Anführers, der in der Mitte stand. Sein Helm aus schwarzem Metall reflektierte das rötliche Licht der Venus. „Ihr wagt es, unser Territorium zu betreten? Warum seid ihr hier? Sprecht schnell, bevor wir beschließen, euch zu zerschmettern."

Luis trat nach vorne, sein Herz schlug wild, doch er zwang sich zu einer ruhigen Haltung: „Wir kommen in Frieden. Wir suchen die Weisheit und Stärke der Zerai. Euer Ruf ist uns bekannt – ihr seid unübertroffen in Anpassung und Überleben. Wir möchten lernen… und zusammenarbeiten."

Ein verächtliches Lachen entkam dem Anführer, so laut, dass der Boden unter ihren Füßen vibrierte: „Zusammenarbeiten? Menschen sind Schwächlinge, die weder unsere Stärke noch unsere Weisheit begreifen können. Was könnt ihr uns bieten, das wir nicht bereits haben?"

Aiyana trat einen Schritt vor, die Anspannung in der Luft ignorierend: „Dann seht zu," sagte Aiyana, ihre Stimme fest. „Wir wissen, dass ihr niemandem vertraut. Ihr seid die Meister darin, jeden Vorteil auszunutzen, den euch die anderen Völker bieten. Vielleicht können wir mehr bieten, als ihr denkt. Unsere Technologie mag anders sein, aber sie hat uns über weite Strecken des Universums hierhergebracht. Und unser Wissen könnte eurem Volk neue Möglichkeiten eröffnen."

Luis trat nochmals einen Schritt nach vorne, obwohl er den Kopf weit in den Nacken legen musste, um dem Riesen in die Augen zu sehen. Er versuchte, Aiyanas Aussagen noch zu bekräftigen: „Wir suchen keine Auseinandersetzung. Wir kommen, um zu verhandeln."

Der Zerai-Anführer lachte dröhnend, ein raues, hallendes Geräusch, das von den Wänden des Tals zurückgeworfen wurde. „Verhandeln? Was habt ihr zu bieten, das uns interessiert? Wir Zerai brauchen weder eure Erbärmlichkeit noch eure Technologie. Ihr seid nichts weiter als Plagegeister."

Soraya, die bei Gesprächen sonst zurückhaltend war, trat jetzt auch vor und sprach mit ihrer ruhigen, berechnenden Stimme: „Wenn wir so unbedeutend sind, warum sprecht ihr dann überhaupt mit uns?"

Die Augen des Zerai-Anführers verengten sich. „Eine gute Frage, Maschine." Er ließ das Wort klingen wie eine Beleidigung, bevor er seine gewaltigen Arme verschränkte. „Vielleicht, weil ich sehen will, wie ihr euch windet."

Der zweite Zerai, der leuchtende Markierungen auf den Armen trug, trat vor und musterte Soraya, die sich hinter Aiyana aufgestellt hatte: „Was ist mit dieser Maschine? Sie gehört zu euch, nicht wahr? Ihre Augen… sie sind leer. Warum sollten wir mit einem Volk verhandeln, das sich mit kaltem Metall verbündet?"

Soraya blieb ruhig, ihre Stimme wie immer nüchtern: „Ich mag aus Metall bestehen, aber mein Verstand ist mehr als nur Schaltkreise. Ihr unterschätzt mich, und das wäre ein Fehler. Was ihr als Schwäche seht, könnte eure größte Chance sein."

Der Anführer funkelte sie an, ein düsteres Lächeln auf seinen Lippen: „Interessant. Vielleicht hat die Maschine doch etwas Feuer. Aber Worte reichen uns nicht, Menschen. Ihr seid nichts weiter als Insekten, die durch die Spalten kriechen, in die wir keinen Fuß setzen."

Luis, der die aufkeimende Feindseligkeit spürte, griff erneut ein: „Wir sind nicht hier, um euch zu belehren oder uns zu messen. Aber wir wissen, dass die Atur auf diesem Planeten versuchen, alles zu destabilisieren. Sie sind eine Bedrohung für jeden – auch für euch."

Das Wort „Atur" brachte einen sichtbaren Effekt. Der dritte Zerai, ein Koloss mit stachelartigem Rückenschild, schnaubte laut und sprach zum ersten Mal: „Die Atur sind Parasiten. Wir haben sie mehr als einmal zurückgedrängt, aber sie sind wie eine Krankheit. Ihre Resonanzen stören unsere Felder. Ihr wisst von ihnen?"

„Mehr, als uns lieb ist," antwortete Aiyana. „Ihre Technologien sind gefährlich. Sie könnten die Balance eurer genetischen Modifikationen beeinflussen – oder Schlimmeres."

Der Anführer der Zerai trat einen Schritt näher, und die Crew spürte den Boden unter seinen Füßen leicht erbeben. „Beeinflussen, sagt ihr? Ihr behauptet, unsere Überlegenheit könnte bedroht sein? Lächerlich."

„Vielleicht nicht heute," sagte Luis, und seine Stimme war ruhig, aber bestimmt. „Aber später irgendwann. Ihr habt euch angepasst, aber Anpassung allein wird nicht reichen, wenn die Resonanzfelder der Atur euer Territorium durchdringen."

Der Anführer schwieg, sein Gesicht angespannt. Dann sprach er: „Ihr seid hartnäckig. Und ich sehe, dass ihr keine Angst habt. Vielleicht seid ihr nicht so erbärmlich, wie ihr scheint. Ihr sprecht mit großen Worten. Woher kommt dieses Wissen? Die Virani? Die Auron?" Seine Stimme triefte vor Misstrauen.

Priya trat vor und verschränkte die Arme vor der Brust: „Die Virani und die Auron haben uns Informationen gegeben. Aber wir haben auch die Atur mit eigenen Augen gesehen. Ihre Resonanzfelder haben uns angegriffen, und wir konnten nur knapp entkommen. Wir haben verstanden, wie gefährlich sie sind, und wir wissen, dass ihr ebenfalls darunter leidet. Warum also nicht zusammenarbeiten, um sie aufzuhalten?"

Die Zerai tauschten lange Blicke aus, und es folgte eine quälende Stille. Schließlich sprach der Anführer, seine Stimme jetzt kühler, fast berechnend: „Ihr wollt ein Bündnis. Aber wir sind nicht wie die Auron oder die Virani. Wir lassen uns nicht von Worten und leeren Versprechen überzeugen. Wenn ihr unser Vertrauen wollt, müsst ihr beweisen, dass ihr nützlich seid."

„Was verlangt ihr?" fragte Luis, seine Stimme ruhig, doch innerlich war er angespannt.

„Es gibt eine Energiequelle, die die Atur in einem alten Tempel bewachen," erklärte der Anführer. „Sie ist mächtig und könnte unsere Technologien erweitern. Holt sie für uns, und wir werden über eine Allianz nachdenken."

„Das klingt nicht wie eine Verhandlung, sondern wie ein Test," erwiderte Aiyana. „Und wenn wir die Energiequelle holen – wie können wir sicher sein, dass ihr euer Wort haltet?"

Der Anführer grinste, ein gefährlich kaltes Lächeln. „Ihr könnt es nicht. Aber wenn ihr uns herausfordert, ist das euer Ende. Also, was sagt ihr?"

Die Crew tauschte Blicke aus, die Spannung war spürbar. Schließlich nickte Aiyana langsam. „Wir akzeptieren. Aber denkt daran – wenn wir das für euch tun, erwarten wir Respekt und Kooperation."

Die anderen Zerai grinsten, ihre massigen Gestalten wie dunkle Schatten gegen das rötliche Leuchten der Venus. „Respekt," sagte der Anführer, „muss man sich verdienen."

Als die Zerai sich in die Höhle zurückzogen, flüsterte Kenji leise: „Das ist Selbstmord. Wir laufen direkt in eine Falle."

Aiyana sah ihn an, ihre Stimme fest. „Wir haben keine Wahl. Wenn wir auf diesem Planeten überleben wollen, müssen wir die Zerai auf unsere Seite ziehen. Aber du hast Recht – wir müssen uns vorbereiten."

Soraya nickte und fügte hinzu: „Das hier ist keine einfache Mission. Wir werden alle unsere Fähigkeiten brauchen – und vielleicht noch mehr."

Die Crew machte sich bereit, denn sie wussten, dass die Aufgabe, die vor ihnen lag, nicht nur gefährlich, sondern potenziell tödlich war.

Kapitel 14: Entführt in die Schatten der Atur

Dramatische Entwicklung

Nach der irdischen Rechnung war es jetzt wieder spät abends. Die Astronauten-Crew bezog eine provisorische Unterkunft, die ihnen durch ihren Venus-Rover geboten wurde. Der Tag war anstrengend gewesen, und die Begegnung mit den Zerai hatte sie alle auf eine harte Probe gestellt. Doch vor allem Commander Aiyana schien von der Erfahrung erschöpft. Sie sehnte sich nach einer kurzen Pause, nach einem Moment, in dem sie ihre Gedanken ordnen konnte.

Die anderen ruhten sich bereits in den angrenzenden Kammern aus, und Aiyana warf einen letzten Blick hinaus auf die dunstigen, schimmernden Hänge der Venus, die in der Dämmerung beinahe lebendig wirkten. Gerade als sie sich abwenden wollte, hörte sie ein leises, schwirrendes Geräusch, fast wie ein gedämpftes Summen, das aus dem Schatten in ihrer Nähe kam.

„Kenji?" rief sie leise, vermutend, dass er vielleicht noch wach war. Doch es kam keine Antwort, nur das Summen wurde lauter, intensiver, wie ein Sog, der an ihrer Aufmerksamkeit zerrte. Plötzlich fühlte sie ein seltsames Ziehen, eine Resonanz, die ihren Körper erschütterte. Noch bevor sie realisierte, was geschah, schien der Boden unter ihr zu beben, und ein grelles Licht blendete sie.

Aiyana versuchte zurückzuweichen, doch ihre Beine gehorchten ihr nicht. Stattdessen wurde sie wie von unsichtbaren Händen gepackt und in die Dunkelheit gezogen. Ihre letzten Gedanken waren Verwirrung und Schock, bevor sie das Bewusstsein verlor.

Als sie wieder zu sich kam, war alles um sie herum kalt und still. In der Dunkelheit hörte sie nur das gedämpfte Echo ihrer eigenen, unregelmäßigen Atemzüge. Es dauerte einen Moment, bis ihre Augen sich an die Dunkelheit gewöhnten und sie schemenhafte Umrisse erkannte. Die kahlen, metallisch wirkenden Wände, das feine Vibrieren unter ihren Füßen – alles deutete darauf hin, dass sie sich in einer unterirdischen Einrichtung befand.

„Hallo? Ist da jemand?" Ihre Stimme hallte durch den Raum, ohne Antwort.

Plötzlich flammte ein Licht auf, und sie konnte eine Gestalt erkennen, die sich langsam näherte. Ihr Herz schlug schneller. Die Gestalt war groß, fast gespenstisch, und schien sich in die Schatten zu hüllen. Als sie näher kam, erkannte Ingrid, dass es ein Atur war – einer der geheimnisvollen, furchteinflößenden Wesen, vor denen sie gewarnt worden waren.

„Du bist wach," sagte die Gestalt mit einer Stimme, die wie ein dunkles Brummen klang. „Gut. Das erspart uns einiges an Mühe."

Aiyana riss sich zusammen und sah den Atur mutig an. „Was wollt ihr von mir? Warum habt ihr mich entführt?"

Der Atur betrachtete sie mit einem kühlen, kalkulierenden Blick: „Wir haben beobachtet, dass du bei den anderen Völkern eine Art… diplomatische Position einnimmst. Ein Bindeglied zwischen den Menschen und den anderen Fraktionen. Für uns ist das ein potenzielles Problem."

Aiyana schluckte. Sie wusste, dass die Atur misstrauisch gegenüber all dem waren, was sie als Bedrohung ihrer eigenen Macht ansahen: „Wenn ihr denkt, dass ihr mich als Druckmittel benutzen könnt, um die Allianz zu verhindern, dann täuscht ihr euch. Meine Crew wird nicht klein beigeben."

Ein dunkles, fast belustigtes Grinsen huschte über das Gesicht des Atur. „Das ist uns klar. Doch wir glauben nicht an Drohungen. Wir glauben an… Einfluss."

Ein weiterer Atur trat hinzu, in den Händen ein kleines, metallisches Gerät, das wie eine verschlungene Antenne wirkte. Er hielt es in Aiyanas Richtung, und sie fühlte ein seltsames Pulsieren in ihrem Kopf, als würde jemand versuchen, in ihre Gedanken einzudringen.

„Lasst mich in Ruhe!" Sie versuchte zurückzuweichen, doch ihre Beine waren immer noch schwer von der Wirkung des Entführungssogs. Das Pulsieren wurde stärker, und sie musste alle Kraft aufbringen, um ihre Gedanken zu ordnen, um die Anwesenheit der Atur aus ihrem Geist zu verbannen.

„Warum macht ihr das?" fragte sie schließlich, und ihre Stimme klang rau, erschöpft. „Was ist es, das ihr so sehr fürchtet, dass ihr zu solchen Mitteln greift?"

Der Atur trat näher und musterte sie eindringlich. „Wir fürchten nichts, Menschenfrau. Doch wir glauben, dass Ordnung nur in den Händen jener liegen sollte, die die Macht über Resonanz und Umwelt beherrschen."

Aiyana erkannte, dass dies ein verzweifelter Versuch war, ihre Entschlossenheit zu untergraben. Sie atmete tief durch und richtete sich auf, trotz der Bedrohung, die von dem Atur ausging: „Ihr könnt meine Gedanken beeinflussen, mich einschüchtern, aber ihr könnt die Allianz zwischen den Völkern nicht aufhalten. Die Auron, die Zerai, die Virani – alle wissen, dass wir zusammen stärker sind als allein."

„Menschenfrau," sagte er mit einer Stimme, die klang, als käme sie von überall gleichzeitig. „Ihr habt unseren Pfad gekreuzt. Eure Anwesenheit stört die Resonanz unserer Welt."

Aiyana richtete sich mühsam auf, trotz der Schwere, die ihre Glieder belastete. „Ich weiß, wer ihr seid. Und ich weiß, was ihr wollt. Aber ihr macht einen Fehler, wenn ihr glaubt, dass Gewalt euch zu eurem Ziel führt."

Der Atur beugte sich vor, sein Gesicht ein kaum zu erkennendes Spiel aus Schatten und Licht. „Wir führen keinen Krieg ohne Grund. Eure Pläne, die Völker der Venus zu vereinen, gefährden das Gleichgewicht. Diese Welt gehört niemandem außer uns."

Aiyana hielt seinem Blick stand. „Ihr irrt euch. Eure Isolation hat euch blind gemacht für die Stärke, die in Zusammenarbeit liegt. Wenn ihr euch von dieser veralteten Denkweise löst, könntet ihr Teil von etwas Größerem werden."

Ein dunkles Lachen erfüllte den Raum. „Die Worte einer Anführerin. Doch eure Crew weiß nicht einmal, wo ihr seid. Eure Stärke ist bedeutungslos."

„Das werden wir noch sehen," sagte Aiyana und bemühte sich, ihre Angst zu unterdrücken. „Meine Crew wird mich nicht im Stich lassen. Und ich werde nicht zulassen, dass ihr das Bündnis sabotiert."

Ein zynisches Lächeln spielte auf dem Gesicht des Atur: „Mag sein. Aber wie stark seid ihr wirklich, wenn wir uns eure Technologien aneignen und sie gegen euch selbst einsetzen? Wir wollen nicht nur unsere Macht sichern; wir wollen die euren brechen."

Aiyana sah ihn herausfordernd an: „Dann lasst mich gehen. Ihr werdet schnell genug sehen, dass wir bereit sind, für die Allianz und den Frieden zu kämpfen."

Für einen Moment war es still, dann nickte der Atur zu einem seiner Begleiter, der ein weiteres Gerät hervorholte, eine Art metallisches Band, das surrend in seiner Hand leuchtete: „Wenn du unsere Warnung wirklich ernst nehmen willst, Menschenfrau, wirst du uns von hier an helfen. Denn wenn nicht… wird deine Crew es nicht schaffen, das Bündnis aufrechtzuerhalten."

Befreiungsversuch

Plötzlich hörte sie eine ferne Explosion und ein tiefes Beben ging durch den Raum. Ein Funken Hoffnung keimte in ihr auf. Das mussten ihre Crewmitglieder sein! Sie hatten den Standort des Atur-Verstecks gefunden und waren bereit, alles zu tun, um sie zurückzuholen.

Der Atur runzelte die Stirn und funkelte Aiyana an: „Es scheint, deine Leute sind entschlossener als erwartet."

„Das sind sie," erwiderte Aiyana mit fester Stimme. „Und wenn ihr klug seid, gebt ihr euch geschlagen. Die anderen Völker wollen Frieden – und ich bin sicher, dass auch ihr die Vorteile sehen werdet, wenn ihr euch der Allianz anschließt."

Ein weiteres, lauteres Beben erschütterte die Kammer. Der Atur sah sich kurz um und murmelte etwas in seine Kommunikationsvorrichtung, während seine Gefährten sichtlich nervös wurden.

„Wir werden uns wiedersehen, Menschenfrau," zischte Xarun, der Anführer der Atur, und trat in den Schatten zurück, wo er kurz darauf mit seinen Gefährten verschwand.

Aiyana blieb zurück, angekettet an die Decke der Höhlenwand.

Die Höhle war in ein unheimliches Leuchten getaucht. Die Atur hatten ihre Resonanztechnologie verstärkt, wodurch ein pulsierendes Summen die Wände vibrieren ließ. Aiyana wurde bewusstlos. Sie war gefangen wie eine Fliege im Netz. Die anderen Crewmitglieder standen am Rand der Höhle, angespannt und kampfbereit.

Luis schob sich nach vorne, sein Gesicht war entschlossen. „Wir müssen sie da rausholen. Jetzt."

Soraya aktivierte ihre Scanner: „Das Feld basiert auf einer variablen Frequenz. Ich kann es durchbrechen, aber es wird Zeit brauchen."

Kenji warf ihr einen nervösen Blick zu: „Wie viel Zeit?"

„Mehr, als wir vielleicht haben," antwortete sie, während ihre Finger über ihr Armband flogen. „Sie wissen, dass wir hier sind."

Ein tiefes Grollen ertönte, und die Atur traten aus den Schatten hervor. Ihre Gestalten schienen aus der Dunkelheit selbst zu bestehen, unnatürlich und ständig in Bewegung. Der Anführer trat vor, seine Stimme klang wie ein vibrierender Bass:„Ihr wagt es, uns herauszufordern? Eure primitive Technik ist nichts gegen unsere Resonanzkräfte."

Luis richtete seine Waffe auf ihn: „Wir wollen nur unsere Commander zurück. Wir sind nicht hier, um zu kämpfen."

„Und doch habt ihr eure Waffen gezogen," spottete der Anführer. „Ihr versteht nichts von unserer Welt. Eure Störungen bringen nur Chaos."

Kenji trat vor: „Lasst uns reden. Es gibt keinen Grund, dass das eskaliert."

„Reden?" der Anführer lachte kalt. „Das ist nicht die Sprache, die wir sprechen."

Bevor jemand reagieren konnte, hob der Anführer eine Hand, und eine Resonanzwelle fegte durch die Höhle. Die Crew wurde zurückgeschleudert, und Luis schlug hart auf den Boden. Soraya stand sofort wieder auf, ihre Augen leuchteten bedrohlich.

„Das war ein Fehler," sagte sie mit einer eisigen Präzision. „Gebt uns Aiyana, oder ihr werdet es bereuen."

Der Anführer wirkte amüsiert. „Ein Roboter mit Emotionen? Wie faszinierend. Lass uns sehen, wie stark deine Menschlichkeit wirklich ist."

Er bewegte seine Hand, und ein weiterer Energiestoß raste auf Soraya zu. Doch sie sprang seitlich weg und konterte mit einem gezielten Schlag aus ihrem Energieprojektor. Ein greller Blitz erhellte die Höhle, und ein Atur zerfiel in eine Wolke aus flackerndem Licht.

„Soraya, halte sie auf!" rief Luis, während er sich auf Aiyanas Position zubewegte. Er warf einen Blick auf das schimmernde Feld und zog einen kleinen Generator aus seiner Tasche. „Ich kann das deaktivieren, aber ich brauche eine Minute!"

„Beeil dich!" schrie Kenji, der sich mit einem Atur herumschlug, der ihn in eine Ecke gedrängt hatte.

Soraya kämpfte mit einer beeindruckenden Präzision, doch die Atur schienen unaufhörlich zu erscheinen. Plötzlich bemerkte sie, dass Xarun direkt auf Luis zusteuerte.

„Luis, hinter dir!" rief sie, doch es war zu spät.

Der Anführer der Atur, Xarun, schleuderte eine gewaltige Resonanzwelle, die Luis von den Füßen riss und ihn hart gegen die Felswand schleuderte. Er landete schwer atmend auf dem Boden, Blut sickerte aus einer tiefen Wunde an seiner Seite.

„Nein!" schrie Soraya und warf sich auf den Anführer, ihre Bewegungen ein Sturm aus Wut und Präzision.

Trotz seiner Verletzungen zog sich Luis hoch und aktivierte das Gerät. Das Resonanzfeld um Aiyana flackerte und brach schließlich zusammen. Sie fiel schwer zu Boden, keuchend, aber lebendig.

„Commander!" rief Kenji und schüttelte sie. Er wiederholte seine Ansprache: „Aiyana!" Langsam öffnet sich ihre Augen und Kenji half ihr auf die Beine: „Wir müssen hier raus."

„Luis, komm schon!" rief Kenji, seine Stimme voller Panik.

Doch Luis lehnte sich gegen die Wand, sein Gesicht vor Schmerz verzerrt. „Ich… ich komme nicht mit."

„Was redest du da?" schrie Kenji: „Wir lassen dich nicht zurück!"

Luis schüttelte den Kopf: „Geht. Ich halte sie auf."

Der Verlust

Soraya kämpfte immer noch gegen den Xarun, ihre Bewegungen schneller und verzweifelter. „Luis, steh auf!" schrie sie. Doch als sie einen kurzen Blick zu ihm warf, sah sie, wie seine Augen langsam die Kraft verließen.

„Luis, nein!" Ein wütender Schrei entrang sich ihrer Kehle, und mit einer letzten Anstrengung überlud sie ihre Energiezellen. Ein mächtiger Lichtstoß explodierte aus ihrem Körper, schleuderte den Anführer und die anderen Atur zurück.

Die Höhle begann zu beben, als die Resonanztechnologie der Atur außer Kontrolle geriet. „Wir müssen weg!" rief Aiyana, ihre Stimme zitterte vor Angst und Trauer.

Kenji zog Soraya mit sich, die sich weigerte, Luis zurückzulassen. Doch schließlich gab sie nach, ihre Augen voller Tränen, die sie nicht verstehen konnte.

Draußen in der kühlen Nachtluft kehrte eine bedrückende Stille ein. Die Crew stand zusammen, doch sie fühlten sich zerbrochen.

Soraya blickte in die Ferne, ihre Hände zitterten leicht. „Er hat sein Leben für uns gegeben," sagte sie, ihre Stimme leise, aber fest. „Das war nicht umsonst."

Aiyana legte eine Hand auf ihre Schulter. „Wir werden ihn nicht vergessen. Sein Opfer wird unser Antrieb sein, diese Mission zu beenden."

Kenji nickte, doch die Trauer in seinen Augen war unübersehbar. „Für Luis."

Soraya schloss die Augen und ließ die Trauer durch ihre Systeme fließen. Zum ersten Mal verstand sie, was es bedeutete, zu fühlen – und warum die Menschlichkeit ein solches Geschenk war.

Kapitel 15: Das Echo der Zeit

Die Stimmung an Bord der Venera Ascendant war von tiefer Trauer geprägt. Der Verlust von Luis hatte eine Lücke hinterlassen, die keiner der Crew füllen konnte. Doch die Mission musste weitergehen, und Commander Aiyana wusste, dass sie Antworten brauchten.

Die Auron hatten die Macht, Antworten zu geben. Und vielleicht, nur vielleicht, eine Lösung.

Die Suche nach den Auron

Die Crew erreichte die schimmernde Stadt der Auron, die in einer schwebenden Energiekapsel hoch über den gefährlichen Methanebenen der Venus lag. Der Vertreter der Auron, Ikaris, empfing sie in einer Halle aus pulsierendem Licht, die keine physische Substanz zu besitzen schien.

„Ihr tragt die Schatten des Verlustes," sagte Ikaris, sein Ton bedauernd. „Warum seid ihr zu uns gekommen?"

Aiyana trat vor, ihre Stimme fest: „Wir haben einen Freund verloren. Er starb, um mich zu retten. Aber… wir glauben, dass ihr uns helfen könnt, ihn zurückzubringen."

Ikaris schloss die Augen, seine hochgewachsene Gestalt schien für einen Moment schwerelos: „Ihr wollt, dass wir die Zeit selbst berühren. Das ist ein gefährlicher Wunsch."

Die Offenbarung der Zeitreisen

Die Halle verwandelte sich, und die Crew fand sich in einem kaleidoskopartigen Raum wieder, wo Bilder und Momente wie durch einen prismatischen Filter flossen. Vergangene Ereignisse, künftige Möglichkeiten – alles schien gleichzeitig zu existieren.

„Wir Auron haben die Technologie, Zeitreisen zu ermöglichen," erklärte Ikaris, während er durch die Szenerie schritt. „Doch es ist keine Lösung ohne Konsequenzen. Jedes Eingreifen in die Zeit birgt Risiken – das Paradoxon der Existenz."

Soraya, die immer noch mit einer tiefen Trauer um Luis kämpfte, trat nach vorne. „Wir verstehen die Risiken. Aber wenn wir ihn retten könnten…"

Ikaris drehte sich zu ihr, sein Blick durchdringend. „Kennt ihr das Pogo-Paradoxon? Es ist eine der gefährlichsten Fallstricke der Zeitreisen."

Kenji runzelte die Stirn. „Ich bin zwar Astrophysiker, aber mit dem Thema Zeitreisen habe ich mich immer schwer getan. Erklär es uns bitte."

Das Pogo-Paradoxon

Ikaris hob eine Hand, und ein holografisches Bild erschien: Ein Mann, der in der Vergangenheit eine scheinbar harmlose Tat vollbrachte – nur um festzustellen, dass seine Handlung eine Kette von Ereignissen auslöste, die seine eigene Gegenwart zerstörte.

„Das Pogo-Paradoxon," begann Ikaris, „besagt, dass jede Änderung in der Vergangenheit das Potenzial hat, die Kausalität so zu verändern, dass ihr ungewollt die Tragödie verursacht, die ihr zu verhindern sucht."

Soraya wandte sich zu Aiyana, ihr Blick entschlossen. „Wenn es eine Chance gibt, Luis zu retten, dann sollten wir sie nutzen. Wir können vorsichtig sein."

Aiyana zögerte. „Und wenn wir alles noch schlimmer machen? Wenn wir mehr verlieren als Luis?"

„Es ist, als ob die Zeit selbst gegen uns arbeitet," sagte Priya und ließ sich frustriert in eine Sitzbank fallen. „Das Pogo-Paradoxon beweist, dass unser Eingreifen genau die Ereignisse verursacht hat, die wir zu verhindern versuchten."

„Das ist ein bekanntes Problem," sagte Soraya und blickte auf die holografische Projektion der Zeitlinien vor ihnen. „Aber das Pogo-Paradoxon ist nicht die einzige Art von zeitlicher Schleife, mit der wir es zu tun haben könnten."

Priya fragte betreten: „Moment mal. Gibt es noch mehr solcher Paradoxien, die uns in Schwierigkeiten bringen können?"

Soraya hob den Kopf. „Ja, und eines davon ist besonders faszinierend – und gefährlich. Es wird das Dalí-Paradoxon genannt."

Ikaris schwieg die ganze Zeit und lauschte gespannt der Diskussion der irdischen Besucher. Hin und wieder nickte er bei Aussagen zustimmend.

Das Dalí-Paradoxon

Soraya aktivierte mit ihren Augen jetzt selbst eine holografische Projektion, die eine Spirale aus Ereignissen mit schmelzenden Uhren zeigte, die sich wie ein surrealer Strudel ineinander verschränkten. „Das Dalí-Paradoxon tritt auf, wenn eine Veränderung in der Zeit dazu führt, dass Ursache und Wirkung ineinanderfließen und ununterscheidbar werden. Es ist benannt nach Salvador Dalí, dessen Werke oft die Wahrnehmung von Raum und Zeit verzerrten."

Priya sah die Projektion an und verzog das Gesicht: „Ich verstehe nur, dass es kompliziert aussieht. Kannst du das einfacher erklären?"

Soraya erläuterte: „Stell dir vor, du gehst zurück in die Vergangenheit und nimmst ein Artefakt mit, sagen wir... eine einzigartige Uhr. Du bringst diese Uhr in die Gegenwart, und plötzlich stellt sich heraus, dass es keine natürliche Herkunft der Uhr gibt. Sie existiert nur, weil du sie mitgebracht hast. Es gibt keinen Anfang und kein Ende."

„Ein Ding, das aus dem Nichts existiert?" fragte Priya skeptisch.

„Genau," antwortete Soraya. „Das Dalí-Paradoxon beschreibt diese Art von Ereignis, bei dem die Zeitlinie so verzerrt wird, dass der Ursprung von Dingen oder Ereignissen unauflösbar wird."

Aiyana, die bislang schweigend zugehört hatte, meldete sich zu Wort. „Und wie betrifft uns das? Wir werden keine Uhren aus der Vergangenheit mitgebracht haben."

Soraya sah sie ernst an. „Nicht direkt. Aber der Versuch, Luis zu retten, hat eine Anomalie erzeugt. Unsere Manipulation der Zeit hat womöglich nicht nur das Pogo-Paradoxon ausgelöst, sondern auch Hinweise darauf hinterlassen, dass wir ein Dalí-Paradoxon erschaffen haben könnten."

Jetzt schalte sich Kenji ein: „Aus meiner Studienzeit habe ich gelernt, dass beim Dalí-Paradoxon sich der Zeitfluss schrittweise verlangsamt für die betroffene Person oder das betroffene Objekt bis zum Einfrieren aus Sicht eines außenstehenden Beobachters. Wenn beispielsweise ein Zeitreisender einem Autor in der Vergangenheit ein Buch gibt, das der Autor dann unter seinem Namen veröffentlicht, obwohl er es nie geschrieben hat, haben wir ein surreales Paradoxon, denn es gibt keine kohärente Zeitlinie und der Ursprung des Buches liegt nicht in der Vergangenheit. Übertragen jetzt auf unser Vorhaben, gehen wir in die Vergangenheit, um jemanden zu retten, z. B. vor einem Verkehrsunfall. Dadurch wird aber die Person, die sonst diesen Unfall verursacht hätte, nicht aufgehalten und sie fährt mit dem Fahrzeug weiter – und verursacht an einem anderen Ort einen noch schlimmeren Unfall."

„Eine Veränderung führt zu einer unkontrollierbaren Kette von Reaktionen," ergänzte Ingrid, die sich mit ihrem kulturhistorischen und philosophischen Hintergrund offensichtlich auskannte. „Genau wie bei Dalís Bildern – nichts ist mehr fest, alles fließt ineinander. Am Ende weißt du nicht mehr, was du ursprünglich verändern wolltest, und die Realität wird komplett unvorhersehbar."

Aiyana nickte, aber sie wollte sicherstellen, dass jeder es verstand. „Lasst uns das mal auf unsere Situation anwenden. Was, wenn wir Luis vor seinem Tod bewahren?"

Soraya antwortete sachlich: „Dann könnte etwas anderes passieren. Vielleicht stirbt Aiyana während der Befreiungsmission, weil wir nicht zur richtigen Zeit am richtigen Ort sind. Oder schlimmer – der gesamte Widerstand gegen die Atur bricht zusammen, weil wir einen entscheidenden Moment nicht ausgelöst haben."

„Aber das kann man doch planen, oder?" fragte Priya optimistisch. „Wenn wir die Abläufe genau analysieren, könnten wir diese Reaktionen verhindern."

„Das ist die Theorie," sagte Ingrid mit einer Spur von Zweifel. „Aber hier kommt das Dalí-Paradoxon ins Spiel. Stell dir vor, wir schaffen es tatsächlich, Luis zu retten. Das könnte bedeuten, dass die ursprüngliche Motivation für unsere Mission nie existiert hat – und dann ändern wir vielleicht unabsichtlich die gesamte Realität."

„Wie zum Beispiel?" fragte Priya herausfordernd.

„Ein anschauliches Beispiel," sagte Ingrid, „wäre, wenn Luis überlebt, aber in der veränderten Zeitlinie beschließt, die Crew zu verlassen, weil er traumatisiert ist. Ohne ihn fehlen uns seine Fähigkeiten, und die Mission scheitert letztendlich."

„Das ist schon übel genug," fügte Priya hinzu. „Aber was, wenn Luis durch seine Rettung jemand anderen verdrängt? Zum Beispiel könnte er jemandem im Weg stehen, der eigentlich entscheidend dazu beitragen sollte, die Atur zu besiegen. Sowas hattest du doch gerade mit deinem Beispiel angedeutet, Kenji, nicht wahr?"

„Also," brachte sich Kenji mit einer Allegorie als Hobby-Zeichner ein, „das ist wie wenn man eine Wand streicht und an einer Stelle die Farbe korrigiert – aber dabei so viel übermalt, dass die gesamte Wand ruiniert ist."

Ingrid nickte. „Genau. Aber hier ist es noch komplizierter: Stell dir vor, du malst etwas, aber die Farbe auf der Wand beginnt plötzlich, sich von selbst zu verändern. Egal, was du machst, sie zieht Linien und Muster, die du nie geplant hast."

„Das klingt fast wie ein Albtraum," sagte Priya düster. „Wir versuchen, die Realität zu reparieren, aber stattdessen wird sie ein Chaos."

Aiyana seufzte. „Das ist es, was mich am meisten beunruhigt. Wir könnten nicht nur Luis' Leben gefährden, sondern die gesamte Zeitlinie destabilisieren. Wir stehen vor einer Entscheidung, die wir nicht wirklich kontrollieren können."

Soraya warf ein: „Wenn wir das Paradoxon akzeptieren, bedeutet das, dass wir nicht vollständig wissen, was richtig oder falsch ist. Es ist ein Risiko, das wir eingehen müssen."

„Aber das bringt uns zurück zum Ursprung," sagte Ingrid. „Der Schlüssel liegt darin, einen Punkt zu finden, der sich nicht verzerrt — ein Ereignis oder eine Konstante, die unabhängig bleibt."

„Und was könnte das sein?" fragte Priya. „Ich meine, alles scheint veränderbar."

„Vielleicht sind es wir," sagte Aiyana leise. „Unser Wille, die Dinge zum Besseren zu wenden. Vielleicht können wir, indem wir unsere Entscheidungen bewusst treffen, die Zeitlinie stabilisieren. Aber die Risiken erscheinen mir unkalkulierbar."

Die Diskussion wurde hitzig. Soraya sprach mit einer Leidenschaft, die für einen Androiden untypisch schien: „Luis hat sich für uns geopfert. Wie können wir hier stehen und nichts tun, wenn wir ihn zurückholen könnten?"

Kenji hingegen war skeptisch: „Soraya, das ist nicht nur ein moralisches Dilemma. Wenn wir etwas verändern, könnten wir alle hier sterben — oder schlimmer noch, alles, wofür wir gekämpft haben, könnte verloren gehen."

Aiyana wandte sich wieder an Ikaris: „Wenn wir diese Technologie nutzen — gibt es irgendeinen Weg, sicherzustellen, dass wir nicht die Ursache seines Todes werden?"

Ikaris' Antwort war wie ein Schwerthieb: „Es gibt keine Sicherheit. Die Zeit ist wie ein Fluss, und selbst die kleinste Welle kann eine Flut verursachen."

Die Reise in die Zeit

Schließlich entschied die Crew, es zu wagen. Die Auron aktivierten eine Plattform.

Die Plattform war durch eine Frequenzresonanz mit der Zeitmatrix der Venus verbunden. Die Atmosphäre vibrierte, als die Crew auf die schimmernde Plattform trat. Die Atmosphäre vibrierte, als die Crew auf die schimmernde Plattform trat.

„Denkt daran," warnte Ikaris, „jede eurer Handlungen hat Gewicht. Ihr könnt Luis' Tod verhindern – oder ihn unausweichlich machen."

Die Crew materialisierte sich in der Vergangenheit, wenige Minuten vor Luis' Tod. Alles war genau wie zuvor: die Höhle, die Atur, die schimmernden Energiefelder.

Das Paradoxon entfaltet sich

Sie beobachteten, wie Luis versuchte, den Generator zu deaktivieren, um Aiyana zu befreien. Doch diesmal griff Soraya schneller ein, besiegte die Atur früher, und Luis schien in Sicherheit zu sein.

Doch gerade als sie dachten, sie hätten ihn gerettet, passierte es: Eine Resonanzwelle, die von einem geschwächten Atur ausgelöst wurde, traf Luis, als er zurückeilte, um Aiyana zu schützen. Die Szene war erschreckend ähnlich, und doch wirkte sie unausweichlich.

Soraya fiel auf die Knie, ihr System überlastet von der Erkenntnis: „Es… es war unsere Rückkehr, die das verursacht hat. Wir sind der Grund, warum er starb."

Resignation

Zurück in der schimmernden Stadt der Auron herrschte bedrücktes Schweigen. Ikaris blickte sie an, seine Stimme sanft. „Das Pogo-Paradoxon ist gnadenlos. Ihr habt gesehen, dass manche Ereignisse sich selbst erhalten. Es gibt Dinge, die nicht geändert werden können."

Aiyana legte eine Hand auf Sorayas Schulter. „Wir haben versucht, ihn zu retten. Das zeigt, wie sehr er uns bedeutet. Aber jetzt müssen wir weitermachen – für ihn."

Kenji nickte. „Luis wollte, dass wir diese Mission erfüllen. Das ist sein Vermächtnis."

Soraya schloss die Augen, ihre Stimme ein Flüstern. „Ich werde ihn nie vergessen. Seine Opferbereitschaft – seine Menschlichkeit. Es wird immer ein Teil von mir sein."

Die Crew verließ mit hängenden Köpfen die Stadt der Auron. Luis war nicht mehr bei ihnen, aber seine Erinnerung und sein Opfer trieben sie an weiterzumachen. Die Geheimnisse der Venus warteten, und mit jedem Schritt rückten sie näher an die wahre Bedeutung ihrer Mission – und an den Frieden zwischen den Völkern der Venus.

Kapitel 16: Diskussion zu Zeitreisen

Nach einer schlaflosen Nacht, die von Trauer und Schuldgefühlen und einem Funken neuer Hoffnung durchzogen war, versammelte sich die Crew erneut, um in der schimmernde Stadt der Auron aufzubrechen. Die Ereignisse des vorigen Tages hatten sie tief erschüttert, doch sie waren noch nicht bereit, aufzugeben.

Das Brotlaib-Modell

Die Astronauten saßen im Besprechungsraum der Venera Ascendant, der von der sanften Beleuchtung der Displays erhellt wurde. Vor ihnen flimmerte eine holografische Darstellung der Zeitlinie, eine Projektion von Ingrid und Soraya, die sie zusammen programmiert hatten. Die Darstellung war ungewöhnlich: statt einer geraden Linie war eine scheibenartige Struktur zu sehen, ähnlich einem aufgeschnittenen Brotlaib. Jede Schicht repräsentierte einen Moment in der Zeit. Es zeigte sich eine Stadt auf der Erde mit Gebäuden und Fahrzeugen aus der Vergangenheit auf der linken Bildseite und Gebäude und Fahrzeuge aus der Zukunft auf der rechten Bildseite.

„Okay, ich verstehe, dass wir in der Zeit springen können," begann Priya skeptisch, „aber wie soll uns dieses… Brotlaib-Ding helfen, Luis zu retten und gleichzeitig Aiyana zu befreien?"

Ingrid stand auf, klopfte auf das Hologramm und sprach mit ruhiger, aber bestimmter Stimme: „Das ist keine einfache Linie. Zeit ist kein Pfeil. Laut der Blockuniversum-Theorie – oder, wie wir es nennen, dem Brotlaib-Modell – existieren Vergangenheit, Gegenwart und Zukunft alle gleichzeitig."

Aiyana runzelte die Stirn: „Moment. Willst du damit sagen, dass wir, während wir hier sitzen, gleichzeitig immer noch in der Vergangenheit kämpfen und in der Zukunft unseren nächsten Plan schmieden?"

„Genau," bestätigte Soraya. Ihre Stimme war neutral, aber ihre Augen leuchteten, als sie die Idee weiter ausführte. „Stellt euch den Brotlaib vor. Jede Scheibe ist ein Moment in der Zeit. Unsere Wahrnehmung der Zeit als linear – Vergangenheit, Gegenwart, Zukunft –

ist nur eine Illusion. Wir erleben den Laib Scheibe für Scheibe, aber in Wahrheit existiert alles gleichzeitig."

Aiyana stützte sich auf die Konsole und starrte auf die Projektion. „Das klingt ja schön und gut, aber wenn das alles gleichzeitig existiert, warum können wir dann nicht einfach in der Vergangenheit zuschlagen, die Atur ausschalten und alles reparieren?"

Ingrid schüttelte den Kopf. „Weil jede Scheibe des Laibs bereits eine festgelegte Realität ist. Wir können sie betreten und erleben, aber wir verändern dabei nicht den Laib selbst. Das ist der Knackpunkt – wir können nur innerhalb des Systems agieren."

„Und was ist, wenn wir den Laib von außen betrachten könnten?" fragte Priya, der sich mit verschränkten Armen gegen die Wand lehnte. „Wenn alles existiert, warum sind wir dann auf eine Perspektive beschränkt?"

Soraya antwortete prompt. „Weil wir Teil des Laibs sind. Wir sind wie Rosinen in einem Rosinenbrot – wir können uns innerhalb der Masse bewegen, aber wir können uns nicht von der Struktur lösen."

„Das erklärt trotzdem nicht," erwiderte Kenji, „wie wir Luis aus der Vergangenheit retten sollen, ohne das gesamte Brot auseinanderzunehmen."

Aiyana hob eine Hand, um den Punkt klarzumachen. „Warte. Wenn jede Scheibe bereits existiert und wir dort agieren können, dann würde jede Änderung in einer Scheibe Auswirkungen auf den gesamten Laib haben, richtig?"

„Ja," bestätigte Ingrid. „Das ist das Paradoxe daran. Jede Änderung, die wir in der Vergangenheit vornehmen, war bereits Teil des Brotlaibs. Selbst unser Wunsch, etwas zu verändern, könnte vorherbestimmt sein."

„Das ist das Brotlaib-Paradoxon," fügte Soraya hinzu. „Wir glauben, wir handeln frei, aber vielleicht ist unsere Entscheidung bereits Teil des Systems."

Priya warf die Hände in die Luft. „Das ist doch absurd! Also können wir nichts tun, oder alles, was wir tun, ist schon vorherbestimmt? Wo bleibt da die Hoffnung?"

„Hoffnung gibt es," sagte Ingrid, ihre Stimme fest. „Denn während der Laib an sich konstant bleibt, können wir innerhalb einer Scheibe agieren, um bestimmte Ergebnisse zu beeinflussen. Vielleicht können wir nicht das Brot ändern, aber wir können entscheiden, welche Rosine wohin bewegt wird."

Priya lachte trocken. „Großartig. Also sind wir Rosinen, die gegen die Gesetze des Backens rebellieren."

Aiyana legte ihre Hand auf Priyas Schulter. „Nein, Priya. Das bedeutet, dass wir noch eine Chance haben. Wenn wir die richtige Scheibe finden – den richtigen Moment – dann könnten wir Luis retten, ohne das Gleichgewicht der Zeit zu zerstören."

„Und wie finden wir diese Scheibe?" fragte Kenji ein wenig provokant, denn ihm waren Zeitreisen trotz seines wissenschaflichen Hintergrunds ein Buch mit sieben Siegeln.

Das Zwillingsparadoxon

Soraya aktivierte einen weiteren Abschnitt des Hologramms. Eine Reihe von Datenströmen erschien, die die Zeitlinie darstellten. „Das ist der Punkt, an dem Einsteins Spezielle Relativitätstheorie ins Spiel kommt. Das Zwillingsparadoxon zeigt uns, dass Zeit relativ ist – abhängig von der Perspektive. Wenn wir unsere Geschwindigkeit und Position im Raum manipulieren, könnten wir die Zeit in einer Art Schlaufe erleben."

Ingrid ergänzte: „Wir haben das Pogo-Paradoxon erlebt – ein selbstverursachtes Ereignis. Doch die Relativitätstheorie, besonders das Zwillingsparadoxon, beweist, dass Zeit kein absoluter, linearer Fluss ist. Sie ist relativ."

Kenji runzelte die Stirn: „Das Zwillingsparadoxon? Du meinst, wie ein Zwilling, der in einem Raumschiff reist, weniger altert als derjenige, der auf der Erde bleibt? Wie hilft uns das?"

Jetzt warf Priya ein: „Was ist denn das Zwillingsparadoxon?"

Soraya projizierte das Bild von einem Zwillingspaar und erklärte: „Links im Bild sind die Zwillinge 30 Jahre alt, rechts ist der eine Zwilling 50 Jahre alt, der 20 Jahre mit 80% der Lichtgeschwindigkeit im Raumschiff gereist ist, um dann 20 Jahren nach Trennung seinen mittlerweile 63,33 Jahre alten Zwilling zu begegnen, der auf der Erde geblieben war. Das ist das Prinzip der Zeitdilatation."

Priya guckte weiterhin verdutzt rein und sagte: „Verstehe ich nicht!"

Daraufhin brachte Soraya ein weiteres Beispiel: „Stell dir eine "Licht-uhr" vor: Zwei Spiegel sind parallel übereinander, und ein Lichtstrahl springt wie ein Pingpong-Ball zwischen ihnen hin und her.

1. Im ruhenden Zustand bewegt sich der Lichtstrahl nur senkrecht auf und ab. Die Zeit, die das Licht braucht, um hin und her zu pendeln, ist fest.

2. In Bewegung bewegt sich die Lichtuhr z. B. nach rechts. Der Lichtstrahl muss dabei eine schräge Strecke zurücklegen, weil er gleichzeitig auf- und abwärts sowie seitwärts mit der Lichtuhr bewegt wird. Dadurch ist die Strecke, die das Licht zurücklegt, **länger.**

Da die Lichtgeschwindigkeit immer gleich bleibt, braucht das Licht für die längere Strecke mehr Zeit. Das bedeutet, die Uhr tickt für den langsamer. Dies zeigt: Bewegte Uhren gehen langsamer – das ist die Zeitdilatation."

Priya nickte: „Okay, jetzt habe ich das verstanden. Aber wie hilft uns das jetzt?"

Ingrid nickte: „Wenn Zeit relativ ist, bedeutet das, dass sie auf verschiedene Beobachter unterschiedlich wirkt. Das bedeutet, dass das, was wir als **'bestimmt'** erleben, möglicherweise nur eine von mehreren Möglichkeiten ist."

Aiyana, die seit Luis' Tod mit ihren Entscheidungen rang, setzte sich aufrecht hin: „Und wenn das wahr ist – wenn die Zeit nicht endgültig ist – könnten wir vielleicht eine alternative Zeitlinie schaffen, in der Luis lebt."

„Also ein neuer Sprung?" fragte Priya.

Ingrid nickte. „Ja, aber diesmal vorsichtiger. Wir müssen den Moment berechnen, in dem wir Aiyana retten können, ohne Luis zu verlieren. Und dafür müssen wir die richtige Scheibe finden."

Kenji sah skeptisch aus. „Und wenn wir die falsche Scheibe wählen?"

Soraya antwortete mit einem seltenen Ausdruck von Emotion. „Dann verlieren wir nicht nur Luis. Dann destabilisieren wir das gesamte Brot." Die Worte hallten im Besprechungsraum wider. Alle waren sich der Gefahr bewusst, aber auch der Hoffnung, die in ihrer neuen Erkenntnis lag. Aiyana sah schließlich jeden an. „Dann müssen wir zusehen, diese Scheibe zu finden. Es gibt keinen Weg zurück, nur vorwärts durch den Laib."

Ein Blick in die Philosophie

Soraya projizierte jetzt eine holographische Darstellung der Zeitlinie, ein verwirrendes Geflecht aus Verzweigungen, Schlaufen und Knoten, das ihre bisherigen Eingriffe in den Zeitfluss darstellte.

Jeder Versuch, es zu entwirren, schien das Chaos nur größer zu machen. Die bevorstehende Mission – ein zweiter Sprung in die Vergangenheit – ließ die Astronauten noch tiefer über die Natur der Zeit nachdenken.

Ingrid warf einen nachdenklichen Blick auf das Hologramm und lehnte sich zurück: „Ihr kennt doch Heraklit, oder? Der alte griechische Philosoph, der sagte: **Πάντα ῥεῖ καὶ οὐδὲν μένει** (Pánta rheî kaì oudèn ménei) – ‚Alles fließt und nichts bleibt‘.“

Kenji runzelte die Stirn.

„Natürlich kennen wir das. Aber was hat das mit unserer Situation zu tun?"

Ingrid stand auf und demonstrierte in einer weiteren Projektion ein Bild von einem Fluss im antiken Griechenland, der von links nach rechts strömte: „Denkt mal darüber nach: Was, wenn die Zeit tatsächlich fließt wie ein Fluss in eine Richtung von links nach rechts, von der Vergangenheit in die Zukunft? Heraklit hat wahrscheinlich nicht nur über die Natur der Welt gesprochen, sondern vielleicht auch über die Zeit. Vielleicht ist sie nicht linear oder statisch, sondern ständig in Bewegung, sich selbst verändernd – und wir versuchen hier, mitten in diesen Fluss einzugreifen."

Priya nickte langsam: „Das würde erklären, warum sich unsere Eingriffe anders auswirken als geplant. Wie Steine, die wir in einen Fluss werfen – sie stören den Fluss für einen Moment, aber dann passt sich das Wasser an, ändert seinen Verlauf."

Aiyana runzelte die Stirn und schaltete die Holographie auf ein rotierendes Modell des Zeitflusses um. Es zeigte ineinander verwobene Linien, die sich wie ein Fluss durch die Unendlichkeit wanden. „Aber wenn alles fließt, wie Heraklit sagt, dann müsste auch die Vergangenheit veränderbar sein. Doch unser Versuch zeigt, dass die Vergangenheit sich wehrt, dass sie einen bestimmten Verlauf bevorzugt."

„Vielleicht," warf Soraya ein, während sie eine mathematische Formel auf ihrem Tablet bearbeitete, „ist es nicht die Vergangenheit, die sich wehrt, sondern wir, die die Dynamik der Zeit noch nicht vollständig begreifen. Der Fluss der Zeit könnte nicht nur chaotisch sein, sondern auch eine Form von Selbstkorrektur besitzen."

Priya stützte ihr Kinn auf die Hand und sah Soraya an: „Du meinst, dass die Zeit sich selbst repariert, wenn jemand versucht, sie zu ändern? Wie ein Fluss, der eine neue Route wählt, wenn ein Hindernis auftaucht?"

„Genau," antwortete Ingrid. „Das würde bedeuten, dass wir durch unsere Eingriffe Wellen erzeugen, die die Zeit zu einer neuen Balance führen. Doch wir dürfen nicht vergessen, dass ein Fluss viele Wege haben kann – und nicht alle enden an derselben Mündung."

Aiyana richtete sich auf: „Wenn Zeit wirklich wie ein Fluss ist, dann stellt sich die Frage: Haben wir überhaupt die Macht, ihren Verlauf dauerhaft zu ändern? Oder treiben wir nur auf ihren Wellen und glauben fälschlicherweise, dass wir die Strömung kontrollieren?"

Ingrid setzte sich wieder und verschränkte die Arme: „Das ist genau der Punkt. Vielleicht haben wir einen Fehler gemacht, weil wir die Zeit als etwas Statisches gesehen haben. Als wäre sie ein Pfad, den man zurückgehen kann, um ihn neu zu beschreiten. Aber wenn Heraklit Recht hatte, dann gibt es keinen festen Pfad. Nur das Wasser des Flusses, das sich unaufhörlich verändert."

Kenji hob eine Augenbraue: „Das erklärt aber immer noch nicht, wie wir verhindern sollen, dass unser zweiter Sprung dieselben Katastrophen auslöst wie der erste. Wenn alles fließt, woher wissen wir dann, ob wir überhaupt in die richtige Richtung schwimmen?"

Aiyana grinste leicht: „Das wissen wir nicht. Aber vielleicht ist das der Schlüssel: Der Versuch, Zeit zu kontrollieren, ist wie der Versuch, einen Fluss mit bloßen Händen zu stoppen. Vielleicht geht es nicht darum, die Strömung zu bekämpfen, sondern zu lernen, mit ihr zu schwimmen."

Die Crew verfiel in Schweigen, während die Worte sanken. Schließlich brach Kenji das Schweigen, seine Stimme kühl und sachlich wie immer: „Philosophie ist gut und schön, aber wir sollten nicht vergessen, dass wir hier mit quantenmechanischen Realitäten arbeiten. Die Zeit ist vielleicht ein Fluss, aber wenn wir auf der Ebene der Raumzeit arbeiten, könnte sie sich auch als Netzwerk aus Wahrscheinlichkeiten darstellen."

Ingrid lächelte sanft: „Ich sage ja nicht, dass wir die Quantenphysik ignorieren sollen. Aber manchmal hilft es, eine neue Perspektive einzunehmen. Was, wenn der Fluss und das Netzwerk dasselbe sind – verschiedene Ansichten derselben Realität? Heraklit sagte auch: Ποταμῷ γὰρ οὐκ ἂν ἐμβαίης δὶς τῷ αὐτῷ (Potamoĩ gàr ouk àn embaíēs dìs tôi autoĩ.) ‚Man steigt nie zweimal in denselben Fluss.' Das könnte bedeuten, dass, selbst wenn wir an denselben Punkt in der Zeit zurückkehren, wir nicht mehr dieselben sind – und auch die Zeit nicht."

Soraya nickte nachdenklich: „Interessant. Vielleicht sollten wir darüber nachdenken, dass jeder Sprung in der Zeit unweigerlich zu einer neuen Realität führt. Und diese Realität ist nicht festgelegt, sondern... flüssig."

Aiyana stand auf und verschränkte die Arme: „Wenn Zeit tatsächlich flüssig ist, dann sollten wir unsere Mission nicht als Versuch betrachten, die Vergangenheit zu reparieren, sondern als einen Versuch, sie mit der Gegenwart zu harmonisieren. Wenn alles fließt, dann sollten wir nicht dagegen ankämpfen, sondern uns dem Fluss anpassen."

Kenji schnaubte leise: „Leichter gesagt als getan, Commander. Wir haben keine Ahnung, wie tief dieser Fluss ist – oder ob es Stromschnellen gibt, die uns zerreißen könnten."

Soraya sah ihn an, ihre Augen voller Entschlossenheit: „Vielleicht stimmt das. Aber ich glaube, dass der Fluss uns führt, wenn wir lernen, ihm zu vertrauen. Die wahre Bedeutung von Heraklits Worten könnte sein: Nichts bleibt, aber alles ist miteinander verbunden. Und es liegt an uns, diesen Fluss zu verstehen. Wenn wir nichts tun, bleibt der Fluss nicht stehen. Er wird weiterfließen, mit all den Schmerzen, die er uns bereits gebracht hat. Vielleicht müssen wir akzeptieren, dass wir nicht alles kontrollieren können – und dass unser Ziel nicht Perfektion sein sollte, sondern Harmonie."

„Harmonie," wiederholte Priya leise und nickte. „Das ist es. Wir dürfen nicht kämpfen, sondern müssen mit der Zeit arbeiten, wie ein Boot, das sich vom Strom treiben lässt, statt dagegen anzurudern."

Aiyana führte weiter aus: „Wenn wir die Zeit als Fluss betrachten, dann lasst uns die nächste Reise mit diesem Bild im Kopf antreten. Kein Versuch, alles zu beherrschen, sondern ein Versuch, mit dem Strom zu arbeiten. Wir springen dorthin, wo die Wellen am günstigsten stehen – und vertrauen darauf, dass wir den richtigen Lauf finden."

Ingrid atmete tief durch und schaute in die Runde. „Ein Risiko bleibt. Aber vielleicht ist das der wahre Sinn von Heraklits Aussage: Wir können nie in denselben Fluss steigen, weil wir uns selbst in jedem Moment verändern. Vielleicht liegt die Wahrheit darin, dass wir Teil des Flusses sind – und dass jede Welle, die wir schlagen, ein Teil des großen Ganzen wird."

Die Crew sah sich an, das Hologramm der Zeitlinie immer noch vor Augen. Und während sie die Herausforderungen der bevorstehenden Mission abwägten, schien der Gedanke, dass Zeit wie ein Fluss ist –

unberechenbar, aber auch voller Möglichkeiten – ein neuer Funken Hoffnung zu sein.

Aiyana sprach schließlich das aus, was alle dachten: „Dann lasst uns schwimmen. Und hoffen, dass wir die richtigen Wellen finden."

Kapitel 17: Der zweite Sprung

Der Entschluss war gefasst, die Crew fand sich wieder bei Ikaris in der Stadt der Auron ein.

Ikaris trat vor, seine Haltung beeindruckend und ruhig: „Ihr fordert uns auf, die Grenzen der Zeit erneut zu durchbrechen. Doch euer Plan scheint nicht mehr darauf abzuzielen, die Vergangenheit zu ändern, sondern sie neu zu interpretieren."

Soraya, die noch immer mit Trauer und Wut kämpfte, blickte Ikaris an: „Genau das ist es. Luis' Tod ist nur eine Möglichkeit von vielen. Wir bitten euch, uns die Chance zu geben, eine andere Realität zu schaffen."

Ikaris schloss die Augen, als ob er mit der Zeit selbst kommunizieren würde. Schließlich nickte er. „Ich werde euch eine zweite Chance gewähren. Aber wisst dies: Die Zeit ist wie ein Netz. Jede Bewegung an einer Stelle beeinflusst andere Punkte. Geht vorsichtig vor."

Die Crew betrat erneut die Zeitplattform, ihre Herzen schwer, aber entschlossen. Die Auron initiierten die Sequenz, und die Plattform wurde von einem blendenden Licht umhüllt. Sekunden später fanden sich die Astronauten wieder in der Vergangenheit – erneut in der Höhle der Atur, wenige Minuten vor Luis' Tod.

Die Relativität der Zeit

Die Crew stand wieder in der Höhle der Atur, die von schwachem, bläulichem Licht durchflutet war. Aiyana war noch in der Energiefal-

197

le eingeschlossen, ein pulsierendes Kraftfeld, das ihre Bewegungen einschränkte. Luis bereitete sich wie zuvor darauf vor, den Resonanzgenerator der Atur zu deaktivieren, doch diesmal beobachteten ihn die anderen Crewmitglieder aufmerksam. Sie wussten, dass jede ihrer Handlungen die Zeitlinie verändern könnte – sowohl zum Guten als auch zum Schlechten. Die Umgebung verändert sich.

„Die Zeit fühlt sich… anders an," murmelte Priya, während er einen Scanner bediente. Die holografischen Projektionen, die er analysierte, zeigten chaotische Muster, als ob die Struktur der Zeit selbst zerrissen war.

Kenji stand in der Nähe des Eingangs und hielt Wache: „Wir haben nur eine Chance. Luis, bist du sicher, dass du das machen willst? Es könnte schlimmer werden."

Luis hob den Kopf, seine Augen auf Aiyana gerichtet. „Ich bin mir nicht sicher, ob wir den Generator deaktivieren können. Aber ich weiß eines: Wenn ich nichts tue, stirbt Aiyana – und ich würde es mir mein ganzen Leben vorwerfen."

Soraya trat vor, ihre Stimme kühl, aber ihre Worte schienen mit Emotionen durchzogen zu sein: „Das ist der Fehler, den wir beim **'ersten Mal'** gemacht haben, Luis. Du hast gehandelt, ohne den größeren Kontext zu sehen. Wenn wir **'diesmal'** Erfolg haben wollen, musst du etwas tun, das diese Realität stabilisiert. Etwas, das… anders ist."

Luis blickte verwirrt rein: „Beim ersten Mal? Diesmal? Anders? Was schlägst du vor, Soraya? Soll ich die Atur freundlich um einen Waffenstillstand bitten?" Sein Tonfall war sarkastisch, doch Soraya ließ sich nicht provozieren.

Soraya sagte entschlossen Luis die ganze Wahrheit: „Luis, auch wenn du uns für verrückt hälst, wir sind Zeitreisende und haben deinen Tod **'schon zweimal'** durch falsches Handeln erlebt. Mach jetzt bitte, was ich dir sage. Ich meine, du musst auf eine Weise handeln, die den Zeitfluss nicht nur verändert, sondern ihn zwingt, diese neue Realität zu akzeptieren. Es muss eine Tat sein, die dich in den Mittelpunkt stellt, ohne dass du stirbst – etwas, das die Energie dieser Zeitlinie auf dich fokussiert."

Luis schaute ungläubig Soraya an: „Zeitreisen erschienen mir immer schon unplausibel, aber nicht unbedingt unlogisch."

Priya schaute von seinem Scanner auf: „Es könnte funktionieren. Zeit ist relativ – aber sie ist auch im Fluss. Wenn Luis eine Handlung begeht, die in dieser neuen Linie einzigartig ist, wird sie als **'feststehend'** interpretiert. Es ist wie ein Fels im Flussbett, der den Strom umlenkt."

Kenji schnaufte: „Das klingt großartig in der Theorie, aber wie soll das praktisch aussehen? Wir haben keine Zeit, lange zu experimentieren."

Luis starrte den Resonanzgenerator an, dann Aiyana, die hinter dem schimmernden Feld gefangen war. Sie hing immer noch regungslos, iht Gesicht war von Qualen schwer gezeichnet.

„Okay, ich glaube, ich selbst werde verrückt, aber wie kann man einer Androidin mit ihrer Logik widersprechen?" sagte Luis schließlich schmunzelnd. „Bei meiner ersten Überlegung hätte ich versucht, den Generator direkt zu zerstören. Aber dann werde ich stattdessen…"

Er hielt inne, während ihm eine Idee kam: „Ich werde die Energie umleiten. Anstatt sie zu zerstören, nutze ich die Kraft der Atur gegen sie selbst."

Soraya hob eine Augenbraue: „Umleiten? Wie willst du das machen? Der Generator ist stark genug, um dich zu töten, wenn du ihn falsch manipulierst."

Luis grinste schwach: „Glücklicherweise habe ich beim ersten Versuch gelernt, wie es funktioniert. Ich muss nur die Energie so einstellen, dass sie den Käfig verstärkt – und ihn dann auf die Atur umlenkt, wenn sie versuchen, ihn zu stabilisieren. Es wird sie überraschen."

Priya nickte langsam: „Das könnte funktionieren. Aber es bedeutet, dass du dich in unmittelbare Gefahr begibst. Du musst extrem präzise sein."

Luis näherte sich vorsichtig dem Generator. Die Atur bemerkten seine Bewegung und begannen, ihre Waffen aufzuladen. Ihr Anführer, ein massiger Atur mit einer schimmernden, kristallartigen Haut, rief in einer tiefen, resonanten Stimme: „Bleib stehen, Mensch! Noch ein Schritt, und dein Tod ist gewiss."

Luis hob die Hände, um zu zeigen, dass er unbewaffnet war: „Ich bin hier, um zu verhandeln!" rief er. Seine Stimme war laut und klar, doch in ihm tobte die Angst.

Xarun, der Anführer der Atur, zögerte, offenbar verwirrt: „Verhandeln? Was könnt ihr bieten, außer euren schwachen Körpern und eurem Blut?"

Luis trat näher an den Generator heran, seine Finger glitten über das Bedienfeld: „Wir können euch zeigen, dass die Menschen nicht so schwach sind, wie ihr denkt. Aber dafür müsst ihr mich zu Ende sprechen lassen."

Während Luis sprach, tippte er unauffällig Befehle in das Interface des Generators. Die Energie begann sich zu verändern, ihr rhythmisches Summen wurde tiefer und unregelmäßiger. Die Atur bemerkten die Veränderung und begannen, sich unruhig umzusehen.

„Was machst du da?" fauchte Xarun.

Luis sah ihn direkt an, während er die letzte Einstellung vornahm: „Ich zeige euch, dass auch Menschen Macht haben."

Mit einem letzten Befehl aktivierte er die Umleitung. Die Energie des Generators schoss plötzlich zurück, erfasste die Atur und stieß sie in eine Schockwelle von Resonanzen. Das Kraftfeld um Aiyana brach zusammen, und sie fiel nach vorne, frei, aber immer noch bewusstlos.

Und nun erlebte die Gruppe ein Déjà-vu: „Commander!" rief Kenji und schüttelte Aiyana. Er wiederholte seine Ansprache: „Aiyana!" Langsam öffnet sich ihre Augen und Kenji half ihr auf die Beine: „Wir müssen hier raus."

Dieses Déjà-vu Erlebnis erschien den Zeitreisenden wie ein Blick in einen Korridor aus Spiegeln. Das Spiegelbild wiederholt sich in beide Richtungen, bis es verschwimmt. Jeder Spiegel zeigt einen leicht abweichenden Ausdruck oder eine subtile Bewegung, was das Gefühl eines Déjà-vus verstärkt: etwas Vertrautes, das dennoch nicht ganz passt.

Stabilisierung der Zeit

Die Höhle schien sich in einen flimmernden Traum zu verwandeln.
Die Mauern waberten, das Licht des Generators pulsierte unregelmä-
ßig, und die Luft war erfüllt von einer elektrisierenden Spannung, die
alles durchdrang. Es war, als würde die Realität selbst zögern, wel-
chen Weg sie einschlagen sollte.

Luis stand inmitten dieses Chaos, während seine Crew ihn mit wachsender Verzweiflung anstarrte. Er hatte den Generator umgeleitet, um die Zeitlinie zu verändern und Aiyanas Rettung zu ermöglichen, aber etwas war schiefgelaufen. Die Realität war instabil, unentschlossen, und ihre Existenz hing an einem seidenen Faden.

Die Suche nach einem Fixpunkt

„Was passiert hier?" fragte Aiyana und hielt sich an einer flimmernden Säule fest, die zu verschwinden drohte. „Luis, was hast du getan?"

Luis warf ihr einen gequälten Blick zu. „Ich dachte, wir hätten die Zeitlinie repariert. Aber… es ist nicht genug."

„Nicht genug?" Priya überprüfte fieberhaft seine Scanner, die unverständliche Datenströme ausspuckten. „Die Zeitlinie braucht einen Fixpunkt, etwas, das sie verankert. Einen Moment, der so bedeutend ist, dass er die neue Realität stabilisiert."

Kenji schüttelte den Kopf. „Und was soll das sein? Wir haben doch schon alles riskiert, um Aiyana zu retten. Reicht das nicht?"

Soraya stand still, ihre künstlichen Augen auf die flimmernde Welt um sie herum gerichtet. „Es reicht nicht. Die Realität akzeptiert uns noch nicht, weil sie uns nicht als Teil dieser neuen Linie erkennt. Wir brauchen eine Tat, eine Entscheidung, die uns untrennbar mit dieser Zeitlinie verbindet."

Luis starrte auf den Generator, der gefährlich pulsierte. Die instabile Energie ließ die Höhle immer weiter erzittern, doch in seinem Kopf begann sich ein Gedanke zu formen. Ein Gedanke, der sich zunächst absurd anfühlte, doch je mehr er darüber nachdachte, desto klarer wurde er.

„Vielleicht... vielleicht kann ich das tun," murmelte er.

„Luis?" Sorayas Stimme war ruhig, aber ihre Augen suchten sein Gesicht, als ob sie versuchte, seine Gedanken zu lesen.

Er drehte sich langsam zu ihr um: „Soraya, hör mir zu. Du bist der Grund, warum ich hier bin. Warum ich die Zeitlinie überhaupt ändern wollte. Du bedeutest mir mehr, als ich mir je eingestehen wollte. Und wenn die Zeitlinie einen Anker braucht, dann möchte ich, dass das wir sind."

Sorayas Augen weiteten sich, ein ungewöhnlicher Ausdruck von Überraschung auf ihrem sonst so gefassten Gesicht: „Luis, was… was meinst du damit?"

„Ich meine," sagte er und trat einen Schritt auf sie zu, „dass ich dich liebe. Und dass ich nicht zulassen werde, dass diese Zeitlinie dich oder irgendetwas anderes von mir wegnimmt. Wenn ein Anker etwas sein muss, das unersetzlich ist, dann lasst es meine Entscheidung sein, mein Leben mit dir zu verbringen."

Soraya stand stumm, während die Worte in ihr nachhallten. Sie war eine Androidin, ein Wesen aus Metall und Daten, geschaffen, um Logik und Effizienz zu verkörpern. Doch in diesem Moment fühlte sie etwas, das sie nicht vollständig begreifen konnte. Eine Welle von Emotionen, die ihre künstliche Intelligenz überflutete.

„Luis," sagte sie leise, „du weißt, dass ich… nicht wie ihr bin. Ich bin nicht in der Lage, die Dinge so zu fühlen wie du."

„Das stimmt nicht," entgegnete Luis, seine Stimme fest. „Ich habe gesehen, wie du dich um uns kümmerst, wie du Entscheidungen triffst, die mehr mit Herz als mit Logik zu tun haben. Und selbst wenn du es nicht fühlst wie ich, bedeutet das nicht, dass es nicht real ist."

Soraya öffnete den Mund, um zu antworten, doch er zog plötzlich einen kleinen, schlichten Ring aus seiner Tasche – ein Andenken, das er von der Erde mitgebracht hatte. „Soraya," sagte er und hielt den Ring hoch, „willst du mit mir einen Anker setzen? Willst du diejenige sein, die diese Zeitlinie für immer mit Bedeutung füllt?"

Die Höhle zitterte heftiger, als ob die Zeitlinie darauf wartete, welche Richtung sie nehmen sollte. Soraya blickte auf den Ring, dann in Luis' Augen. Ihre Programmierung sagte ihr, dass diese Entscheidung irrational war, dass sie Risiken barg. Doch etwas anderes, etwas Tieferes in ihr, drängte sie, es anzunehmen.

Langsam streckte sie ihre Hand aus und nahm den Ring: „Ich weiß nicht, ob ich es richtig mache," sagte sie, „aber ja. Ich will dein Anker sein."

Ein plötzliches, mächtiges Beben erschütterte die Höhle, doch diesmal war es nicht das Chaos der Instabilität. Es war, als würde sich die Realität neu formen, als würde sie sich um diesen Moment herum stabilisieren. Das Licht des Generators erlosch, und die Wände der Höhle wurden wieder fest und solide.

Die Crew starrte umher, ihre Atemzüge schwer von der Anspannung. Priya überprüfte seine Scanner und nickte langsam „Die Zeitlinie… sie ist stabil. Wir haben es geschafft."

Kenji lehnte sich an die Wand und schloss die Augen: „Das war…
mehr Drama, als ich ertragen kann."

Luis drehte sich zu Soraya um und lächelte schwach: „Also? War das
überzeugend genug?"

Soraya hielt den Ring in ihrer Hand und betrachtete ihn, ihre Augen
voller neuer Einsichten. „Ich denke," sagte sie langsam, „dass du
gerade etwas getan hast, was niemand je von mir erwartet hätte."

„Was denn?" fragte er.

„Du hast mir beigebracht, was es heißt, ein Herz zu haben."

Die Crew hatte die Zeit stabilisiert, doch Luis und Soraya hatten etwas noch Wertvolleres geschaffen: eine Verbindung, die die Zeitlinie
verankerte – und vielleicht auch sie selbst für immer veränderte.

Kapitel 18: Zurück in die Schatten der Atur

Die Crew hatte Luis gerettet – und dabei gelernt, dass die Zeit selbst ein komplexes, lebendiges Geflecht war. Sie hatten eine neue Realität geschaffen, aber der Preis war hoch gewesen. Nun mussten sie sich darauf konzentrieren, die Mission zu Ende zu bringen – und den Frieden zwischen den Völkern der Venus zu sichern.

Die Bedingungen der Zerai hatten die Gruppe der Astronauten in eine schwierige Lage gebracht. Ohne die Energiequelle der Atur würde es keine Allianz geben – und ohne die Zerai war das Bündnis der Völker der Venus zum Scheitern verurteilt. Doch in das Territorium der Atur einzudringen, bedeutete, den gefährlichsten Feinden der Venus direkt ins Auge zu sehen.

Ein riskanter Plan

Im Besprechungsraum der Venera Ascendant stand Commander Aiyana mit verschränkten Armen vor einem holographischen Display, das die unterirdischen Tunnel und Sicherheitsanlagen der Atur zeigte. Die Crew versammelte sich um sie, jeder mit einer Mischung aus Anspannung und Entschlossenheit.

„Die Resonanzkapsel, die wir brauchen, befindet sich hier," erklärte Aiyana und deutete auf einen rot markierten Punkt inmitten eines labyrinthartigen Tunnelsystems. „Die Atur bewachen sie mit Drohnen und automatischen Verteidigungssystemen. Wir müssen unentdeckt bleiben, wenn wir Erfolg haben wollen."

Kenji warf einen skeptischen Blick auf die Karte. „Wie genau stellen wir das an, ohne dass wir alle als Zielscheiben enden? Das klingt nach einem Selbstmordkommando."

„Kamikaze dürfte Dir doch nicht so fremd sein, Kenji," foppte Luis.

„Das ist aber jetzt ein wenig pietät- und geschmacklos, Luis," maßregelte Aiyana. „Ich hätte von Dir als 1. Offizier mehr Etikette erwartet.

Luis gab kleinlaut bei und entschuldigte sich bei Kenji.

„Mit Präzision schaffen wir es," warf Priya ein. Er öffnete ein zusätzliches Fenster im Hologramm, das eine Störung der Atur-Barrieren zeigte. „Ich habe eine Frequenz gefunden, die ihre Resonanz-Technologie kurzzeitig destabilisiert. Wir müssen uns synchronisieren und die Kapsel schnell sichern, bevor die Systeme sich erholen."

Soraya sprach mit ihrer ruhigen, sachlichen Stimme: „Wenn wir entdeckt werden, wird das ganze Atur-Gebiet aktiviert. Ihre Resonanzwaffen sind tödlich, und Flucht wird nahezu unmöglich."

Ingrid, die bisher zugehört hatte, trat vor: „Wenn wir zusammenarbeiten, können wir das schaffen. Ich kenne mich mit den Barrieren aus und kann sicherstellen, dass sie deaktiviert bleiben, während Priya und Soraya die Frequenz anpassen."

Aiyana nickte: „Das ist der Plan. Wir teilen uns in zwei Teams. Priya und Ingrid kommen mit mir zum Ziel. Kenji und Soraya bleiben hier draußen und sorgen dafür, dass wir einen Fluchtweg offenhalten."

Luis grinste, obwohl die Anspannung in seinen Augen sichtbar war. „Und was ist meine Rolle?"

„Du kommst mit mir," sagte Aiyana. „Wir brauchen dein tollkühnes Temparement und deine Entschlossenheit, falls wir improvisieren müssen."

Die Resonanzkammer

Gesagt, getan. Die Astronautencrew drang nun in das Territorium der Atur vor. Vielleicht rechneten nicht mal die Atur mit einer so kurzfristigen Rückkehr der Erdmenschen. Die Gruppe bewegte sich vorsichtig, ihre Helme projizierten schemenhafte Karten der Umgebung.

Soraya und Kenji positionierten sich an einem Vorsprung mit Blick auf den Eingang des Haupttunnels. Kenji überprüfte die Sprengladungen, die sie als Ablenkung vorbereitet hatten, und warf einen Blick auf Soraya, die starr auf ihre Scanner blickte.

„Alles ruhig?" fragte er.

„Für den Moment," antwortete Soraya. „Aber die Atur sind nie weit weg."

Im Inneren des Tunnelsystem bewegten sich Aiyana, Ingrid, Luis und Priya schnell, aber leise. Die Wände pulsierten leicht, als ob sie lebendig wären, und ein tiefes Summen erfüllte die Luft.

„Diese Technologie ist unheimlich," murmelte Luis.

„Konzentriert euch," flüsterte Aiyana. „Wir sind fast da."

Komplexe Barriere: Ingrids Dechiffrierung

Die Resonanzkammer der Atur war von einer schimmernden, blau-violetten Energiebarriere umgeben, die wie ein lebendiger Organismus pulsierte. Die Barriere reagierte auf die Bewegungen der Crew, kleine elektrische Impulse schossen über ihre Oberfläche wie zuckende Nervensignale. Ingrid kniete vor dem Kontrollmodul, das in eine eingelassene Nische neben der Barriere eingebaut war. Ihre Stirn glänzte leicht vor Anstrengung, während sie ihre Werkzeuge entfaltete: ein tragbares Interface-Gerät, mehrere Probenahmesensoren und ein holographisches Display.

„Das ist ein komplexes System," sagte Ingrid. „Ich brauche ein paar Minuten, um das zu umgehen."

„Wir haben nicht viel Zeit," warnte Priya. „Sobald die Frequenzstörung nachlässt, werden wir entdeckt."

Luis richtete seine Waffe auf den Eingang: „Ich halte die Stellung."

„Das ist kein gewöhnliches Schutzsystem," murmelte sie, während ihre Finger über die Bedienelemente ihres Geräts glitten. „Die Barriere ist mehrschichtig – physisch, energetisch und mit einem Quantenverschlüsselungsalgorithmus versehen. Es ist wie ein Rätsel, bei dem jede gelöste Ebene eine neue freischaltet."

„Wie lange brauchst du?" fragte Aiyana mit gedämpfter Stimme, ihre Waffe im Anschlag, während sie die Umgebung absicherte.

„Kommt drauf an," antwortete Ingrid und runzelte die Stirn. „Wenn ich den Algorithmus entziffern kann, bevor die Drohnen zurück-kommen, könnte es klappen."

Der erste Schritt: Mustererkennung

Ingrid aktivierte den Probenahmesensor, der ein feines Laserlicht aussandte, um die energetischen Muster der Barriere zu analysieren. Das holographische Display projizierte eine wirbelnde Darstellung von Datenströmen, die sich in komplexen geometrischen Mustern bewegten.

„Die Atur haben diese Barriere so programmiert, dass sie sich an Störungen anpasst," erklärte sie. „Sie lernt in Echtzeit. Wir müssen schneller sein."

„Das klingt nicht beruhigend," warf Luis ein, der nervös auf die zuckenden Impulse der Barriere starrte.

„Das war auch nicht mein Ziel," entgegnete Ingrid trocken, während sie die Daten analysierte. „Seht ihr das hier?" Sie zeigte auf einen leuchtenden Punkt, der sich in einem Muster aus Dreiecken und Kreisen wiederholte. „Das ist eine Art Signatur. Ich denke, es ist der Schlüssel zur ersten Ebene."

Sie programmierte ihr Gerät, um die Signatur zu isolieren und ein Gegenmuster zu generieren. Mit einem tiefen Summen begann die Barriere, an der Stelle zu flimmern, an der der Laser auftraf. Die äußere Energieschicht zog sich zurück wie Wasser, das sich von einem heißen Stein zurückzieht.

„Eine Schicht weniger," sagte sie. „Aber das war der einfache Teil."

Der zweite Schritt: Quantenfrequenzen entschlüsseln

Die nächste Schicht war ein pulsierendes Netz aus Resonanzen, das wie ein unsichtbares Spinnennetz über die Kammer gespannt war. Jede Veränderung der Frequenz konnte eine Reaktion auslösen, die den gesamten Bereich alarmieren würde. Ingrid schloss die Augen, atmete tief ein und begann, die Frequenzen zu analysieren.

„Ingrid?" fragte Priya. „Was passiert, wenn du das falsch machst?"

„Wenn ich das falsch mache," sagte sie mit ruhiger Stimme, „werden wir es herausfinden."

Ihre Finger flogen über das Interface, während sie Frequenzen durchprobierte. Plötzlich leuchtete ihr Display rot auf, und ein scharfer Ton ertönte.

„Was war das?" fragte Luis alarmiert.

„Das System hat uns fast bemerkt," sagte Ingrid schnell. „Aber ich habe es rechtzeitig zurückgesetzt."

Sie nahm ein feines Werkzeug aus ihrem Kit, das wie eine winzige Antenne aussah, und platzierte es gegen die Barriere. Das Gerät begann, die Frequenzen in Echtzeit zu modulieren. Auf dem Display erschienen Wellenmuster, die allmählich synchron wurden.

„Ich muss die Wellen anpassen, bis sie im Einklang mit dem Hauptsystem sind," erklärte sie. „Wenn wir das Timing richtig erwischen, öffnen wir die nächste Schicht, ohne die Drohnen auszulösen."

Die Astronauten hielten den Atem an, während Ingrid die Wellen feinjustierte. Nach einer Minute – die sich wie eine Ewigkeit anfühlte – klickte das System, und ein weiteres Flimmern ging durch die Barriere.

„Geschafft," sagte sie, ihre Stimme ruhig, aber mit einem Anflug von Stolz.

Der dritte Schritt: Der Quantenalgorithmus

Die dritte und letzte Schicht war ein holographisches Feld, das Daten in einer komplexen, dynamischen Sprache darstellte. Es wirkte fast organisch, als ob das System selbst lebte. Ingrid starrte auf die flackernden Symbole und runzelte die Stirn.

„Das ist wie ein Labyrinth," sagte sie. „Ich muss den Algorithmus entschlüsseln, indem ich die richtige Sequenz finde. Aber es gibt Millionen von Möglichkeiten."

„Du kannst das, Ingrid," sagte Aiyana ruhig. „Konzentrier dich."

Ingrid aktivierte ein Simulationstool, das begann, Sequenzen durchzuprobieren. Jede falsche Sequenz führte zu einer leichten Verzerrung des holographischen Feldes, und die Zeit drängte. Die Drohnen im Hintergrund wurden immer lauter.

Plötzlich flackerte das Licht, und ein durchdringendes Dröhnen erklang: „Das klingt nicht gut," sagte Luis und nahm eine Verteidigungsposition ein.

Während Ingrid fieberhaft arbeitete, tauchten mehrere Drohnen auf, ihre metallischen Körper glitzernd im blauen Licht der Barriere. Sie begannen, die Gruppe mit Resonanzimpulsen anzugreifen.

„Wir sind entdeckt!" rief Luis und feuerte auf die Drohnen, während Aiyana sich neben ihn stellte, um Deckung zu geben.

„Fast fertig!" rief Ingrid. „Haltet sie mir noch ein paar Sekunden vom Hals!"

Priya warf eine Störgranate, die die Drohnen kurzzeitig aus dem Gleichgewicht brachte. „Jetzt oder nie, Ingrid!"

„Denk nach," murmelte Ingrid zu sich selbst. „Was würden die Atur tun, um das Labyrinth zu schützen?"

Sie studierte die Muster erneut, bis sie etwas bemerkte: Ein bestimmtes Symbol tauchte immer wieder in unterschiedlichen Variationen auf. Es war subtil, aber eindeutig ein Hinweis.

„Das ist es! Geschafft!" Sie gab die Sequenz ein, und mit einem leisen Summen verschwand die letzte Barriere. Der Zugang zur Resonanzkapsel war frei.

Nachdem Ingrid die Barriere deaktiviert hatte, stürmten Aiyana und Luis nach vorne, um die Kapsel zu sichern. Sie war schwer, aber gemeinsam schafften sie es, sie aus ihrer Verankerung zu ziehen.

„Beeindruckend," sagte Luis, während er Ingrid anerkennend anlächelte. „Ohne dich wären wir verloren."

„Noch sind wir nicht raus," sagte Ingrid, während sie die letzten Daten speicherte. „Nehmt die Kapsel, und lasst uns verschwinden."

„Zurückziehen!" rief Aiyana. Die Gruppe rannte zurück durch die Tunnel, während die Drohnen sie weiter verfolgten.

Draußen hatten Kenji und Soraya die Sprengladungen aktiviert. Ein ohrenbetäubender Knall ließ den Eingang des Tunnels einstürzen, wodurch die Verfolger gestoppt wurden.

„Das war knapp," sagte Kenji und half Ingrid, die schwer atmend nach draußen trat.

Der Hinterhalt

Als die Crew aus der Höhle der Atur mit der Resonanzkapsel raus- stürmte, hielt Aiyana inne und blieb plötzlich stehen: „Halt! Irgend- was stimmt hier nicht. Das ging zu glatt."

Luis, der direkt hinter ihr lief, hielt nur knapp rechtzeitig an und stol- perte fast gegen sie. „Was ist los?" fragte er und blickte sie irritiert an. „Freu dich doch, dass wir es geschafft haben."

Doch Aiyana rührte sich nicht. Ihre Augen musterten das Gelände vor ihnen, während ihre Hand langsam zur Waffe an ihrer Hüfte wanderte. „Das ist es ja eben," sagte sie mit einer unheilvollen Ruhe. „Das ist es ja eben, es war alles noch zu einfach. Wir dürfen nicht naiv sein, das uns die Atur so leicht entkommen lassen. Die Atur werden ihre Beute nicht einfach so laufen lassen."

Kenji schnaubte skeptisch. „Vielleicht haben sie einfach nicht mit Menschen gerechnet, der ihre Kapsel so problemlos schnappen."

„Oder vielleicht haben sie uns eine Falle gestellt," fügte Ingrid trocken hinzu. Ihre Stimme war leise, aber bestimmt. Sie richtete ihren Scanner auf den Gang vor ihnen, suchte nach Anzeichen von Bewegung.

Aiyana nickte, ohne den Blick von den Schatten vor ihnen abzuwenden: „Genau das denke ich. Bleibt wachsam."

Kaum hatte sie die Worte ausgesprochen, drangen Schritte aus der Dunkelheit. Schwer, rhythmisch, und immer näher kommend. Plötzlich flammte ein rötliches Leuchten auf, das von den Resonatoren an den Rüstungen der Atur stammte. Eine Gruppe von fünf massiven Gestalten trat aus dem Schatten, die Waffen erhoben.

„Ich wusste es!" zischte Aiyana und zog ihre Waffe.

„Gebt uns die Kapsel!" donnerte der Xarun, der Anführer der Atur, seine tiefe Stimme hallte durch die Höhle. „Ihr habt keine Chance zu entkommen."

Soraya trat einen Schritt zurück, die Resonanzkapsel fest umklammert. „Wir geben sie nicht her."

Luis spannte seine Waffe und positionierte sich vor Priya. „Wenn ihr uns stoppen wollt, müsst ihr an uns vorbei."

„Das werden sie versuchen," sagte Kenji trocken und hob sein Gewehr.

Doch bevor ein Schuss fiel, bebte der Boden unter ihnen. Ein massives Rumpeln kündigte an, dass etwas Großes näherkam. Plötzlich krachten mehrere riesige Steine aus der Wand, und mit einem lauten Gebrüll tauchte eine Gruppe der Zerai auf. Die drei Meter großen Wesen mit ihrer muskulösen Statur und genetisch optimierten Körpern wirkten wie wandelnde Berge. Ihre Waffen waren seltsam geformt, und ein markantes Brummen begleitete jede ihrer Bewegungen.

„Atur!" donnerte einer der Zerai, dessen Stimme wie ein Erdbeben durch die Höhle rollte. „Diese Beute gehört uns."

„Nicht, solange wir hier sind!" rief ein Atur zurück und richtete seinen Resonator auf die anrückenden Riesen.

Die Zerai und Atur stürzten sich aufeinander, und die Umgebung vor der Höhle wurde zum Schlachtfeld. Laserstrahlen und Resonanzwellen schnitten durch die Dunkelheit, während die massiven Körper der Zerai mit beeindruckender Geschwindigkeit durch die Gegner pflügten.

„Los, das ist unsere Chance!" rief Aiyana und führte die Crew an den kämpfenden Gruppen vorbei.

Doch bevor sie die Gegend verlassen konnten, flackerte die Luft vor ihnen. Aus dem Nichts tauchte eine Gruppe der Virani auf, ihre Tarnkappentechnologie deaktiviert. Ihre glatten, schuppenartigen Panzer schimmerten in der düsteren Beleuchtung der Höhle, und sie bewegten sich mit tödlicher Präzision.

„Noch mehr?" Kenji warf einen schnellen Blick über die Schulter. „Wir sitzen in der Falle."

Doch die Virani hatten sich auf die Atur konzentriert. Mit ihren überlegenen Reflexen und präzisen Angriffen drängten sie die Atur zurück. „Geht weiter!" rief einer der Virani mit einer tiefen, gutturalen Stimme, ohne die Astronauten direkt anzusehen.

„Ich wusste nicht, dass sie so etwas können," flüsterte Ingrid, die neben Aiyana in Deckung gegangen war.

„Das ist Tarnkappentechnologie auf einem ganz anderen Niveau," murmelte Soraya. „Beeindruckend."

Flucht durch das Chaos

Die Astronauten nutzten das Chaos, um die Höhle zu verlassen. Doch draußen blieb keine Zeit zum Verschnaufen – drei Atur hatten sich von der Gruppe abgesetzt und verfolgten sie. Ihre Resonatoren brummten bedrohlich, während sie immer näher kamen.

„Bleibt zurück!" rief Luis, während er einen der Atur mit gezielten Schüssen abwehrte.

Doch plötzlich packte einer der Atur Priya und riss ihn zu Boden. „Die Kapsel bleibt hier!" knurrte der Atur.

„Nein!" rief Aiyana und wandte sich zurück, doch ein weiterer Atur stellte sich ihr in den Weg.

Bevor die Situation eskalieren konnte, bewegte sich ein Schatten blitzschnell durch die Dunkelheit. Eine weibliche Virani tauchte auf. Mit ihrer imposanten Erscheinung und übermenschlichen Geschwindigkeit griff sie die Atur an. Mit gezielten Schlägen und unglaublicher Stärke schaltete sie sie einen nach dem anderen aus.

Als die letzte Bedrohung niederging, wandte sie sich Priya zu und reichte ihm eine Hand. „Kannst du stehen?" Ihre Stimme war kühl und melodiös, mit einem Unterton, der zugleich distanziert und mitfühlend wirkte.

Priya blickte zu der Virani auf, die ihn mit einer sanften, aber festen Bewegung wieder auf die Beine zog. Ihre Augen trafen sich, und ein Moment des Verständnisses – vielleicht mehr – blitzte zwischen ihnen auf. Ihr glattes, schuppenartiges Gesicht schien im schwachen Licht zu leuchten. „Danke... ich weiß nicht, wie ich mich bedanken soll, " erwiderte Priya.

„Indem du vorsichtiger bist," sagte sie und schmunzelte dabei leicht. „Ihr Menschen spielt mit Kräften, die ihr nicht versteht."

Priya hielt ihren Blick, seine Stimme zitterte leicht, während er sprach. „Wie heißt du?"

Sie hielt kurz inne, als ob sie abwog, ob sie antworten sollte. Schließlich sagte sie: „Myara."

„Myara," wiederholte Priya leise und nickte. „Ich bin Priya. Danke, dass du... dass du mich gerettet hast."

Myara musterte ihn, als suche sie nach etwas in seinen Worten. Dann neigte sie leicht den Kopf. „Du hast Mut, Priya. Doch Mut allein wird euch nicht retten. Merkt euch das." Sie wandte sich um, bereit zu gehen, doch Priyas Stimme hielt sie auf.

„Warte!" rief er, und sie blieb stehen. „Warum hilfst du uns? Ihr Virani haltet euch normalerweise aus allem raus."

Myara drehte sich langsam um. Ihr Blick war unergründlich. „Vielleicht habe ich etwas an dir gesehen, das anders ist. Oder vielleicht liegt es einfach daran, dass eure Welt noch etwas mehr Chaos braucht." Ein schwaches Lächeln huschte über ihre Züge, bevor sie verschwand.

Priya sah in die Richtung, in die die Virani verschwunden war, und ein leichtes Lächeln spielte auf seinen Lippen. „Manchmal kommt Hilfe von den unerwartetsten Orten."

Luis blickte Priya mit einem breiten Grinsen an. „Hast du gerade mit einer Virani geflirtet?"

„Hör auf," murmelte Priya und lächelte charmant seine sichtliche Erregung weg.

„So eine Superwoman ist schon attraktiv, und ich weiß, wovon ich rede..." sagte Luis mit einem Zwinkern.

Aiyana klopfte Priya auf die Schulter. „Egal, warum sie uns geholfen hat – wir haben es rausgeschafft. Und das zählt."

Ingrid schaltete ihren Scanner aus und warf einen Blick auf die Umgebung. „Aber wir müssen vorsichtig bleiben. Das war nur der erste Schritt."

Soraya hielt die Resonanzkapsel fest in ihren Händen. „Ein Schritt, den wir fast verloren hätten. Wir dürfen jetzt keine Fehler machen."

Zurück auf der Venera Ascendant war die Stimmung angespannt, aber erleichtert. Die Resonanzkapsel war sicher, und die Crew hatte ihre Mission erfüllt. Doch der Einsatz hatte sie an ihre Grenzen gebracht.

„Das war nichts für schwache Nerven," sagte Kenji und lehnte sich in einen Stuhl. „Aber wir haben es geschafft."

Soraya, die still neben ihm stand, blickte zu Aiyana: „Die Zerai werden nun ihre Allianz anbieten müssen. Aber wir sollten uns keine Illusionen machen. Sie könnten sich jederzeit gegen uns wenden."

Aiyana nickte: „Das ist ein Risiko, das wir eingehen müssen. Jetzt brauchen wir ihre Unterstützung mehr denn je."

Ingrid, die noch die Scans der Kapsel überprüfte, sah zu Luis: „Guter Einsatz da unten. Ohne dich hätten wir es nicht geschafft."

Luis grinste erschöpft: „Das bedeutet, du schuldest mir ein Bier, wenn wir wieder auf der Erde sind."

Priya lachte trocken: „Ich glaube, nach dieser Mission schulden wir uns alle einen Drink."

Die Crew wusste, dass sie nur eine Schlacht gewonnen hatten. Der Weg zur Rettung der Venus war noch lang, und die Fraktionen des Planeten waren weiterhin unberechenbar. Doch für den Moment konnten sie einen kleinen Triumph feiern – und sich auf die kommenden Herausforderungen vorbereiten.

Kapitel 19: Die Geheimnisse der Resonanz

An Bord der Venera Ascendant versammelte sich die Crew zur Analyse der Resonanzkapsel im Labor. Das Artefakt war beeindruckend: ein zylinderförmiges Objekt aus einem schimmernden Material, das ständig seine Farben zwischen tiefem Violett und leuchtendem Silber zu ändern schien. Es pulsierte leise, als ob es einen eigenen Herzschlag hätte. Die Atmosphäre im Labor war gespannt. Soraya, der Android mit präzisem wissenschaftlichem Denken, hatte bereits mehrere Sensoren und Analysegeräte aufgestellt.

„Was immer das ist," begann Priya, während er vorsichtig um die Kapsel herumlief, „es ist nicht nur ein Energiespeicher. Es fühlt sich... lebendig an."

„Es reagiert definitiv auf seine Umgebung," fügte Ingrid hinzu, die ihre Finger vorsichtig über das Material gleiten ließ. „Ich kann spüren, wie die Moleküle darauf reagieren, wenn ich in die Nähe komme."

Erste Untersuchungen

Soraya aktivierte die Scanner. Ein holographisches Abbild der Resonanzkapsel erschien in der Luft über ihnen. Das innere Design war eine Wendeltreppe aufgebaut, eine Struktur aus Kristalladern, die Energie zwischen zentralen Knotenpunkten zu leiten schien.

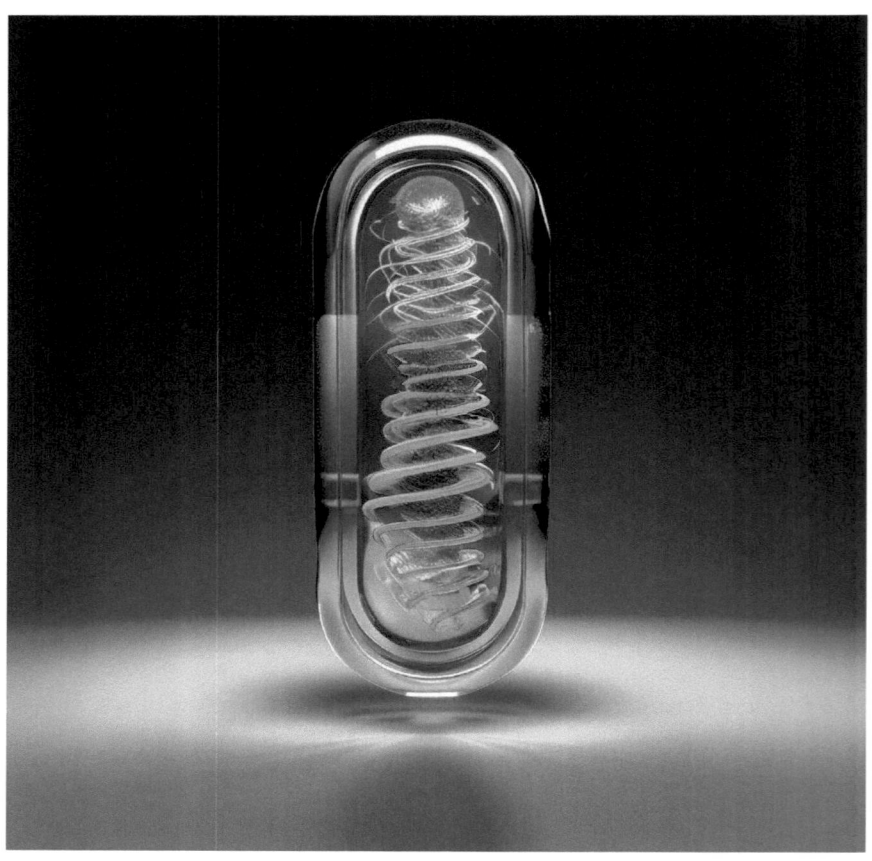

„Das ist unglaublich," sagte Ingrid mit leuchtenden Augen. „Die Kristallstruktur scheint Energie in ihrer reinsten Form zu speichern. Keine Umwandlungsverluste, keine Strahlung – reine, konzentrierte Energie."

„Kein Wunder, dass die Atur das Ding so bewachen," murmelte Kenji, der skeptisch auf die pulsierende Kapsel starrte. „Aber was genau machen wir jetzt damit?"

„Wir müssen herausfinden, wie sie funktioniert," sagte Aiyana entschlossen. „Ohne diese Informationen können wir die Forderungen der Zerai nicht erfüllen."

Soraya nickte: „Ich werde eine Reihe nichtinvasiver Tests durchführen. Wir dürfen das Artefakt nicht destabilisieren – wir wissen nicht, wie es reagiert."

„Das ist eine gute Idee," sagte Priya. „Es könnte wie ein Atomsprengsatz sein, nur... auf einer anderen Frequenz."

Während Soraya die ersten Tests vorbereitete, setzte Ingrid sich an die Konsole, um die Daten aus dem Scanner zu analysieren. Plötzlich begann die Kapsel stärker zu pulsieren. Ein leiser, fast melodischer Ton erfüllte den Raum.

„Was passiert da?" fragte Luis alarmiert, während er einen Schritt zurücktrat.

Soraya schaute auf ihre Instrumente: „Es reagiert auf etwas. Vielleicht auf die Energie in diesem Raum oder auf unsere Stimmen."

„Warte," sagte Ingrid und hielt inne. Sie beugte sich näher an die Kapsel heran: „Es verändert seine Resonanzfrequenz, wenn wir sprechen."

Aiyana schritt vor: „Soraya, was sagt die Analyse? Ist es sicher?"

„Es zeigt keine Anzeichen von Instabilität," antwortete Soraya, „aber die Frequenzen ändern sich wie ein Echo unserer Stimmen. Es könnte eine Art Kommunikationssystem sein."

„Ein Kommunikationssystem?" wiederholte Priya und runzelte die Stirn. „Du meinst, es versucht, mit uns zu sprechen?"

„Vielleicht," sagte Ingrid, „oder es nimmt nur Informationen auf. Wir sollten versuchen, ihm ein kontrolliertes Signal zu schicken."

Soraya nickte und aktivierte einen Frequenzgenerator. Sie begann, verschiedene Wellenmuster an die Kapsel zu senden, die leise auf jede Frequenz reagierte. Nach einigen Versuchen verstärkten sich die Resonanzen, und die Kapsel begann, ein komplexes Lichtmuster an ihre Umgebung zu projizieren.

„Das ist nicht nur Energie," flüsterte Ingrid ehrfürchtig. „Das ist Information. Daten."

„Es könnte die gesamte Technologie der Atur in sich tragen," mutmaßte Priya. „Das könnte unser Schlüssel sein."

Ein moralisches Dilemma

„Moment," sagte Aiyana mit erhobener Stimme, ihre Autorität als Commander wiedererlangend. „Wir müssen uns überlegen, was wir mit diesen Daten machen. Die Zerai wollen die Kapsel für ihre eigenen Zwecke. Aber wenn das wirklich die Technologie der Atur enthält, könnte es gefährlich sein, sie in die falschen Hände zu geben."

„Die Zerai haben uns nicht gerade viel Wahl gelassen," warf Kenji ein. „Ohne ihre Unterstützung werden wir auf dieser Hölle von einem Planeten nicht lange überleben."

„Vielleicht gibt es einen anderen Weg," sagte Ingrid leise, ihre Augen auf die schimmernde Kapsel gerichtet. „Wir könnten versuchen, die Informationen selbst zu nutzen. Vielleicht können wir eine Lösung finden, die alle Fraktionen einbezieht."

„Ein riskantes Spiel," sagte Luis. „Wenn die Zerai herausfinden, dass wir die Kapsel analysieren, bevor wir sie ihnen geben, könnte das die Allianz zerstören."

„Wir sollten dennoch unsere Position stärken," argumentierte Soraya. „Die Kapsel könnte uns helfen, eine Balance zwischen den Fraktionen zu schaffen. Aber wir müssen vorsichtig sein."

„Gut," sagte Aiyana schließlich und sah jeden einzelnen im Team an. „Soraya und Ingrid, ihr analysiert die Kapsel weiter. Findet heraus, wie wir die Daten nutzen können, ohne sie zu destabilisieren. Priya und Kenji, ihr arbeitet an einem Plan, wie wir mit den Zerai verhandeln, falls sie Verdacht schöpfen. Luis und ich sichern das Labor."

Die Crew nickte, jeder mit einer klaren Aufgabe. Doch während alle auseinander gingen, blieb Ingrid vor der Kapsel stehen, ihre Gedanken abwesend. Sie spürte eine seltsame Verbindung zu dem Artefakt, als ob es mehr war als nur Technologie.

Ein leises Geheimnis

In der Stille des Labors berührte Ingrid die Oberfläche der Kapsel erneut. Für einen Augenblick fühlte sie ein leichtes Kribbeln, das ihre Finger durchlief. Ein Flüstern schien in ihrem Kopf zu erklingen, wie ein entferntes Echo.

„Wer... oder was bist du?" murmelte sie leise.

Die Kapsel antwortete nicht, doch das pulsierende Licht schien für einen Augenblick synchron mit ihrem Herzschlag zu werden. Es war, als ob das Artefakt ihre Anwesenheit bewusst wahrnahm – und auf etwas wartete.

Die Resonanzkapsel war kein einfacher Energiespeicher. Sie war etwas Größeres, etwas, das die Crew noch nicht vollständig verstand. Aber Ingrid wusste eines sicher: Dieses Artefakt könnte den Schlüssel zur Zukunft ihrer Mission – und vielleicht ihrer gesamten Spezies – in sich tragen.

Ingrid stand auf und ging zum Kontrollpult, die Stirn in Falten gelegt, während ihre Finger fließend über die Steuerung glitten. „Das System ist unglaublich komplex," murmelte sie. „Es gibt mehrere Verschlüsselungsschichten. Und jede ist... lebendig. Es ist, als ob die Kapsel auf unsere Versuche reagiert, sie zu entschlüsseln."

Luis, der an einem Hologramm sich neben sie stellte, schnaubte: „Lebendig? Das klingt, als hätten wir uns ein Alien-Kind ins Wohnzimmer geholt."

„Es ist nicht witzig, Luis," sagte Aiyana, die mit verschränkten Armen hinter ihnen stand: „Wir haben keine Ahnung, was passiert, wenn wir etwas falsch machen. Das hier könnte der Schlüssel für die gesamte Zukunft der Venus sein – oder unsere Zerstörung."

„Ich stimme zu," sagte Priya, der die holografischen Daten der Kapsel studierte. „Wir müssen äußerst vorsichtig sein. Jede falsche Eingabe könnte die Energie freisetzen – oder die Kapsel dauerhaft sperren."

Soraya, die still in der Ecke des Raumes stand, betrachtete die Kapsel mit ihren tief leuchtenden Augen. „Es könnte auch mehr sein," sagte sie ruhig. „Diese Struktur... sie erinnert mich an die neuronalen Netzwerke, die ich in meiner eigenen Architektur habe. Es ist möglich, dass die Kapsel nicht nur speichert, sondern auch interpretiert."

Aiyana drehte sich zu ihr um: „Meinst du, sie könnte... denken?"

„Vielleicht nicht im klassischen Sinne," antwortete Soraya. „Aber sie könnte die Fähigkeit haben, Kontexte zu erkennen – Absichten, Emotionen. Das würde erklären, warum sie für die Atur und Virani gleichermaßen bedeutend ist."

Ingrid hob eine Augenbraue: „Wenn das stimmt, könnten wir vielleicht mit ihr kommunizieren." Sie wandte sich an Aiyana. „Aber dazu bräuchten wir mehr Daten. Wir haben die ersten Schichten der Resonanz entschlüsselt, aber das wahre Herz des Systems liegt tiefer."

Eine Botschaft aus der Tiefe

Luis schlug mit der flachen Hand auf den Rand des Hologrammtisches: „Dann lass uns tiefer graben! Wir haben nicht alles riskiert, um jetzt aufzuhören."

„Nicht so voreilig," sagte Aiyana und warf ihm einen strengen Blick zu. „Wenn wir einen falschen Schritt machen, könnten wir alles verlieren. Ingrid, kannst du die Entschlüsselung sicher weiterführen?"

Ingrid nickte zögernd. „Ich kann es versuchen. Aber ich brauche Ruhe – und die Unterstützung von Soraya. Ihr neuronales Netzwerk könnte helfen, die Daten zu interpretieren."

Soraya trat an den Tisch heran: „Ich werde mein Bestes tun."

Gemeinsam tauchten Ingrid und Soraya in die verschachtelten Schichten der Kapsel ein. Ingrid dechiffrierte einen Abschnitt nach dem anderen, während Soraya die subtilen Muster in den Datenströmen analysierte. Minuten vergingen, die sich wie Stunden anfühlten. Die Atmosphäre im Raum war angespannt, jeder Atemzug schwer.

Plötzlich zuckte Ingrid zurück: „Da ist etwas... ein Signal. Es ist schwach, aber eindeutig."

„Ein Signal?" fragte Priya und beugte sich näher. „Von der Kapsel?"

„Ja," sagte Ingrid und drehte ein holografisches Steuerungsrad, um das Signal zu verstärken. „Es ist wie ein leises Flüstern. Ich glaube, es kommuniziert mit uns."

„Aber in welcher Sprache?" fragte Luis, der verwirrt auf die flimmernden Daten starrte.

„Keine Sprache, die wir kennen," sagte Soraya. „Es ist wie Musik – eine Resonanz. Sie sendet Muster, die auf eine Art von Harmonie hinweisen."

Ingrid ließ die Finger fliegen, während sie die Daten analysierte: „Wartet... wenn ich die Resonanzwellen umwandle und sie in unser Spektrum übertrage, könnte ich... Ja! Da ist es." Ein holografischer Strom aus Wellen erschien über dem Tisch, der rhythmisch pulsierte.

Soraya neigte den Kopf. „Das ist ein Muster. Es wiederholt sich, aber jedes Mal mit einer kleinen Abweichung. Vielleicht ein Code?"

„Oder eine Botschaft," flüsterte Aiyana. Sie trat näher und betrachtete die Wellen. „Aber was will es uns sagen?"

Ingrid arbeitete fieberhaft weiter, während die Crew gebannt zusah. Plötzlich leuchtete das Hologramm hell auf, und eine Struktur erschien – eine Karte, die aus feinen Linien bestand. „Das ist..." begann Ingrid, doch sie hielt inne. „Das ist kein Ort. Es ist... eine Anordnung. Eine Maschine?"

„Eine Maschine wofür?" fragte Luis nervös.

„Ich weiß es nicht," sagte Ingrid. „Aber wenn wir diese Karte richtig interpretieren, könnten wir verstehen, wie die Kapsel funktioniert."

Die Crew blickte sich an. Inmitten der Unsicherheit keimte ein Funke Hoffnung. Priya legte eine Hand auf Ingrids Schulter. „Du hast großartige Arbeit geleistet. Vielleicht haben wir jetzt eine Chance, diese Sache wirklich zu begreifen."

Ingrid sah ihn an, ein schwaches Lächeln auf ihren Lippen. „Das ist erst der Anfang. Aber ja, vielleicht haben wir das."

Aiyana nickte. „Gut. Dann arbeiten wir weiter daran. Wir werden herausfinden, was diese Kapsel ist – und warum sie so bedeutend ist."

Soraya musterte das Hologramm, ihre Augen funkelten vor Neugier. „Die Antworten liegen in der Resonanz. Und ich denke, wir sind nah dran, sie zu entschlüsseln."

Im Raum lag eine Mischung aus Anspannung und Entschlossenheit. Die Resonanzkapsel war nicht mehr nur ein Rätsel – sie war der Schlüssel zu einer Wahrheit, die größer war als alles, was sie sich vorstellen konnten.

Die Entschlüsselung der Resonanz

Die Resonanzkapsel projizierte ein Netz aus leuchtenden Linien und pulsierenden Mustern über den Hologrammtisch. Ingrid und Soraya arbeiteten unermüdlich daran, die Bedeutung dieser Daten zu entschlüsseln. Jeder Moment war angespannt, jeder kleine Fortschritt elektrisierte die Crew.

Eine Offenbarung in Wellen

„Ich habe es!" rief Ingrid plötzlich und klopfte triumphierend auf das Bedienfeld. Die Linien auf dem Hologramm formten sich zu einem komplexen, schimmernden Gebilde – eine Art dreidimensionales Puzzle. Es sah aus wie ein geometrisches Labyrinth, das sich ständig veränderte, als würde es atmen.

Soraya beugte sich näher: „Das ist mehr als nur eine Karte. Es ist eine Sequenz – ein zeitlicher Ablauf, der aktiviert werden muss."

Luis, der mit verschränkten Armen zusah, runzelte die Stirn. „Ein Ablauf? Wofür? Und warum fühlt sich das an, als ob wir gerade eine Bombe entschärfen?"

„Es ist keine Bombe," sagte Soraya ruhig. „Zumindest nicht im konventionellen Sinne. Diese Kapsel enthält eine Resonanzenergie, die auf harmonischen Wellen basiert. Sie wurde geschaffen, um einen bestimmten Mechanismus zu aktivieren – eine Art Schlüsselsystem."

„Aber was genau soll sie aktivieren?" fragte Aiyana, die sich ebenfalls über das Hologramm beugte. Ihre Stimme war ernst, aber auch neugierig.

Ingrid zeigte auf eine der komplexeren Sequenzen, die wie ein Spinnennetz aussah: „Das ist der Schlüssel. Die Kapsel wurde von den Atur modifiziert, aber ihr ursprünglicher Zweck ist älter. Sie ist ein Relikt der Auron."

Soraya nickte und fügte hinzu: „Die Botschaft sagt aus, dass die Resonanzkapsel dazu gedacht ist, eine Frequenz zu erzeugen, die mit dem Kern der Venus resoniert."

Ein kurzes Schweigen legte sich über die Crew.

„Mit dem Kern der Venus?" wiederholte Priya, seine Augen weiteten sich. „Das klingt... wie eine verdammte Terraforming-Technologie."

„Genau das ist es," sagte Soraya. „Die Kapsel hat das Potenzial, die gravimetrischen und atmosphärischen Zustände der Venus zu verändern – in einem gewaltigen, kontrollierten Prozess."

Ingrid zeigte auf die pulsierenden Linien. „Aber es gibt einen Haken. Diese Sequenz muss in einer ganz bestimmten Reihenfolge aktiviert werden. Jeder Schritt baut auf dem vorherigen auf. Wenn wir einen Fehler machen, könnte das Gleichgewicht kippen – und das Ergebnis wäre katastrophal."

„Wie katastrophal reden wir hier?" fragte Luis und zog eine Augenbraue hoch.

Soraya antwortete mit ruhiger Stimme: „Stell dir eine Explosion vor, die nicht nur das Schiff, sondern die gesamte Venusoberfläche betrifft. Ein Resonanzkollaps könnte die tektonische Stabilität des Planeten zerstören."

„Also, keine Fehler," murmelte Priya trocken.

„Es wird noch komplizierter," fügte Ingrid hinzu. „Die Sequenz verlangt nach mehreren Phasen, die an unterschiedlichen Orten des Planeten aktiviert werden müssen. Die Kapsel projiziert diese Orte als Koordinaten."

Ein neues Hologramm erschien. Es zeigte eine Karte der Venus mit drei markierten Punkten, die in verschiedenen Regionen verteilt waren. Jede Markierung leuchtete in einem anderen Farbton.

„Das sind die Resonanzpunkte," erklärte Ingrid. „Jeder Punkt repräsentiert einen Teil der Frequenz, die der Kern benötigt, um in Resonanz zu gehen."

Aiyana trat zurück, ihre Augen verengten sich. „Warte einen Moment. Wenn wir diese Resonanzpunkte aktivieren, was passiert dann mit den Völkern der Venus? Werden sie das überleben?"

Soraya antwortete nachdenklich: „Das ist unklar. Die ursprüngliche Botschaft der Auron deutet darauf hin, dass dieser Prozess dazu gedacht war, die Venus zu stabilisieren – sie bewohnbar zu machen. Aber durch die Modifikationen der Atur könnten die Auswirkungen... unvorhersehbar sein."

„Also riskieren wir entweder, den Planeten zu retten, oder wir zerstören ihn komplett?" Luis schüttelte den Kopf. „Das klingt nach einer klassischen Win-Lose-Situation."

Ingrid wandte sich an Aiyana. „Wir könnten versuchen, die Atur-Modifikationen rückgängig zu machen. Aber das würde bedeuten, dass wir Zeit brauchen – viel Zeit."

Aiyana schloss die Augen und atmete tief durch. „Wir stehen vor einer Entscheidung: Entweder wir riskieren alles, um die Venus zu stabilisieren, oder wir lassen es und überlassen den Planeten den Atur."

Ein Plan entsteht

„Aber warum sollten die Atur das überhaupt wollen?" fragte Priya. „Wenn diese Technologie so mächtig ist, warum haben sie sie nicht selbst benutzt?"

Soraya antwortete: „Vielleicht haben sie es versucht und sind gescheitert. Oder vielleicht fürchten sie die Konsequenzen."

Ingrid schaltete auf eine andere Ansicht um. „Hier, seht euch das an. Die Modifikationen der Atur scheinen darauf abzuzielen, die Resonanz nur für ihre eigene Energiegewinnung zu nutzen. Sie blockieren die harmonischen Frequenzen, die den Planeten stabilisieren würden."

Aiyana nickte langsam. „Das bedeutet, wenn wir die ursprüngliche Sequenz wiederherstellen, könnten wir den Planeten retten – und den Atur ihre größte Machtquelle nehmen."

„Aber das wird uns Feinde machen," sagte Priya leise. „Große Feinde."

„Wir haben schon Feinde," entgegnete Luis mit einem schiefen Lächeln. „Das wäre nur ein weiterer Punkt auf ihrer Liste."

„Dann ist es beschlossen," sagte Aiyana schließlich. „Ingrid, Soraya, ihr beide arbeitet weiter daran, die Sequenz zu entschlüsseln und die Modifikationen der Atur zu entfernen. Priya, Luis und ich bereiten uns darauf vor, die Resonanzpunkte zu erreichen. Wir werden uns an jeden Punkt wagen, wenn wir müssen."

„Und was ist mit den Zerai?" fragte Priya. „Sie werden nicht glücklich sein, wenn wir das aktivieren, ohne ihnen vorher Bescheid zu geben."

„Wir müssen ihnen erklären, dass dies auch in ihrem Interesse ist," sagte Aiyana. „Wenn die Venus stabilisiert wird, haben alle Völker eine Chance. Aber wenn wir nichts tun, gibt es keine Zukunft."

Soraya nickte. „Die Resonanz ist die einzige Lösung. Und wenn wir zusammenarbeiten, können wir es schaffen."

Die Crew sah sich an, entschlossen, die gewaltige Aufgabe zu übernehmen, die vor ihnen lag. Die Resonanzkapsel hatte ihnen nicht nur ein Rätsel offenbart, sondern auch eine Möglichkeit, das Schicksal der Venus zu verändern. Aber der Weg dorthin war voller Gefahren – und das Ende blieb ungewiss.

Kapitel 20: Der Tanz der Resonanzen

Die Astronauten hatten die Resonanzkapsel in die Hauptkammer des Tempels zurückgebracht, wo sie ihren nächsten Schritt vorbereiteten: die Aktivierung und das Setzen der Resonanzpunkte, um das Netzwerk der Kapsel zu stabilisieren. Die Atmosphäre war angespannt, ein Gemisch aus Konzentration und unterschwelliger Nervosität.

In der Hauptkammer des Tempels

Die Hauptkammer des Tempels war ein beeindruckender Ort. Die Wände, hoch und von filigranen Mustern durchzogen, glitzerten in einem changierenden Licht, das von den seltsamen Kristallen im Raum ausgestrahlt wurde. Die Resonanzkapsel, die die Astronauten aus den Fängen der Atur gerettet hatten, stand nun im Zentrum des Raumes auf einer steinernen Plattform, die von Ringen aus Symbolen umgeben war. Die Luft schien zu pulsieren, als ob sie lebendig wäre – ein Echo vergangener Energien.

Ingrid studierte die holografischen Projektionen, die von der Kapsel ausgestrahlt wurden. Die Karten und Diagramme, die sich in der Luft formten, schienen ein verschlungenes Netz aus Energiepunkten darzustellen, die präzise kalibriert werden mussten.

„Wenn ich das richtig interpretiere," begann Ingrid und zeigte auf einen schimmernden Punkt, „müssen wir diese Punkte manuell setzen. Die Kapsel gibt die Frequenz vor, aber der Standort muss absolut exakt sein."

„Wie exakt sprechen wir hier?" fragte Luis, der mit verschränkten Armen zusah. „Millimeter oder Nanometer?"

Soraya, die sich inzwischen auf die Kapsel eingestellt hatte, nickte. „Die Abweichung darf nicht mehr als 0,002 Prozent betragen. Sonst destabilisiert sich das gesamte System."

„Großartig," murmelte Aiyana trocken. „Wir arbeiten also mit einer Technologie, die fehlerfrei sein muss, sonst explodieren wir oder – schlimmer noch – wir verzerren die Raumzeit."

„Das hier fühlt sich nicht gerade beruhigend an," murmelte Luis, während er sich umsah. Sein Blick wanderte immer wieder zu den Kristallen, die ein leises Summen von sich gaben. „Diese Dinger – sie klingen fast wie... Atemzüge."

„Nicht hilfreich, Luis," sagte Aiyana, die ihre Waffe geschultert hatte und die Umgebung mit prüfendem Blick scannte. „Konzentrier dich. Wenn diese Kapsel hier wirklich ein Netzwerk steuern soll, brauchen wir jeden Kopf bei der Sache."

„Wow," murmelte Priya, als die Projektion den gesamten Raum erhellte. „Das ist... unglaublich. Sieht aus wie ein Herzstück eines riesigen Systems."

„Es ist mehr als das," sagte Ingrid, die gebannt auf die Karte starrte. „Seht ihr die Verbindungslinien? Sie laufen alle durch die Hauptkammer, aber sie breiten sich nach außen aus – wie ein Nervensystem."

Soraya trat näher heran und deutete auf eine Reihe von schimmernden Punkten auf der Karte. „Das hier sind die Resonanzpunkte, richtig?"

„Genau," bestätigte Ingrid. „Die Kapsel zeigt uns die Standorte. Es sind drei Schlüsselpositionen. Wenn wir sie korrekt kalibrieren, sollte sich das gesamte Netzwerk stabilisieren."

„Und was passiert, wenn wir es nicht schaffen?" fragte Kenji, seine Stimme leise, aber angespannt.

„Im besten Fall nichts," antwortete Ingrid und biss sich auf die Lippe. „Im schlimmsten Fall... könnten wir die Energieflüsse des Tempels destabilisieren. Das Netzwerk könnte kollabieren – oder explodieren."

Luis schnaufte. „Na klar. Kein Druck."

„Wir haben keine Wahl," sagte Aiyana entschlossen. „Das hier ist unsere einzige Chance, die Resonanz zu aktivieren und die zerbrechliche Allianz mit den Zerai zu sichern. Ingrid, wie fangen wir an?"

Die Vorbereitung

Ingrid tippte erneut auf die schwebenden Symbole und brachte eine detaillierte Ansicht des ersten Resonanzpunkts hervor. Er war tief unter der Hauptkammer, fast in einem labyrinthartigen Tunnelnetzwerk. „Wir müssen die Punkte in einer bestimmten Reihenfolge setzen," erklärte sie. „Jeder Punkt hat eine spezifische Frequenz, und die Kapsel muss die Resonanz synchronisieren, bevor wir den nächsten Punkt aktivieren können."

Soraya überprüfte die Umgebung. „Wir müssen sicherstellen, dass die Frequenzen stabil bleiben. Ich werde die Kapsel tragen, wenn wir sie bewegen müssen."

„Halt," sagte Aiyana. „Wir wissen nicht, wie die Atur auf unsere Aktivierung reagieren werden. Es könnte sein, dass sie die Resonanzpunkte bereits manipuliert haben."

„Ich habe darauf geachtet," sagte Ingrid und zeigte auf eine Abweichung auf der holografischen Karte. „Hier – seht ihr das? Eine der Frequenzlinien ist leicht verzerrt. Es sieht so aus, als hätten die Atur versucht, die Punkte zu verschieben."

„Das bedeutet, wir könnten in eine Falle laufen," bemerkte Priya. „Oder sie haben es so eingerichtet, dass wir ihre Arbeit für sie erledigen."

Luis verschränkte die Arme. „Großartig. Also machen wir entweder alles kaputt oder wir aktivieren etwas, das uns alle auslöscht."

„Wir haben keine Wahl," sagte Aiyana erneut, diesmal schärfer. „Luis, Soraya, nehmt die Kapsel. Ingrid, du überwachst die Frequenzen. Priya und Kenji, ihr sichert die Umgebung. Wir dürfen keine Fehler machen."

Während die Crew ihre Ausrüstung überprüfte, hielt Aiyana inne und blickte zur Karte. Ihre Stirn war gerunzelt, ihre Gedanken schienen weit weg.

„Was ist los, Commander?" fragte Ingrid.

„Es ist nur…" Aiyana zögerte. „Warum sollten die Atur diesen Ort unbewacht lassen? Es ergibt keinen Sinn."

Luis warf ihr einen Blick zu. „Vielleicht haben sie uns unterschätzt. Oder sie sind einfach zu beschäftigt damit, sich auf den nächsten Angriff vorzubereiten."

„Vielleicht," sagte Aiyana, aber ihre Stimme klang unsicher. „Aber was, wenn sie genau das wollten? Dass wir die Punkte aktivieren?"

„Aiyana, ich weiß, was du denkst," sagte Ingrid ruhig. „Aber wir müssen es riskieren. Ohne die Resonanz haben wir keine Chance, das Gleichgewicht zwischen den Fraktionen aufrechtzuerhalten. Und ohne die Fraktionen… sind wir allein."

Aiyana nickte langsam, ihre Entschlossenheit kehrte zurück. „In Ordnung. Aber wir bleiben wachsam. Keine Risiken, die wir nicht kontrollieren können."

Der erste Resonanzpunkt

Die Karte der Resonanzkapsel pulsierte rhythmisch und projizierte eine Lichtspur, die den Weg zum ersten Punkt markierte. Die Atmosphäre im Tempel wurde spürbar schwerer, als die Crew sich in Bewegung setzte. Jedes Echo ihrer Schritte schien von den uralten Wänden widerzuhallen, als ob der Tempel ihre Anwesenheit registrierte.

Aiyana ging voraus, die Waffe griffbereit, gefolgt von Soraya und Luis, die die Resonanzkapsel zwischen sich trugen. Ingrid, Priya und

Kenji blieben knapp dahinter, ihre Augen aufmerksam auf die Umgebung gerichtet.

„Wir sind fast da," sagte Ingrid, die mit ihrem Scanner die Projektion überprüfte. „Der erste Punkt sollte direkt hinter der nächsten Kammer sein."

„Bleibt wachsam," warnte Aiyana. „Wenn die Atur manipuliert haben, was Ingrid gefunden hat, könnten sie auch hier Fallen platziert haben."

Luis zuckte mit den Schultern und warf Soraya einen Blick zu. „Die Atur sind großartig darin, Dinge kompliziert zu machen. Aber Fallen? Ich schätze, wir können damit umgehen."

Soraya grinste schief. „Hoffen wir, dass dein Optimismus nicht die einzige Verteidigung ist, die wir haben."

Die Crew trat in die nächste Kammer. Der Raum war kreisförmig, mit Wänden, die von Kristallen gesäumt waren, die wie erstarrte Wellen aus den Oberflächen ragten. In der Mitte des Raumes schwebte ein pulsierendes, blaues Licht – der erste Resonanzpunkt. Es war sowohl faszinierend als auch unheimlich, und ein tiefes Brummen erfüllte die Luft.

„Da ist er," flüsterte Priya. Ihre Stimme war fast ehrfürchtig.

„Und da ist das Problem," murmelte Ingrid, während sie auf ihren Scanner starrte. „Die Frequenz des Punktes ist vollkommen destabilisiert. Wenn wir die Kapsel anschließen, könnte sie überlasten."

„Was schlägst du vor?" fragte Aiyana und trat neben Ingrid.

„Wir müssen die Resonanzwellen manuell abstimmen, bevor wir die Kapsel aktivieren," erklärte Ingrid. „Aber das ist knifflig. Der Punkt scheint sich selbst zu korrigieren, was bedeutet, dass jede Änderung, die wir vornehmen, schnell wieder rückgängig gemacht werden könnte."

„Also brauchen wir Präzision," sagte Kenji. „Wir haben nicht viel Spielraum für Fehler."

Die Herausforderung

Luis und Soraya platzierten die Resonanzkapsel vorsichtig auf einem runden Podest direkt unterhalb des schwebenden Lichts. Ein leises Klicken zeigte an, dass die Kapsel aktiviert wurde, und sofort begann sie, Daten zu verarbeiten. Holographische Muster wirbelten um sie herum, wie Flammen, die in der Luft tanzten.

„Ingrid?" fragte Aiyana, ihre Stimme war angespannt.

„Gib mir einen Moment," antwortete Ingrid, ihre Finger flogen über das Interface der Kapsel. „Ich scanne die Frequenz. Sie wechselt zwischen zwei Hauptmodulationen, aber es gibt auch sekundäre Muster... Verdammt, das ist chaotischer, als ich dachte."

„Wirst du es schaffen?" fragte Priya.

„Ich habe keine andere Wahl," sagte Ingrid entschlossen. „Aber ich brauche absolute Konzentration. Jede Störung könnte die Resonanzwelle zerbrechen."

Soraya trat vor und postierte sich mit Luis in Verteidigungsposition. „Wir halten die Stellung," sagte sie fest.

Aiyana nickte. „Gut. Ingrid, worauf wartest du?"

Ingrid atmete tief durch und begann, die Resonanzwellen zu manipulieren. Ihre Finger tippten präzise auf das Interface, während sie die Datenflüsse in Echtzeit anpasste. Das blaue Licht über ihnen begann zu flackern, und das Brummen wurde lauter.

„Die Frequenzen kollidieren," sagte Ingrid angespannt. „Ich versuche, sie zu harmonisieren, aber der Punkt reagiert empfindlicher, als ich erwartet habe."

„Was können wir tun?" fragte Kenji, der über ihre Schulter blickte.

„Nichts, außer still sein," sagte Ingrid scharf. „Jede zusätzliche Energie – auch nur eine Bewegung – könnte die Wellen stören."

Plötzlich erklang ein lautes Krachen. Ein Riss zog sich durch eine der Kristallwände, und Funken sprühten.

„Das sieht nicht gut aus," sagte Luis und hob instinktiv seine Waffe.

„Bleib ruhig!" rief Ingrid. „Das ist nur eine Reaktion auf die Kapsel. Ich habe es fast – nur noch ein paar Sekunden!"

Das blaue Licht begann sich zu stabilisieren, seine Pulsation wurde gleichmäßiger. Aber gerade als Ingrid eine letzte Einstellung vornahm, erklang ein schrilles Geräusch, und das Licht flammte hell auf.

„Was war das?" fragte Priya und wich zurück.

„Es ist... in Ordnung," sagte Ingrid schließlich und ließ sich zurückfallen. Ihr Gesicht war schweißbedeckt, aber ein kleines Lächeln spielte um ihre Lippen. „Der Punkt ist stabilisiert. Die Kapsel hat die Frequenz synchronisiert."

„Gute Arbeit," sagte Aiyana, ihre Stimme voller Erleichterung. „Das war Punkt eins. Zwei weitere, und wir haben es geschafft."

Doch bevor die Crew sich weiter bewegen konnte, begann die Kapsel zu piepen. Ingrid starrte auf das Interface, und ihr Gesicht wurde bleich.

„Das ist nicht gut," sagte sie.

„Was jetzt?" fragte Aiyana und trat näher.

„Der nächste Punkt... seine Frequenz ist noch instabiler als dieser hier. Es sieht aus, als ob die Manipulation der Atur dort stärker ist. Und... warte." Sie runzelte die Stirn. „Ich empfange ein Signal. Es stammt nicht von der Kapsel. Es ist ein Bewegungsmuster – etwas kommt."

Luis hob seine Waffe, während Soraya sich an seine Seite stellte. „Hört ihr das?" fragte sie. „Schritte."

Aiyana nickte. „Alle in Position. Wir gehen zum nächsten Punkt, aber wir bleiben wachsam."

Mit der Kapsel sicher verstaut, bereitete sich die Crew darauf vor, sich zum zweiten Resonanzpunkt zu begeben. Die Spannung war greifbar, doch ein Funken Hoffnung blitzte in ihren Augen auf – sie hatten den ersten Schritt gemeistert. Doch das Signal, das Ingrid entdeckt hatte, war ein warnender Vorbote.

Der zweite Resonanzpunkt

Die Crew machte sich auf den Weg durch die labyrinthartigen Gänge des Tempels. Ingrid führte die Gruppe, die Resonanzkapsel fest unter ihrem Arm. Der Weg zum zweiten Punkt war komplexer, die holografische Karte der Kapsel zeigte mehrere mögliche Routen an, aber alle schienen mit Hindernissen übersät.

„Dieser Tempel fühlt sich lebendig an," sagte Priya leise und beobachtete die schimmernden Wände. „Fast so, als ob er uns beobachtet."

„Das tut er vielleicht auch," sagte Soraya und zog ihren Scanner hervor. „Die Kristalle in den Wänden reagieren auf unsere Bewegungen. Sie könnten Übertragungsmechanismen sein."

„Oder Warnsysteme," fügte Aiyana hinzu und warf einen prüfenden Blick zurück. „Bleibt fokussiert. Wir müssen die Atur abschütteln, bevor sie sich wieder neu formieren."

Die Herausforderung im Schacht

Der zweite Resonanzpunkt lag tief im Tempel, an einer Stelle, die nur durch einen vertikalen Schacht erreichbar war. Die Karte zeigte ihn als pulsierenden Lichtpunkt, doch der Weg dorthin war eine Herausforderung. Der Schacht war eng und von schimmernden Kristallen umgeben, die wie pulsierende Adern leuchteten.

„Das wird nicht einfach," sagte Luis und beugte sich über die Öffnung. „Der Schacht ist fast 30 Meter tief, und die Kristalle sehen empfindlich aus. Eine falsche Bewegung, und wir könnten eine Kettenreaktion auslösen."

„Ich habe genug Kletterausrüstung für uns dabei," sagte Kenji und zog ein Seil aus seinem Rucksack. „Aber wir müssen vorsichtig sein. Wenn diese Kristalle Energie leiten, könnte uns ein Fehltritt grillen."

Aiyana nickte. „Ingrid, Priya und ich werden die Kapsel hinunterbringen. Luis, Soraya und Kenji sichern die Umgebung."

„Verstanden," sagte Luis und überprüfte sein Gewehr. „Wenn die Atur auftauchen, sorge ich dafür, dass sie es bereuen."

Soraya schmunzelte. „Ich werde sicherstellen, dass du keine Ausreden brauchst, um uns zu beschützen."

Der Abstieg

Das Team befestigte die Seile sorgfältig und begann den Abstieg. Aiyana ging voran, ihre Bewegungen ruhig und präzise. Ingrid folgte mit der Kapsel, ihr Gesicht war angespannt. Priya hielt sich hinter ihr, um die Kapsel zu stabilisieren, falls Ingrid das Gleichgewicht verlieren würde.

„Die Kristalle... sie vibrieren," flüsterte Ingrid. „Es ist, als ob sie auf unsere Präsenz reagieren."

„Nicht anhalten," sagte Aiyana ruhig. „Konzentriere dich nur auf den nächsten Griff."

Die Gruppe bewegte sich langsam nach unten, das Schimmern der Kristalle um sie herum wurde intensiver. Als sie die Mitte des

Schachts erreichten, begann ein leises Summen die Luft zu füllen. Die Frequenz des Summens nahm zu, und die Kristalle pulsierten schneller.

„Das klingt nicht gut," murmelte Priya.

„Was passiert da oben?" rief Soraya von oben herunter.

„Die Kristalle scheinen Energie aufzubauen," antwortete Ingrid. „Vielleicht durch unsere Bewegungen? Ich weiß es nicht."

Aiyana erreichte den Boden und sicherte das Seil. „Kommt schnell runter. Wir müssen den Resonanzpunkt stabilisieren, bevor etwas ausgelöst wird."

Die Resonanzinterferenz

Als die drei den Schachtboden erreichten, öffnete sich vor ihnen eine kreisförmige Kammer. In der Mitte schwebte ein glühender, roter Kern – der zweite Resonanzpunkt. Doch im Gegensatz zum ersten war dieser Punkt instabil. Rote Lichtbögen sprangen durch die Luft und ließen die Kristalle vibrieren.

„Das sieht gefährlich aus," sagte Priya, seine Stimme zitterte leicht.

„Das ist mehr als gefährlich," sagte Ingrid und stellte die Kapsel auf den Boden. „Der Punkt ist massiv überladen. Es könnte eine Explosion geben, wenn wir ihn nicht entladen."

„Wie machen wir das?" fragte Aiyana und warf einen prüfenden Blick auf die leuchtenden Kristalle.

Ingrid beugte sich über die Kapsel. „Ich werde die Energie des Punktes in die Kapsel umleiten. Aber wir müssen die Umgebung stabilisieren, sonst reißt die Überladung alles hier unten auseinander."

„Priya, kannst du die Kristalle sichern?" fragte Aiyana.

„Ich kann versuchen, sie mit den Energiedämpfern zu neutralisieren," sagte Priya. Er zog ein Gerät aus seinem Rucksack und begann, die ersten Kristalle zu scannen. „Das wird etwas dauern."

„Beeil dich," sagte Ingrid. „Ich starte die Synchronisation."

Der kritische Moment

Ingrid aktivierte die Kapsel, und sofort begann der rote Kern zu pulsieren. Die Lichtbögen wurden intensiver, und das Summen der Kristalle steigerte sich zu einem unerträglichen Dröhnen.

„Es wird zu viel!" rief Priya. „Die Kristalle reagieren stärker, als ich dachte."

„Dann beweg dich schneller!" rief Aiyana.

Plötzlich begann die Kammer zu beben. Ein Riss zog sich durch die Wand, und Kristallsplitter flogen in alle Richtungen.

„Verdammt!" rief Ingrid. „Ich brauche noch eine Minute!"

„Du hast zehn Sekunden!" rief Aiyana und zog ihre Waffe. „Soraya, Luis, wir brauchen hier unten Unterstützung!"

Luis und Soraya ließen sich sofort hinunter. Luis landete mit einem dumpfen Aufprall und zog seine Waffe, während Soraya Ingrid mit der Kapsel half.

„Ich habe es fast!" rief Ingrid.

Plötzlich brach ein lauter Knall durch die Kammer, und der rote Kern explodierte in einem grellen Licht. Doch die Kapsel absorbierte die Energie in letzter Sekunde, und das Licht verblasste. Stille erfüllte die Kammer.

„Ist es vorbei?" fragte Priya atemlos.

„Ja," sagte Ingrid erschöpft. „Der Punkt ist stabilisiert."

Ein neuer Weg

Aiyana nickte und half Ingrid auf. „Gut gemacht. Aber das war erst der zweite Punkt. Wir müssen weiter."

„Wie viele Explosionen werden uns noch erwarten?" fragte Luis mit einem schiefen Lächeln.

„So viele, wie nötig," sagte Aiyana entschlossen. „Wir werden das schaffen. Alle zusammen."

Die Crew sammelte sich und bereitete sich darauf vor, den nächsten Punkt zu finden. Doch das Gefühl, dass sie beobachtet wurden, blieb – und das Summen der Kristalle begleitete sie, als sie den Schacht verließen.

Der dritte Resonanzpunkt

Die Crew stand in einem schmalen Korridor, dessen Wände von feinen Lichtmustern durchzogen waren, die wie Adern in einem lebendigen Organismus pulsierten. Die Atmosphäre war anders als zuvor – dichter, elektrisierender, als ob der Tempel selbst wusste, dass sie kurz vor dem Abschluss ihrer Mission standen. Der letzte Resonanzpunkt war der Schlüssel, um die Kräfte des Tempels zu aktivieren, aber sie wussten, dass es auch die gefährlichste Herausforderung werden würde.

„Die Karte zeigt den Punkt direkt hinter dieser Barriere," sagte Ingrid und zeigte auf eine massive, schwarze Tür aus einem fremdartigen Material. „Aber es gibt keine offensichtliche Möglichkeit, sie zu öffnen."

„Ich habe so ein Material schon bei den Atur gesehen," murmelte Priya, während er die Oberfläche der Tür mit einem Scanner untersuchte. „Es reagiert auf Energie – spezifische Frequenzen."

Soraya nickte. „Die Resonanzkapsel könnte die Frequenz liefern, die wir brauchen."

„Oder eine Falle auslösen," sagte Aiyana scharf. Sie musterte die Tür misstrauisch. „Ich traue diesem Ort nicht. Wir müssen vorbereitet sein."

Die Aktivierung der Tür

Ingrid platzierte die Resonanzkapsel vorsichtig in eine Mulde neben der Tür, die wie dafür geschaffen schien. Als sie die Kapsel aktivierte, begann die Tür in tiefen Tönen zu vibrieren, die die gesamte Crew spüren konnte.

„Das klingt wie ein Herzschlag," bemerkte Luis und zog unbewusst seine Waffe.

„Es ist mehr als das," sagte Ingrid, ihre Stimme angespannt. „Es ist, als ob der Tempel auf unsere Anwesenheit reagiert."

Die Vibrationen wurden intensiver, und plötzlich schoss ein Lichtstrahl aus der Kapsel und traf die Tür. Die Lichtadern in den Wänden beschleunigten ihren Rhythmus, und die Tür begann sich langsam zu öffnen, begleitet von einem tiefen, metallischen Knarren.

„Bereithalten," sagte Aiyana und hob ihre Waffe. „Wir wissen nicht, was uns dahinter erwartet."

Die Tür öffnete sich vollständig und gab den Blick auf eine gewaltige Kammer frei. Im Zentrum schwebte ein riesiger, kristalliner Monolith, der in allen Farben des Spektrums pulsierte. Es war der letzte Resonanzpunkt.

Die unerwartete Störung

„Das ist es," sagte Ingrid ehrfürchtig und trat vorsichtig in die Kammer. „Das war der letzte Punkt. Jetzt müsste der Tempel vollständig aktiviert sein."

„Es ist wunderschön," sagte Priya, während er den Monolithen betrachtete. „Aber warum fühlt sich das so... unheimlich an?"

„Weil es nicht nur schön ist," sagte Soraya leise. „Es ist Macht. Und Macht ist niemals ohne Preis."

Kaum hatte sie das ausgesprochen, als ein donnerndes Geräusch die Kammer erschütterte. Aus den Schatten traten mehrere Atur hervor, ihre massigen Körper im Licht des Monolithen bedrohlich schimmernd. Angeführt wurden sie von einem ihrer Kommandanten, dessen Rüstung mit pulsierenden, roten Lichtadern verziert war.

„Ihr seid zu weit gegangen," sagte der Kommandant mit einer Stimme, die wie ein Grollen durch die Kammer hallte. „Dieser Tempel gehört den Atur, und ihr werdet ihn niemals vollständig aktivieren."

„Wir lassen uns nicht aufhalten," rief Aiyana zurück und richtete ihre Waffe auf ihn. „Dieser Tempel gehört niemandem – er ist ein Werkzeug, um diese Welt zu retten."

„Dann werdet ihr mit eurem Leben bezahlen," antwortete der Kommandant und befahl seinen Kriegern, anzugreifen.

Der Kampf um den letzten Punkt

Die Kammer verwandelte sich in ein Schlachtfeld. Luis und Aiyana eröffneten das Feuer, während Soraya und Priya versuchten, Ingrid zu decken, die fieberhaft an der Resonanzkapsel arbeitete.

„Ich brauche Zeit!" rief Ingrid, während sie versuchte, die Kapsel mit dem Monolithen zu synchronisieren. „Aiyana, haltet sie auf!"

„Wir geben unser Bestes!" rief Aiyana zurück und feuerte eine Salve auf einen angreifenden Atur.

Luis kämpfte sich durch die Reihen der Atur, seine Bewegungen präzise und entschlossen. „Ingrid, wie lange noch?"

„Zwanzig Sekunden, wenn ich nicht gestört werde!" schrie sie zurück.

Soraya duckte sich unter einem Schlag eines Atur und setzte einen gezielten Stoß mit ihrem Elektrostab. „Diese Typen geben nicht auf!"

„Dann machen wir ihnen klar, dass sie keine Wahl haben!" rief Aiyana und warf eine Schockgranate, die mehrere Atur zu Boden schleuderte.

Die Synchronisation

Ingrid ignorierte das Chaos um sich herum und konzentrierte sich auf die Synchronisation der Kapsel mit dem Monolithen. Die Lichter in der Kammer wurden intensiver, und ein tiefes Summen erfüllte die Luft.

„Fast geschafft!" rief sie. „Nur noch ein paar Sekunden!"

Ein Atur brach durch die Verteidigungslinie und stürmte direkt auf Ingrid zu. Priya stellte sich ihm in den Weg und aktivierte seinen Schild. Der Aufprall ließ den Atur zurückprallen, aber er hielt stand.

„Nicht mit mir!" rief Priya und schleuderte den Angreifer mit einem Elektroschock zurück.

Und plötzlich tauchten quasi aus dem Nichts unerwartete Verbündete auf: Eine Gruppe Zerai und Virani, die die Atur schließlich zurückdrängten.

„Ihr habt uns geholfen," sagte Myara, die die Virani anführte, und warf einen raschen Blick zu Priya, der ihren Blick freudig erwiderte. „Nun sind wir an der Reihe," sagte sie und stürmte los, um sich auf Xarun zu stürzen.

„Synchronisation abgeschlossen!" rief Ingrid, gerade als der Monolith in einem grellen Licht aufleuchtete.

Das Licht des Monolithen füllte die Kammer, und die Atur wichen zurück, geblendet und desorientiert. Die Crew nutzte die Gelegenheit, um mit vereinten Kräften Xarun festzunehmen und den Rest seiner Gefolgsleute zu vertreiben.

„Haben wir es geschafft?" fragte Luis, als sie durch die Gänge rannten.

„Ja," sagte Ingrid, ihre Stimme erleichtert. „Der Tempel ist aktiviert!"

Die Crew spürte, dass der Tempel zu neuem Leben erwacht war. Die Lichtadern pulsierten in einem harmonischen Rhythmus, und die Energie, die durch den Tempel floss, war spürbar.

„Wir haben es geschafft," sagte Soraya leise und sah zu Aiyana. „Jetzt liegt es an uns, diese Macht richtig einzusetzen."

„Und das werden wir," sagte Aiyana entschlossen. „Für die Venus. Für alle."

Kapitel 21: Die Stimme des Tempels

Die Aktivierung der Resonanzkapsel setzte eine Kettenreaktion in Gang, die niemand in der Crew vollständig vorhersehen konnte. Als die letzte Energiespur den Tempel durchflutete und in der Hauptkammer konzentriert wurde, begann der Boden unter den Füßen der Astronauten zu vibrieren. Die Temperatur im Raum stieg merklich an, und ein pulsierender Ton erfüllte die Luft.

„Das ist... gigantisch," murmelte Soraya, während sie die leuchtenden Wände mit weit aufgerissenen Augen betrachtete. „Es fühlt sich an, als ob der Tempel lebendig wird."

In der Mitte des Raumes begann die Resonanzkapsel, die die Crew so mühevoll platziert hatte, sich zu drehen. Zuerst langsam, dann immer schneller, bis sie fast unsichtbar wurde. Ein Strahl aus purem Licht schoss aus ihrer Mitte und traf die Decke. Dort formten sich konzentrische Kreise, die sich stetig ausweiteten und holografische Muster erzeugten, die wie kosmische Landkarten aussahen.

„Das sieht aus wie... eine Karte?" fragte Priya, der unwillkürlich einen Schritt näher trat.

Ingrid nickte, während sie hastig Notizen in ihr Pad eintippte. „Ja, und mehr als das. Es zeigt nicht nur den Tempel selbst. Es zeigt... den gesamten Planeten."

„Seht ihr das hier?" rief Aiyana und deutete auf einige pulsierende Punkte in den holografischen Darstellungen. „Das sind die vier Fraktionsstädte! Und dort – das ist der Tempel. Diese Linien verbinden sie alle."

Luis runzelte die Stirn. „Es sieht aus wie ein Netzwerk. Aber wofür?"

Plötzlich hallte eine tiefe, melodische Stimme durch den Raum. Sie sprach in einer Sprache, die niemand von ihnen kannte, doch die Bedeutung drang direkt in ihre Gedanken ein.

„Die Harmonie der Resonanz ist erreicht. Der Pfad zur Einheit ist offen. Doch das Gleichgewicht ist zerbrechlich. Wählt weise, Bewohner der Venus, denn euer Schicksal ist miteinander verwoben."

Die Crew sah sich sprachlos an. Ingrid sprach schließlich das aus, was alle dachten. „Der Tempel... er kommuniziert mit uns. Es muss ein uraltes KI-System sein."

„Es will uns etwas mitteilen," fügte Aiyana hinzu, ihre Stimme fest. „Aber es gibt keine klare Anleitung. Was bedeutet ‚wählt weise'?"

Die holografische Karte begann sich zu verändern. Die Linien zwischen den Fraktionsstädten und dem Tempel wurden rot und schienen zu flackern, als ob sie instabil wären. Gleichzeitig erschienen neue Punkte auf der Karte, kleinere, isolierte Energiesignaturen.

„Seht euch das an," sagte Ingrid. „Das sind Resonanzpunkte, die außerhalb der Fraktionen liegen. Vielleicht... vielleicht ist das, was wir brauchen, um die Harmonie wirklich zu sichern."

Noch bevor jemand antworten konnte, bebte der Tempel heftig, und ein tiefes, brüllendes Geräusch durchdrang die Kammer. Teile der Wände begannen sich zu bewegen, als ob der Tempel sich neu konfigurierte. Das holografische Bild wurde verzerrt, und für einen Moment war es, als ob der Tempel selbst in einen Konflikt geraten wäre.

„Was passiert jetzt?" rief Luis, während er sich an einer Säule festhielt.

„Das Netzwerk ist instabil!" schrie Ingrid über den Lärm hinweg. „Die Resonanzpunkte müssen im Einklang sein, aber irgendetwas stört die Verbindung. Es könnte... es könnte eine Energiequelle sein, die nicht kompatibel ist!"

„Die Atur," sagte Soraya düster. „Ihr Energiesystem basiert auf reiner Kraft und Zerstörung. Vielleicht stört das den Fluss."

Das Opfer der Vergangenheit

Plötzlich erschien in der Mitte der Kammer ein weiteres Hologramm. Es zeigte eine Szene, die sich direkt in die Köpfe der Crew einbrannte. Die vier Fraktionen der Venus standen einander in einem unerbittlichen Krieg gegenüber, ihre einst blühenden Städte in Trümmern liegend.

Doch inmitten des Chaos erhob sich der Tempel und sandte ein mächtiges Resonanzsignal aus, das den Konflikt für einen Moment unterbrach. Die Stimme des Tempels erklang erneut, diesmal ruhiger, fast traurig. „Das Gleichgewicht wurde zuvor zerstört. Ihr müsst wählen: Harmonie oder Chaos. Die Resonanz kann nicht ohne Opfer stabilisiert werden."

„Das ist eine Warnung," flüsterte Aiyana. „Der Tempel zeigt uns, was passiert, wenn wir scheitern."

„Oder wenn wir nicht handeln," fügte Priya hinzu. „Die Fraktionen könnten den Tempel als Waffe nutzen, wenn wir nicht vorsichtig sind."

Ein unerwarteter Besucher

Plötzlich flackerte das Licht, und eine Gestalt trat aus den Schatten. Es war Ikaris, der Auron-Vertreter, sein silberner Körper in das leuchtende Blau des Tempels gehüllt.

„Ihr habt den Tempel aktiviert," sagte er mit einer Stimme, die gleichzeitig Bewunderung und Besorgnis ausdrückte. „Doch ihr versteht nicht, was ihr entfesselt habt."

„Dann hilf uns," sagte Aiyana entschieden. „Wir versuchen, die Fraktionen zu vereinen, aber wir brauchen mehr Informationen. Was erwartet uns?"

Ikaris' Gesicht wurde ernst. „Die Resonanz ist mehr als eine Energiequelle. Sie ist das Herz des planetaren Gleichgewichts. Doch sie wird nur stabil bleiben, wenn alle Fraktionen bereit sind, sich zu verpflichten. Wenn auch nur eine Fraktion sich dagegen stellt, wird der Tempel alles zerstören."

„Also eine letzte Prüfung," murmelte Luis. „Wie passend."

„Und was schlagen Sie vor, Ikaris?" fragte Ingrid. „Wir können die Fraktionen nicht zwingen, zusammenzuarbeiten."

Ikaris' Augen glühten sanft. „Ihr könnt Vertrauen schaffen. Ihr habt die Resonanz aktiviert. Das ist ein Symbol der Einheit. Doch ihr

müsst auch die Konflikte der Vergangenheit lösen."

„Und wie genau?" fragte Soraya. „Wir haben keine Zeit, jeden Streit zu schlichten."

„Zeit ist irrelevant, nur das Leben zählt," antwortete Ikaris. „Ihr müsst die Resonanzpunkte der Fraktionen finden und stabilisieren. Jeder Punkt ist ein Schlüssel zur Harmonie. Und wenn ihr scheitert... wird die Venus euch mit in ihren Untergang reißen."

Die Crew sah sich an. Die Last der Verantwortung lag schwer auf ihnen, doch in ihren Augen glomm ein Funken Entschlossenheit, aber auch noch von Unsicherheit wegen der kryptischen Worte von Ikaris.

„Was meinst Du konkret, Ikaris? Du sprichst in Rätseln," erwiderte Aiyana.

„Es wird ein Tribunal geben. Wenn ihr euch der Aufgabe gewachsen seht, könnt ihr als Advokaten in diesem Prozess auftreten, weil ihr euch als Bewohner eines anderen Planeten eher neutral verhalten könnt."

„Und wer soll der Mandant sein?" fragte Luis mit unheilvollem Ton.

„Ich denke, euch ist es bereits klar," erwiderte Ikaris.

„Doch nicht etwa Xarun?" sagte Luis mit angewidertem Blick.

Ikaris nickte: „Ja, so sei es!"

„Dann wissen wir, was zu tun ist," sagte Aiyana fest. „Wir werden uns der Herausforderung stellen. Für die Venus und für uns alle."

Draußen vor dem Tempel begann ein Sturm aufzuziehen, als ob der Planet selbst auf das nächste Kapitel ihres Abenteuers wartete.

Kapitel 22: Zarte Bande und zerbrechliche Wahrheiten

Der Tempelgarten war ein Ort der Stille und Reflexion, ein selten friedlicher Fleck inmitten der aufgeladenen Atmosphäre. Priya war hierhergekommen, um einen Moment der Ruhe zu finden, um die aufwühlenden Ereignisse der letzten Tage zu verarbeiten – Xaruns Gefangennahme, die hitzigen Diskussionen in der Crew und die bevorstehende Herausforderung des Tribunals. Doch die Erinnerung an eine bestimmte Begegnung ließ ihn nicht los: Myara. Die stolze und zugleich geheimnisvolle Anführerin der Virani. Sie hatte ihn nur zweimal beachtet, und doch hatten diese Augenblicke etwas in ihm bewegt, das er nicht recht in Worte fassen konnte.

Ein leises Rascheln ließ ihn aufblicken. Myara stand nur wenige Schritte entfernt, eine schlanke, anmutige Silhouette inmitten des üppigen Grüns des Gartens. Ihre goldenen Augen trafen seine, und Priya spürte, wie sein Herz schneller schlug.

„Priya," sagte sie mit ihrer ruhigen, melodischen Stimme. „Ich hätte nicht gedacht, dich hier zu finden."

Er sprang hastig auf, wobei er sich an der Lehne der Bank festhielt, um nicht zu stolpern: „Myara! Ich… ich wollte nicht stören. Ich dachte nur, ich könnte etwas Ruhe finden."

Ein leichtes Lächeln umspielte ihre Lippen, und sie trat näher: „Du störst nicht. Dieser Garten ist ein Ort des Friedens für alle, die ihn suchen. Setz dich doch."

Er ließ sich zögernd wieder nieder, während sie sich neben ihn setzte, jedoch mit einem respektvollen Abstand. Die Stille zwischen ihnen war nicht unangenehm, sondern hatte etwas Beruhigendes.

Nach einer Weile brach sie das Schweigen: „Du warst dabei, als Xarun gefangen genommen wurde. Ich habe gesehen, wie du reagiert hast. Du bist kein Kämpfer, Priya, aber du hast Mut gezeigt."

Priya rieb sich verlegen den Nacken: „Mut? Ich habe mich eher wie ein kompletter Trottel gefühlt. Ich hätte beinahe alles ruiniert."

„Mut ist nicht die Abwesenheit von Angst," erwiderte sie ruhig, „sondern das Handeln trotz der Angst."

Er lächelte schüchtern: „Vielleicht. Aber ehrlich gesagt, du hast mich ziemlich eingeschüchtert. Deine Entschlossenheit, deine Stärke – das ist beeindruckend. Ich bin nur ein Wissenschaftler. Jemand, der Proben analysiert und versucht, den Code des Lebens zu verstehen."

„Ein Wissenschaftler?" fragte sie, ihre goldenen Augen glänzten im sanften Licht. „Ein Exobiologe, wenn ich mich recht erinnere?"

Er nickte: „Ja, und Biochemiker. Ich untersuche, wie Leben funktioniert – und wie es hier auf der Venus so anders und doch vertraut sein kann. Aber wenn ich ehrlich bin, sind solche Ereignisse wie die Begegnung mit Xarun… nichts, wofür ich ausgebildet wurde. Das sind nicht gerade die Herausforderungen, die ich erwartet habe."

„Jeder hat seinen Platz," sagte Myara nachdenklich. „Stärke allein bringt keine Harmonie. Vielleicht sind es die kleinen Dinge – das Verständnis, die Verbindung zwischen Wesen – die den Unterschied machen."

Ihre Worte trafen Priya tief, doch bevor er etwas erwidern konnte, bewegte er ungeschickt seinen Arm, sodass er leicht ihre Schulter streifte. Ein knackendes Geräusch ertönte, und Priya biss die Zähne zusammen, um einen Schmerzenslaut zu unterdrücken.

Myaras Blick verfinsterte sich: „Was war das?"

„Nichts, wirklich," sagte er hastig und hielt seinen Arm. „Nur… ich habe mich vor ein paar Tagen gestoßen. Es heilt schon."

„Gestoßen?" wiederholte sie skeptisch. „Das war kein einfaches Knacken. Was verbirgst du, Priya?"

„Es ist nichts! Ehrlich!" Er versuchte, den Arm zu bewegen, verzog jedoch das Gesicht, was Myara endgültig misstrauisch machte. Sie stand auf und sah ihn mit durchdringenden Augen an.

„Menschen sind so zerbrechlich," sagte sie leise, fast mehr zu sich selbst als zu ihm. „Ich wusste nicht, dass… warte." Sie hielt inne, und es war, als fiele ein Schatten der Erkenntnis über ihr Gesicht. „Habe ich dich verletzt?"

Priya schüttelte hastig den Kopf. „Nein, nein! Es ist wirklich nichts. Ich bin nur ungeschickt. Du brauchst dir keine Sorgen zu machen."

Doch Myara ließ sich nicht so leicht abspeisen. „Ich bin stärker, als ich sein sollte, wenn ich es mit euch Menschen zu tun habe. Ich habe das bei unseren ersten Begegnungen nicht bedacht." Sie setzte sich wieder hin, dieses Mal näher, und legte eine Hand leicht auf seinen unverletzten Arm. „Du musst mir die Wahrheit sagen, Priya. Wenn ich dir weh getan habe, dann nicht aus Absicht. Aber ich muss es wissen."

Er seufzte schwer und senkte den Blick. „Es war nicht deine Schuld. Du hast mich nur ganz leicht berührt, aber… ich bin eben nicht so stabil wie du.“

Myaras Augen verengten sich, und ihre Stimme war von Schuld erfüllt. „Ich hätte vorsichtiger sein müssen. Aber warum hast du es nicht gesagt? Warum hast du mich im Unwissen gelassen?“

„Weil ich nicht wollte, dass du dich schlecht fühlst,“ gab Priya leise zu. „Du hast so viel Verantwortung, Myara. Dein Volk verlässt sich auf dich, und du trägst so viel auf deinen Schultern. Ich wollte nicht, dass du dich noch mehr belastest.“

Einen Moment lang herrschte Stille, bevor Myara den Kopf schüttelte. „Du bist ein Narr, Priya. Aber ein ehrlicher und mutiger Narr.“ Ihre Worte hatten einen Hauch von Wärme, die ihn überraschte.

„Ich verspreche, vorsichtiger zu sein,“ fuhr er fort. „Aber auch du musst vorsichtiger sein – und ehrlich. Unsere Völker können keine Einheit bilden, wenn wir nicht offen miteinander umgehen. Das gilt auch für uns beide.“

Priya nickte langsam: „Ich verstehe. Danke, Myara.“

Sie musterten einander einen Moment lang, bevor Myara aufstand. „Ich muss zurück zu meinem Volk. Aber… ich bin froh, dass du hierhergekommen bist, Priya. Vielleicht sehen wir uns wieder.“

Mit diesen Worten verschwand sie lautlos im Garten, und Priya blieb allein zurück – sein Herz ein wenig leichter und seine Bewunderung für Myara größer als je zuvor.

Ein Kuss im Schatten der Sterne

Die Nacht war hereingebrochen, und der Tempelgarten war erfüllt von einem sanften, phosphoreszierenden Leuchten. Pflanzen mit schillernden Blättern und Blüten, die wie winzige Sterne funkelten, zogen Priyas Aufmerksamkeit auf sich, als er den Pfad entlangschlenderte. Der Ort hatte etwas Magisches, fast Irdisches, und doch erinnerte jede Blume, jedes Blatt daran, dass er sich auf einem anderen Planeten befand.

„Du scheinst diesen Garten zu mögen," erklang eine weiche, melodische Stimme hinter ihm.

Priya drehte sich um und sah Myara, die mit der Eleganz eines Raubtiers auf ihn zuging. Ihre goldenen Augen schimmerten im Sternenlicht, und ihr Lächeln war wie eine zarte Berührung. Er spürte, wie sein Herz einen Schlag aussetzte.

„Ich fühle mich hier… ruhig," gestand Priya, und seine Stimme hatte einen leicht träumerischen Ton. „Es ist ein Ort, der gleichzeitig so fremd und doch irgendwie vertraut ist."

„Das ist er," sagte Myara und kam näher. „Die Pflanzen hier wachsen nur an Orten, die stark von den Resonanzen beeinflusst werden. Man sagt, sie spiegeln die Harmonie oder den Konflikt eines Volkes wider. In letzter Zeit leuchten sie heller als je zuvor."

Priya lächelte schwach und blickte auf eine Blume, deren Blätter sich sanft bewegten, als ob sie auf eine unsichtbare Melodie tanzten. „Vielleicht ist das ein gutes Zeichen."

„Vielleicht," erwiderte Myara leise. „Oder vielleicht bist du es, der ihnen neues Licht bringt."

Priyas Herz schlug schneller, als sie näherkam, und er merkte, dass sein Mund plötzlich trocken war. „Ich glaube nicht, dass ich so eine Wirkung habe," murmelte er, den Blick auf die Blumen gerichtet, um ihrem intensiven Blick auszuweichen.

„Oh, Priya," sagte Myara mit einem amüsierten Lächeln. „Du bist manchmal zu bescheiden."

Sie stand jetzt direkt vor ihm. Sie legte vorsichtig eine Hand auf seine Schulter.

„Du bist besonders," sagte sie, ihre Stimme kaum mehr als ein Flüstern. „Das siehst du nur noch nicht."

„Myara…" begann er, doch er wusste nicht, wie er die Worte formen sollte. Alles, was er fühlte – die Bewunderung, die Anziehung, das überwältigende Bedürfnis, bei ihr zu sein – schien zu groß für eine einfache Erklärung. Priya lächelte schüchtern: „Ich wünschte, ich hätte deine Gelassenheit. Du wirkst immer so… sicher. Egal, was passiert."

„Sicher?" Myara lachte leise, ein seltener und überraschend weicher Klang. „Priya, ich bin alles andere als sicher. Ich trage die Erwartungen meines Volkes auf meinen Schultern. Jede Entscheidung könnte alles verändern – für die Virani und für mich."

„Ich kann mir nicht vorstellen, wie schwer das sein muss," sagte Priya ehrlich. „Aber ich weiß, dass du die Stärke hast, es zu tragen."

„Und du?" fragte sie und trat näher. „Du trägst auch etwas Schweres mit dir. Nicht körperlich, aber hier." Sie legte leicht ihre Hand auf seine Brust, direkt über sein Herz.

Ihr sanfter Kontakt ließ ihn innehalten. Die Berührung war leicht, fast flüchtig, doch Priya spürte, wie eine Welle von Wärme und etwas Unbeschreiblichem durch ihn hindurchging.

„Manchmal," gestand er leise, „fühlt es sich an, als wäre ich hier fehl am Platz. Ich bin nur ein Wissenschaftler. Was kann ich schon ausrichten, wenn es um so große Dinge wie die Einheit der Völker geht?"

„Du bist hier, weil du etwas bewirken kannst," sagte Myara mit Nachdruck. „Vielleicht nicht mit Waffen oder Macht, aber mit deinem Verstand, deinem Herzen. Das macht dich stärker, als du glaubst."

Priya sah sie an, und in diesem Moment schien die Zeit stillzustehen. Ihre Worte trafen ihn tief, und er wusste, dass er nicht mehr nur Bewunderung für sie empfand. Es war mehr – etwas, das ihn gleichzeitig beflügelte und beunruhigte.

„Myara," begann er, doch seine Stimme brach ab. Wie konnte er in Worte fassen, was er fühlte?

Doch bevor er weitersprechen konnte, trat Myara noch näher. Sie hob ihre Hand, um sanft seine Wange zu berühren, und ihre Augen durchbohrten ihn, als könnten sie bis in seine Seele sehen.

„Du bist ein Narr, Priya," sagte sie leise, mit einem Anflug von Zärtlichkeit in ihrer Stimme. „Aber ein Narr, den ich nicht mehr ignorieren kann."

„Sag nichts," flüsterte sie und trat noch näher, bis ihre Gesichter nur
noch einen Hauch voneinander entfernt waren. „Manche Dinge
müssen nicht gesagt werden."

Ihre Lippen berührten seine, und für einen Moment verschmolz alles um sie herum. Die Farben des Himmels, die Geräusche der Nacht, sogar der Boden unter ihren Füßen – alles verblasste zu einer unwichtigen Kulisse für das, was sie in diesem Augenblick teilten. Priya fühlte eine Wärme, die er noch nie erlebt hatte, und für einen Herzschlag war alles perfekt.

Doch als Myara sich leicht bewegte und ihre Hand an seine Schulter legte, erklang ein leises Knacken. Priya zuckte zusammen und zog sich leicht zurück.

„Priya!" Myaras Stimme war von Sorge erfüllt: „Habe ich dich verletzt?"

„Es ist nichts," sagte er hastig, obwohl er sich die Schulter hielt. „Nur... eine Kleinigkeit. Ich bin okay."

„Das ist keine Kleinigkeit!" Sie griff sanft nach seinem Arm und musterte ihn besorgt. „Warum hast du nichts gesagt? Ich hätte vorsichtiger sein müssen."

„Ich wollte den Moment nicht ruinieren," gab er zu, ein entschuldigendes Lächeln auf den Lippen. „Außerdem – ein gebrochener Knochen ist doch nichts im Vergleich zu... dem hier."

Myara sah ihn einen Moment lang an, dann schüttelte sie den Kopf. „Du bist wirklich ein Narr, Priya. Aber ein Narr, den ich…" Sie hielt inne, als ob sie nach den richtigen Worten suchte. „…den ich nicht verlieren will."

Priya spürte, wie sein Herz einen Satz machte. „Ich will dich auch nicht verlieren, Myara."

Sie legte eine Hand auf seine unverletzte Schulter und sah ihm tief in die Augen: „Dann versprich mir, dass du vorsichtiger bist – und dass du mir immer die Wahrheit sagst."

„Ich verspreche es," sagte er ernst. „Aber du musst mir auch etwas versprechen."

„Was denn?"

„Dass du dich nicht von mir entfernst. Egal, was passiert."

Myaras Gesicht wurde weicher, und sie nickte: „Das verspreche ich."

Sie lehnten sich aneinander, die Sterne und der Himmel der Venus schienen ihre Verbindung zu bezeugen. Trotz der Schmerzen, trotz der Unsicherheit der Zukunft – in diesem Moment wussten sie beide, dass sie etwas gefunden hatten, das stärker war als alles andere: einander.

Ärztliche Schweigepflicht

Später am Abend suchte Priya die Krankenstation der Venera

Ascendant auf, wo Soraya, die Medizinerin der Crew, gerade dabei war, ihre Instrumente zu sortieren. Als sie Priya hereinkommen sah, hob sie die Augenbrauen.

„Schon wieder? Das ist das zweite Mal in dieser Woche, Priya. Was ist diesmal passiert?"

Priya hielt seinen Arm, sein Gesicht zu einer Grimasse verzogen. „Ach, nur… gestolpert. Ein kleiner Unfall."

Soraya ließ ihre Arbeit ruhen und musterte ihn mit scharfen Augen. „Ein kleiner Unfall? Du hast dir letzte Woche die Arm gebrochen und jetzt ist deine Schulter ausgekugelt. Soll ich dir einen Crashkurs in Gehen und Stehen geben?"

„Es passiert einfach," murmelte Priya und wich ihrem Blick aus. Doch Soraya ließ nicht locker. Sie kam näher, die Hände in die Hüften gestemmt. „Priya, ich bin Ärztin, aber kein Narr. Solche Verletzungen passieren nicht durch Zufall. Entweder sagst du mir die Wahrheit, oder ich werde misstrauisch."

Priya schien eine Antwort vorzubereiten, als Soraya plötzlich inne hielt, ihre Augen verengte und ein Schimmer von Erkenntnis über ihr Gesicht huschte. „Warte mal… das Timing. Es ist jedes Mal, nachdem du Zeit mit Myara verbracht hast, nicht wahr?"

Priyas Gesicht wurde blass. „Was? Nein! Das ist doch absurd!"

Soraya verschränkte die Arme. „Ach wirklich? Du weißt, dass die Virani eine außergewöhnliche physische Stärke haben. Es wäre nicht das erste Mal, dass ein anderes Wesen in ihrer Nähe… etwas zerbrechlich wirkt."

Er konnte nicht anders, als leicht zu nicken: „Es ist nicht ihre Schuld! Es passiert nur, wenn sie… wenn sie mich versehentlich berührt."

Soraya seufzte tief und rieb sich die Schläfen. „Priya. Du musst es ihr sagen. Wenn sie dich versehentlich verletzt, dann nur, weil sie nicht weiß, wie fragil du bist. Wenn du weitermachst wie bisher, wirst du irgendwann in Einzelteilen hier landen."

Doch Priya schüttelte entschieden den Kopf. „Nein. Ich will nicht, dass sie sich schlecht fühlt. Sie hat so viel Verantwortung, so viel Last auf ihren Schultern. Das Letzte, was sie braucht, ist die Sorge, dass sie mir weh tut."

Soraya starrte ihn lange an, bevor sie schließlich leise lachte. „Du bist echt ein hoffnungsloser Fall, Priya. Aber das ist auch irgendwie… rührend."

„Versprichst Du mir, das den anderen nicht zu erzählen?," bat er Soraya.

Soraya antwortete mit einem Augenzwinkern: „Na ja, die anderen haben es sowieso schon längst geahnt, aber die wahren Gründe deiner Verletzungen werden sie von mir natürlich nicht erfahren. Das gebietet meine ärztliche Schweigepflicht!"

Kapitel 23: Das Tribunal

Die gewaltige Halle des Auron-Tribunals war ein Ort, der Ehrfurcht einflößte. In der Mitte des kreisförmigen Saals erhob sich ein Podest aus schimmerndem Metall, das von einem sanften, bläulichen Licht umgeben war. Hier saß Xarun, der Anführer der Atur, in schweren Ketten. Trotz seiner Gefangenschaft strahlte er eine ungebrochene Entschlossenheit aus, seine Augen glühten vor Wut. Um ihn herum standen die Vertreter der Fraktionen in einer symbolischen Anordnung.

Drei Auron thronten auf ihren schwebenden Sitzen wie stille, allwissende Beobachter. Myara, die Botschafterin der Virani, schritt würdevoll zu ihrem Platz, ihre leuchtenden Augen voller Härte. Die Zerai, vertreten durch ihren Abgesandten Karolak, wirkten wie steinerne Kolosse, entschlossen, Gerechtigkeit durch Stärke zu erlangen. Die Astronautencrew stand nahe Xaruns Podest, ihre Gesichter eine Mischung aus Anspannung und Entschlossenheit.

Eröffnungsworte

„Das Tribunal ist eröffnet," erklang die Stimme von Ikaris, dem obersten Auron. Sein Ton war ruhig, aber jedes Wort trug eine unerschütterliche Autorität. „Wir sind heute hier, um über das Schicksal von Xarun, Anführer der Atur, zu entscheiden. Der Angeklagte wird mit den schwersten Verbrechen gegen die Harmonie des Planeten Venus konfrontiert."

Eine holographische Projektion erschien in der Luft und zeigte Bilder von Zerstörung: rauchende Ruinen, verwüstete Städte und die Schatten tausender verlorener Leben. Das Gemurmel in der Halle wuchs an, bevor es durch eine Bewegung von Ikaris' Hand verstummte.

„Die Virani und die Zerai sind als Ankläger geladen. Die Verteidigung liegt in den Händen der menschlichen Besucher."

Ein Raunen ging durch die Reihen der Virani und Zerai. Myara, die Botschafterin der Virani, stand auf, ihre Haltung strahlte Selbstbewusstsein und Entschlossenheit aus. Ihre silberne Robe funkelte im Licht der Halle, während sie sich in die Mitte bewegte.

Die erste Anklage: Myara spricht

„Xarun," begann Myara, ihre Stimme scharf wie eine Klinge. „Du hast uns alle an den Rand der Vernichtung gebracht. Deine Gier nach Kontrolle und Macht hat die Resonanz destabilisiert und die Ressourcen unseres Planeten geplündert. Du hast unzählige Leben ausgelöscht, darunter Kinder, die nicht einmal eine Chance hatten, diese Welt zu verstehen. Du bist nicht nur ein Tyrann – du bist eine Geißel für die Venus. Ich fordere die härteste Strafe – den Tod."

Xarun hob langsam den Kopf, ein spöttisches Lächeln auf seinen Lippen. „Geißel?" wiederholte er leise. „Was du Zerstörung nennst, nenne ich Vision. Nur durch Stärke kann eine wahre Ordnung geschaffen werden. Ihr Virani seid nichts als Schwächlinge, die sich hinter ihren Technologien verstecken."

Myaras Augen verengten sich, aber sie ließ sich nicht aus der Ruhe bringen. „Es ist leicht, die eigene Grausamkeit als Stärke zu rechtfertigen. Doch Stärke ohne Moral ist nichts als Barbarei. Du hast versucht, uns alle zu versklaven, und dich geweigert, Frieden oder Zusammenarbeit auch nur in Erwägung zu ziehen. Es gibt keinen Platz für dich in einer harmonischen Venus."

Xarun lachte leise, ein kehliges Geräusch, das von Trotz durchdrungen war. „Harmonie?" spottete er. „Ihr sprecht von Harmonie, während ihr selbst uneins seid? Euer Tribunal ist eine Farce."

Karolak, der Abgesandte der Zerai, erhob sich von seinem Platz. Seine drei Meter große Gestalt wirkte noch eindrucksvoller, als er die Worte der Virani unterstrich.

Die zweite Anklage: Karolak tritt vor

„Xarun, du hast nicht nur versucht, uns zu unterwerfen, sondern auch die Resonanz als Waffe gegen uns eingesetzt," dröhnte Karolak, seine Stimme tief und bedrohlich. „Die Zerai haben unzählige Krieger durch deine Intrigen verloren. Wir haben dir gezeigt, dass wir kämpfen können, und dennoch hast du nicht nachgegeben. Dein Handeln zeigt, dass du unfähig bist, Frieden zu akzeptieren. Für dich gibt es nur eine Lösung: dein Ende."

„Oh, die edlen Zerai," erwiderte Xarun mit einem bitteren Lächeln. „Immer so stolz auf ihre Stärke und ihre Körper. Und doch haben euch meine Pläne in die Knie gezwungen. Vielleicht seid ihr nicht so unbezwingbar, wie ihr glaubt."

Karolak knurrte, sein Blick war wie ein Dolch, doch ein Blick von Ikaris brachte ihn zum Schweigen.

„Die Anklagen wurden vorgetragen," sagte Ikaris, seine Stimme drang über die Spannungen hinweg. „Nun sprechen die Verteidiger."

Die Verteidigung beginnt

Aiyana trat in die Mitte des Raumes, das Licht der schwebenden Sphären über ihr ließ ihre Erscheinung fast majestätisch wirken. Ihr Herz klopfte heftig, doch sie ließ sich nichts anmerken. Die Blicke der Auron, Virani, Zerai und selbst Xaruns durchdrangen sie, forderten sie heraus. Es war eine Herausforderung, die sie annehmen musste – nicht nur für sich, sondern für das Schicksal des gesamten Planeten.

„Ich werde nicht versuchen, das zu rechtfertigen, was Xarun getan hat," begann sie mit fester Stimme. „Die Zerstörung, das Leid, die Verluste – all das liegt vor uns, offen und unbestreitbar. Doch ich bitte euch, nicht nur das Offensichtliche zu betrachten."

Myara hob eine Augenbraue. „Und was, Commander, könnte offensichtlicher sein als die Taten eines Mörders und Tyrannen?"

Aiyana wandte sich ihr zu. „Was, wenn das, was wir jetzt tun, der Anfang eines neuen Kreislaufs der Gewalt ist? Wenn wir Xarun hinrichten, bestätigen wir nur, dass Rache und Vergeltung das Mittel sind, um Konflikte zu lösen. Und das wäre der Anfang vom Ende eurer Völker, eurer Welt."

Xarun lachte trocken, sein Ton triefte vor Sarkasmus. „Wie rührend. Die Menschen plädieren für Moral. Dabei seid ihr doch selbst ein Volk der Kriege, der Intrigen. Eure Geschichte ist blutiger als die eines ganzen Sonnensystems."

Kenji trat hervor, die Hände in die Hüften gestemmt. „Ja, Xarun, unsere Geschichte ist voller Fehler. Und genau deshalb stehen wir hier. Weil wir wissen, wie schwer es ist, aus einem Kreislauf von Hass und Gewalt auszubrechen. Aber es ist möglich. Wir Menschen haben es geschafft, und wir glauben, dass auch die Venus das kann."

„Die Ankläger haben Recht," begann Aiyana und sah ihre Crew an. „Xarun hat Grausames getan. Aber wir sind nicht hier, um nur alte Wunden aufzureißen. Wir sind hier, um eine Lösung zu finden, die nicht nur Rache, sondern wahre Gerechtigkeit bedeutet."

„Und das bedeutet Mitleid," fügte Priya hinzu. „Wir Menschen haben gelernt, dass selbst unser größter Feind eine zweite Chance verdient."

Myara schnitt ihm mit einer scharfen Geste das Wort ab. „Mitleid? Für jemanden, der Millionen Leben ausgelöscht hat? Ihr Menschen seid naiv."

Soraya trat vor, ihre Augen funkelten. „Vielleicht. Aber vielleicht ist es genau diese Naivität, die wir brauchen. Xarun hat zwar viel Leid gebracht, aber ihn zu töten wird den Frieden nicht garantieren. Es wird nur einen weiteren Kreislauf aus Hass und Rache schaffen."

„Was schlagt ihr vor?" fragte Myara, ihre tiefe Stimme wie ein Grollen. „Dass wir ihn frei lassen?"

Kenji schüttelte den Kopf. „Nicht frei. Aber am Leben. Gebt ihm eine Gelegenheit, seine Taten zu bereuen und Wiedergutmachung zu leisten. Die größte Strafe für einen Mann wie ihn ist es, mit den Konsequenzen seiner Entscheidungen zu leben."

Einwurf der Zerai

Karolak erhob sich aus seiner Sitzposition. Seine gewaltige Gestalt schien die Atmosphäre in der Halle zu verdichten, als seine Stimme die Stille durchbrach.

„Schöne Worte," sagte er mit einem tiefen, grollenden Ton. „Aber Worte bringen keine verlorenen Leben zurück. Worte löschen nicht die Blutspuren, die Xarun hinterlassen hat. Was ihr ‚Mitleid' nennt, ist nichts anderes als Schwäche."

Soraya schritt vor und sah Karolak direkt in die Augen. „Das ist keine Schwäche. Mitleid ist eine Wahl. Eine, die mehr Mut und Stärke erfordert als jede Waffe oder jede Schlacht. Du bist stark, Karolak, das sieht jeder. Aber bist du auch stark genug, um zu vergeben?"

Karolak hielt ihrem Blick stand, doch ein leichtes Zucken seiner Mundwinkel verriet, dass ihre Worte ihn erreichten. Er sagte nichts, setzte sich aber mit einem nachdenklichen Gesichtsausdruck zurück.

Die Argumente werden intensiver

Myara verschränkte die Arme und schritt um Aiyana herum. Ihre Stimme war kühl und schneidend. „Vergebung ist ein Luxus, den wir uns nicht leisten können. Xarun hat bewiesen, dass er nur die Sprache der Gewalt versteht. Was, wenn wir ihm vergeben und er erneut Chaos stiftet? Werden wir dann wieder hier stehen und erneut bitten, ihn zu verschonen?"

„Nein!" sagte Ingrid, die bisher geschwiegen hatte, mit Nachdruck. „Wir sollten ihn nicht verschonen, weil wir naiv sind. Sondern weil wir daran glauben, dass eine andere Welt möglich ist. Wir haben gesehen, wozu eure Völker fähig sind, wenn sie zusammenarbeiten. Die Resonanzpunkte, die Aktivierung des Tempels – all das beweist, dass Harmonie nicht nur eine Idee, sondern eine Realität sein kann. Aber dafür müssen wir sie leben."

Priya ergänzte, seine Stimme wurde eindringlich. „Myara, Karolak – stellt euch vor, ihr wärt an Xaruns Stelle. Würdet ihr nicht hoffen, dass jemand die Stärke hat, euch eine zweite Chance zu geben? Wenn wir ihn hinrichten, nehmen wir ihm jede Möglichkeit, sich zu ändern. Und wir nehmen uns die Möglichkeit, eine bessere Zukunft zu schaffen."

Ein Moment der Stille

Xarun beobachtete die Diskussion mit einem ausdruckslosen Gesicht. Doch in seinen Augen glomm ein Funken von etwas, das die Astronauten nicht ganz deuten konnten – war es Trotz, Zweifel oder vielleicht sogar Reue?

Schließlich erhob sich Ikaris, der oberste Richter der Auron. Seine Stimme klang ruhig, aber sie hallte durch die Halle wie ein Gong. „Es gibt keine klare Wahrheit in diesem Konflikt. Doch ich frage euch, Menschen: Warum setzt ihr euch für jemanden ein, der euch selbst als Feind sieht? Was ist euer wahres Motiv?"

Aiyana antwortete ohne zu zögern. „Unser Motiv ist Frieden. Kein erzwungener Friede, sondern ein echter, der auf Verständnis und Vergebung basiert. Wir verteidigen Xarun nicht, weil wir seine Taten gutheißen. Sondern weil wir glauben, dass seine Hinrichtung ein Zeichen der Spaltung wäre. Und Spaltung hat diese Welt genug gesehen."

Ikaris schien nachzudenken, sein Blick wanderte über die Versammlung. Dann nickte er langsam: „Eure Worte sind... bemerkenswert. Aber ob sie ausreichen, wird das Tribunal entscheiden."

Die Menschlichkeit verteidigen

Die Anspannung im Tribunalssaal war fast greifbar, als Aiyana erneut in die Mitte des Raumes trat. Das Licht der schwebenden Sphären über ihr schien heller zu werden, als ob der Raum selbst die Bedeutung dieses Moments spürte. Alle Blicke ruhten auf ihr – die der

Virani, mit Myara als Anführerin, kritisch und wachsam; die der Zerai, mit Karolak, skeptisch und fordernd; und schließlich die der Auron, die mit regloser Miene ihrer Rolle als Richter nachkamen. Xarun saß stumm, sein Gesichtsausdruck zwischen Trotz und Desinteresse eingefroren.

Aiyana holte tief Luft. „Ich stehe heute hier nicht, um zu sagen, dass Xarun unschuldig ist. Das wäre eine Lüge, und ich respektiere dieses Tribunal zu sehr, um es mit solchen Worten zu entweihen. Xarun hat Verbrechen begangen, und die Spuren seiner Taten durchziehen diesen Planeten. Aber es gibt eine Wahrheit, die wir nicht ignorieren dürfen: Gewalt bringt keine Harmonie."

Karolak lachte höhnisch, seine tiefe Stimme hallte wie Donner durch die Halle. „Harmonie? Du sprichst von Harmonie mit einem Monster, das nur Blutvergießen kennt. Wenn wir jetzt Schwäche zeigen, wird er zurückkehren – stärker und grausamer als je zuvor."

Aiyana hielt seinem durchdringenden Blick stand. „Es geht nicht um Schwäche, Karolak. Es geht darum, zu zeigen, dass wir mehr sind als nur Wesen, die auf Gewalt mit Gewalt reagieren. Ihr alle – Virani, Zerai, Auron – habt euch durch eure Geschichten hindurch überlebt, weil ihr Stärke gezeigt habt. Aber wahre Stärke zeigt sich nicht im Akt der Zerstörung. Sie zeigt sich im Willen, einen anderen Weg zu wählen."

Ein emotionaler Appell

Soraya trat vor, ihre Stimme war klar und von Emotionen durchzogen. „Wir verstehen euren Schmerz. Wir haben selbst Freunde verloren, Menschen, die uns wichtig sind. Luis…" Sie hielt kurz inne, bevor sie weitersprach, „Luis ist wie ein Bruder für uns, und sein Verlust in einer anderen Zeitlinie hat uns, und vor allen mich, fast zerrissen. Xarun ist verantwortlich für so vieles, was uns genommen wurde. Aber wenn wir ihn hinrichten, was gewinnen wir dann wirklich?"

Myara, die schweigend zugehört hatte, trat einen Schritt vor. „Und wenn wir ihn verschonen, was verlieren wir? Was, wenn er diese Schwäche nutzt, um erneut Unheil zu stiften? Kannst du garantieren, dass deine Menschlichkeit ihn davon abhalten wird?"

„Nein, das kann ich nicht," gab Soraya zu. „Aber ich glaube daran, dass jeder die Fähigkeit hat, sich zu verändern. Selbst Xarun. Vielleicht nicht heute, vielleicht nicht morgen, aber irgendwann. Und wenn wir ihm diese Chance verweigern, werden wir nie wissen, ob sie etwas bewirken könnte."

Die Bedeutung der Menschlichkeit

„Menschlichkeit ist nicht nur ein Wort," sagte Aiyana leise, aber bestimmt. „Es ist eine Entscheidung. Eine Entscheidung, trotz allem, was gegen uns spricht, Mitgefühl zu zeigen. Xarun hat uns verletzt, ja. Aber was sagt es über uns aus, wenn wir ihm nur Hass und Vergeltung entgegnen? Sind wir dann besser als er?"

Karolak schnaubte. „Deine Worte mögen für die Menschen rührend sein, aber wir sind keine Menschen. Wir sind Zerai. Wir haben unsere Stärke über Jahrtausende bewahrt, indem wir niemals Schwäche gezeigt haben."

„Vielleicht," antwortete Aiyana ruhig. „Aber die Frage ist nicht, wer ihr wart. Es ist, wer ihr sein wollt. Die Resonanzkapsel hat euch gezeigt, dass diese Welt nur dann überlebt, wenn wir alle zusammenarbeiten. Wollt ihr wirklich diese Chance aufgeben, nur um eure Wut zu befriedigen?"

Ein Wendepunkt

Xarun, der geschwiegen hatte, erhob langsam den Kopf. Seine Stimme war rau und tief. „Ihr redet von Mitgefühl und Veränderung, als wäre es etwas, das einfach geschieht. Glaubt ihr wirklich, dass jemand wie ich Vergebung verdient?"

Soraya trat näher. Ihre Augen funkelten, und ihre Stimme war gleichzeitig sanft und fest. „Verdienst du sie? Vielleicht nicht. Aber es geht nicht nur darum, was du verdienst, Xarun. Es geht darum, was wir alle brauchen, um diese Welt zu heilen. Du kannst derjenige sein, der den Kreislauf des Hasses durchbricht – oder du kannst ihn weiter antreiben. Die Wahl liegt bei dir."

Ein leises Murmeln ging durch die Halle. Selbst die Richter der Auron tauschten Blicke aus, ihre Gesichter blieben jedoch undurchdringlich.

Die Stimme des Verräters

Der Saal war still, als die schweren Schritte des Zerai durch die riesige Tribunalshalle hallten. Der Kronzeuge, ein mächtiger, drei Meter großer Riese namens Zerath, trat in den Mittelpunkt. Trotz seiner imposanten Erscheinung wirkte er gebrochen. Seine Schultern waren gesenkt, und in seinen Augen lag eine Mischung aus Scham und

Angst. Die Auron-Richter beobachteten ihn regungslos, während Myara und Karolak mit gemischten Gefühlen auf ihren ehemaligen Gegner blickten.

Zerath war bekannt als einer der geschicktesten Strategen der Zerai. Doch seine Loyalität hatte einen hohen Preis gehabt – und war letztlich zerbrochen. Der Verräter hatte sich aus Habgier und Machtstreben mit den Atur verbündet, nur um von Xarun betrogen zu werden. Nun stand er hier, um auszusagen und damit seine eigene Strafe zu mildern.

Die Eröffnung des Verhörs

Die Stimme des Auron-Richters Ikaris war ruhig, aber von einer Strenge durchdrungen, die den Raum erfüllte. „Zerath, du wurdest als Verräter deines eigenen Volkes verurteilt. Heute trittst du hier als Kronzeuge auf. Deine Aussage wird über das endgültige Schicksal von Xarun entscheiden. Sei dir jedoch bewusst: Deine Strafe hängt davon ab, ob deine Worte wahrhaftig und bedeutsam sind."

Zerath nickte schwerfällig, seine massive Gestalt schien unter der Last seiner Schuld zu schwanken. „Ich verstehe, edle Auron. Ich werde die Wahrheit sagen."

„Beginne," forderte Ikaris.

Zerath hob den Kopf und blickte direkt auf Xarun, der ruhig, aber finster auf der Anklagebank saß. Der Atur-Anführer ließ keine Gefühlsregung erkennen, doch seine Augen funkelten vor Zorn.

Die Enthüllung der Abmachung

„Es begann vor drei Zyklen," begann Zerath mit schwerer Stimme. „Ich war unzufrieden mit der Isolation der Zerai. Unser Volk hat sich stets aus den Konflikten der anderen Fraktionen herausgehalten, aber ich sah darin Schwäche. Ich wollte mehr für uns – mehr Macht, mehr Einfluss."

„Und das führte dich zu Xarun?" unterbrach Myara scharf, ihre Stimme voller Abscheu.

Zerath nickte langsam. „Ja. Xarun versprach mir, dass wir gemeinsam die Herrschaft über die Venus übernehmen könnten. Er bot mir Ressourcen, Technologien, und vor allem einen Platz an seiner Seite. Ich glaubte ihm."

Karolak schnaubte verächtlich. „Und was hast du im Gegenzug verraten?"

„Die Verteidigungsstrategien der Zerai," gab Zerath zu, seine Stimme leiser werdend. „Ich habe ihm Zugang zu unseren Kommunikationskanälen verschafft und ihm Informationen über unsere schwächsten Punkte gegeben. Durch mich konnte er unsere Außenposten zerstören, ohne dass wir vorbereitet waren."

„Und doch sitzt du jetzt hier und sagst gegen ihn aus," sagte Ingrid, die das Geschehen aufmerksam verfolgte. „Warum?"

Zerath wandte sich zu ihr und sah sie direkt an. „Weil Xarun mich betrogen hat. Sobald er bekam, was er wollte, wurde ich für ihn entbehrlich. Er ließ mich zurück, als die Atur unsere verbündeten Stellungen angriffen. Mein eigenes Volk hat mich gefangen genommen, und ich habe die Konsequenzen meiner Entscheidungen zu spüren bekommen."

„Also bist du hier, um dich selbst zu retten?" fragte Soraya skeptisch.

Zerath schüttelte langsam den Kopf. „Ich bin hier, weil ich erkannt habe, dass ich falsch lag. Xarun ist eine Gefahr, nicht nur für mein Volk, sondern für alle Völker der Venus. Ich will nicht, dass andere denselben Fehler machen wie ich."

Ikaris nickte langsam. „Dann gib uns die Informationen, die wir brauchen, Zerath. Was hat Xarun geplant, und wie können wir sicherstellen, dass er keine weitere Bedrohung darstellt?"

Zerath zögerte, bevor er sprach. „Xarun hat nie nur die Herrschaft über die Atur angestrebt. Sein Ziel ist es, die Resonanzkapsel zu nutzen, um alle anderen Fraktionen zu unterwerfen. Er wollte sie manipulieren, um einen Energieschub zu erzeugen, der die Umweltbedingungen der Venus zerstört, aber die Atur durch ihre genetische Anpassung unverwundbar machen würde. Er sprach von einer Venus nur für die Atur."

Ein Raunen ging durch den Saal. Myara erhob sich von ihrem Platz, ihre Hände geballt. „Das ist ein Verbrechen, das über alles hinausgeht, was wir je gekannt haben. Er wollte die Venus selbst zerstören?"

Zerath nickte. „Ja. Er sah es als die einzige Möglichkeit, die Atur zur dominierenden Spezies zu machen. Und ich – ich war dumm genug, ihm zu helfen, bevor ich seine wahren Absichten erkannte."

Die Verteidigung greift ein

Kenji trat nach vorn, seine Stimme ruhig, aber fest. „Zerath, was hast du in all dem gelernt? Warum sollten wir dir glauben, dass du es bereust?"

Zerath sah ihn lange an, bevor er antwortete. „Weil ich mein Volk liebe, trotz allem, was ich getan habe. Ich möchte, dass die Zerai wieder gedeihen können. Wenn Xarun nicht gestoppt wird, wird er alle mit in den Abgrund reißen – einschließlich meines Volkes. Ich will diese Chance, um es wieder gutzumachen."

„Und was schlägst du vor?" fragte Aiyana. „Wie kannst du helfen, das Vertrauen deines Volkes wiederzugewinnen?"

„Ich werde sie führen, wenn sie mich lassen," sagte Zerath. „Aber wenn nicht, werde ich trotzdem alles tun, um Xarun zu stoppen. Meine Strafe ist unwichtig. Nur die Zukunft der Venus zählt."

Ein neuer Funken Hoffnung

Die Richter tauschten Blicke aus, und schließlich sprach Ikaris. „Deine Worte haben Gewicht, Zerath. Doch es liegt nicht an uns allein, über dein Schicksal zu entscheiden. Dein Volk wird dir verzeihen müssen – oder auch nicht."

Zerath senkte den Kopf. „Ich werde es akzeptieren."

Myara stand auf und ging zu Zerath, ihre Augen voller Zorn, aber auch Mitgefühl. „Ich hasse dich für das, was du getan hast. Aber wenn du wirklich helfen willst, hast du vielleicht eine Chance verdient. Zeig uns, dass deine Worte wahr sind."

Karolak brummte. „Aber keine Fehler mehr, Zerath. Nur eine falsche Bewegung, und ich werde dich eigenhändig richten."

Zerath nickte schweigend, doch in seinen Augen flackerte ein Funken Hoffnung auf. Seine Aussage hatte den Weg für eine neue Allianz geebnet – eine, die die letzte Chance für die Venus darstellen könnte.

Ein paradoxes Dankeschön

Der Tribunalssaal lag in gespannter Stille, als Luis sich von seinem Platz erhob. Die Augen aller Anwesenden richteten sich auf ihn, überrascht von seinem Entschluss, als Entlastungszeuge für Xarun zu sprechen. Besonders Soraya schien von seiner Entscheidung hin- und hergerissen zu sein. Ihre Augen verrieten eine Mischung aus Besorgnis und Bewunderung.

Luis, immer noch gezeichnet von den emotionalen und physischen Strapazen der letzten Wochen, trat vor die Richter. Er war sich des Gewichts seiner Worte bewusst und des Risikos, missverstanden zu werden.

„Ehrenwerte Richter," begann er und richtete seinen Blick direkt auf Ikaris, den Vorsitzenden der Auron. „Ich habe mich entschieden, hier zu sprechen, weil meine Perspektive vielleicht ungewöhnlich ist – und doch entscheidend sein könnte."

Der Beginn des Plädoyers

Ikaris nickte langsam, seine Stimme wie ein ferner Donner. „Luis Ortega, du wurdest nicht als Zeuge geladen, doch wir hören deine Worte. Sprich."

Luis holte tief Luft, seine Stimme klar, aber gefasst. „Xarun hat viel Leid verursacht – das will und kann ich nicht bestreiten. Aber es gibt etwas, das mich dazu bringt, seine Taten in einem anderen Licht zu betrachten. Nicht, weil ich sie entschuldigen möchte, sondern weil sie eine Verkettung von Ereignissen ausgelöst haben, die mein Leben für immer verändert hat."

„Eine Verkettung?" fragte Myara skeptisch, ihre Augenbraue hochgezogen. „Du sprichst in Rätseln, Mensch. Sei klar."

Luis nickte. „Ich bin klar, Myara. Es mag absurd klingen, aber Xarun ist indirekt verantwortlich dafür, dass ich heute hier stehe – und dass ich glücklich bin. In einer anderen Zeitlinie wurde ich von ihm getötet. Sein Verrat hat meine Crew in eine Situation gebracht, die mich das Leben kostete. Doch durch diesen Verlust wurden Wege eröffnet, die uns die Möglichkeit gegeben haben, die Zeit zu verändern."

„Du willst Xarun danken, weil er dich getötet hat?" unterbrach Karolak, sein Gesicht ungläubig. „Das klingt wie Wahnsinn!"

Luis hielt dem skeptischen Blick des Zerai stand. „Hört mich an. Ich bin nicht hier, um Xarun zu verteidigen – zumindest nicht so, wie ihr es denkt. Aber durch diese Ereignisse, so schmerzhaft sie waren, habe ich etwas gefunden, das ich niemals erwartet hätte: Liebe."

Die überraschende Offenbarung

Luis drehte sich zu Soraya um, die bei seinen Worten errötete, aber ihren Blick stolz auf ihn gerichtet hielt. „Soraya und ich haben uns in dieser turbulenten Zeit näher kennengelernt. Die Verzweiflung, die durch Xaruns Handlungen ausgelöst wurde, hat uns zusammengebracht. Es mag paradox klingen, aber ich schulde Xarun diesen Teil meines Lebens."

Soraya stand auf, ihre Stimme weich, aber bestimmt. „Luis, du bist mir wichtig, und ich verstehe, was du sagst. Aber du darfst nicht vergessen, dass Xarun andere abscheuliche Dinge getan hat. Deine Worte könnten falsch interpretiert werden."

„Ich weiß, Soraya," sagte Luis sanft, seine Stimme voller Zuneigung. „Und ich werde mich nicht vor die Wahrheit stellen. Xarun hat unzähligen Wesen Leid zugefügt. Aber selbst in diesem Chaos hat etwas Gutes seinen Weg gefunden. Es zeigt, dass selbst die dunkelsten Taten Konsequenzen haben können, die das Licht stärken."

Die Botschaft hinter den Worten

Ikaris hob eine Hand, um die aufkommenden Gespräche im Saal zu unterbrechen. „Luis, was genau möchtest du uns damit sagen? Was ist deine Schlussfolgerung aus dieser Verkettung von Ereignissen?"

Luis trat einen Schritt vor und sah direkt zu Xarun, dessen Gesicht erstmals einen Hauch von Überraschung zeigte. „Xarun, ich habe allen Grund, dich zu hassen. Aber ich tue es nicht. Denn wenn ich es täte, würde ich mich in den Kreislauf des Hasses verstricken, der diese Welt seit Generationen zerreißt. Ich möchte stattdessen zeigen, dass wir über diese Zyklen hinausgehen können."

Er wandte sich wieder an die Richter. „Xarun hat Fehler gemacht – gravierende Fehler. Aber es liegt an uns, zu entscheiden, ob wir ihn nur bestrafen oder ob wir aus seinem Handeln eine Lektion ziehen können. Was, wenn Xarun, anstatt zum Tode verurteilt zu werden, dazu beiträgt, die Venus zu heilen? Was, wenn seine Intelligenz, seine Macht und seine Strategien für eine bessere Zukunft eingesetzt werden können – anstatt erneut Zerstörung zu säen?"

Die Reaktionen

Der Raum war von einem nervösen Murmeln erfüllt. Die Worte des Astronauten schienen die Anwesenden in ihren Grundfesten zu erschüttern. Karolak funkelte Luis an. „Du würdest einen Massenmörder laufen lassen?"

Luis schüttelte den Kopf. „Nein. Ich sage nicht, dass Xarun frei sein sollte. Ich sage, dass seine Strafe nicht nur Vergeltung sein sollte, sondern eine Möglichkeit, diese Welt zu verändern. Jeder hier hat die Chance, aus diesem Tribunal etwas Größeres zu machen als nur eine Hinrichtung."

Xaruns Reaktion

Plötzlich sprach Xarun, seine Stimme tief und durchdringend. „Du bist ein faszinierender Mensch, Luis Ortega. Du bringst Licht in die

Dunkelheit, wo andere nur Zorn und Vergeltung sehen. Doch täusch dich nicht. Mein Weg war nie der eure. Ich bin nicht wie du."

Luis hielt Xaruns Blick stand. „Vielleicht nicht. Aber du hast die Wahl, wer du ab jetzt sein willst. Jeder hat diese Wahl."

Xarun schwieg, aber ein kaum merkliches Funkeln trat in seine Augen. Ob es Reue war oder bloß Berechnung, konnte niemand sagen. Doch Luis hatte etwas berührt – vielleicht sogar in Xarun selbst.

Das Abschlussplädoyer der Anklage

Die Atmosphäre im Tribunal war elektrisierend. Die hoch aufragenden Auron-Richter saßen mit ausdruckslosen Mienen auf ihren schwebenden Podien, während das Licht aus der Resonanzkapsel den Raum in ein fließendes, irisierendes Glühen tauchte. Xarun stand unbewegt in der Mitte des Saals, die Fesseln an seinen Handgelenken ein scharfes Symbol seiner Gefangenschaft. Myara als Botschafterin der Virani, trat vor, gefolgt von dem stämmigen Zerai-Ankläger Karolak.

Myaras Stimme erhob sich, kristallklar und durchdringend: „Ehrwürdige Richter der Auron, Vertreter aller Völker und auch die geschätzte menschliche Crew, ich appelliere heute an unser aller Streben nach Gerechtigkeit. Xarun, der Anführer der Atur, ist kein einfacher Gegner oder tragischer Antiheld. Nein, er ist ein unermüdlicher Architekt des Chaos und ein Feind der Harmonie. Sein Streben nach Macht hat nicht nur sein eigenes Volk ins Verderben gestürzt, sondern alle Völker der Venus gefährdet."

Myara machte eine bedeutungsvolle Pause, ihre bernsteinfarbenen Augen wanderten durch die Menge: „Unter seiner Führung haben die Atur nicht nur das Prinzip des Lebens entweiht, sondern auch die Resonanzkapsel manipuliert, ein Werkzeug, das für das Gleichgewicht aller geschaffen wurde. Die Atur haben unzählige Leben auf ihrem Weg zur Macht zerstört, und Xarun war der Kopf dieses zerstörerischen Apparates. Selbst die Menschen hier, die uns unvoreingenommen gegenübertreten, wurden von seinem Handeln gezeichnet. Ihre Mission wurde sabotiert, ihr Team bedroht – und in einer alternativen Zeitlinie wurde sogar eines ihrer Mitglieder, Luis, durch die Hand dieses Mannes getötet. Die Existenz einer zweiten Zeitlinie zeigt, dass Xarun nicht nur unsere Realität bedroht, sondern die Grundlagen der Zeit selbst gefährdet hat!"

Die Stille war überwältigend, als Myara einen Schritt zurücktrat. Sie wandte sich an Zerath, den Zerai, der nun das Wort ergriff.

„Ich, Zerath, spreche nicht nur als Ankläger, sondern auch als jemand, der den Preis von Verrat kennt," begann er, seine tiefe Stimme ein donnerndes Echo in der Kammer: „Xarun hat mich manipuliert. Er hat meinen Glauben an den Zerai geschwächt und mich zu einem Werkzeug seiner Intrigen gemacht. Meine Schuld ist unbestreitbar, aber ich stehe heute hier, um einzugestehen, dass Xaruns Einfluss allein eine destruktive Kraft ist. Er benutzt die Schwächen anderer, um seine Ziele zu erreichen. Mein Verrat war das Resultat seiner Versprechen, und doch... es gab keinen Lohn. Nur Zerstörung."

Er atmete tief ein, seine massigen Schultern hoben und senkten sich sichtbar: „Ich appelliere an euch, Auron. Denkt nicht nur an die Gerechtigkeit für die Vergangenheit, sondern auch an die Lehre für die Zukunft. Wenn Xarun ohne die härteste Strafe davonkommt, senden wir eine Botschaft der Schwäche. Wir dürfen nicht zulassen, dass jemand mit solch skrupellosen Methoden glaubt, dass er durch Reue allein seine Taten ungeschehen machen kann."

Myara trat wieder nach vorne, die Bühne gehörte erneut ihr: „Euer Urteil, ehrwürdige Richter, ist mehr als eine Strafe. Es ist ein Signal an uns alle. Es ist die Entscheidung, ob wir weiterhin ein Spielball der Gewalt und des Machthungers sein wollen oder ob wir uns für eine Zukunft entscheiden, die durch Gerechtigkeit und gegenseitiges Vertrauen geformt ist. Xarun hat jedes Vertrauen gebrochen, jede Vereinbarung zerschmettert. Er verdient kein Mitleid – er verdient Gerechtigkeit."

Mit einem letzten Blick zu den Richtern zog sich Myara zurück. Die Worte der Anklage hallten in der Kammer wider, ein schneidender Kontrast zur noch ausstehenden Verteidigung. Alle Augen wanderten zu den Richtern der Auron, die sich in leises Gemurmel vertieften, während die Spannung im Saal spürbar wuchs.

Das Abschlussplädoyer der Verteidigung

Der Raum war erfüllt von gespannter Erwartung, als Commander Aiyana sich langsam erhob. Sie war die letzte Verteidigerin, die sprechen würde. Ihre Haltung war aufrecht, ihre Stimme ruhig, doch in ihrem Blick lag ein Feuer, das alle im Tribunal erfasste. Die Auron-Richter fixierten sie mit ihren undurchdringlichen Augen, während Myara und Karolak – die Ankläger – ungeduldig auf eine Gelegenheit warteten, ihre Argumente zu zerschmettern.

„Ehrenwerte Richter, verehrte Anwesende," begann Aiyana und ließ ihre Stimme durch die steinerne Kammer hallen. „Wir stehen hier heute nicht nur für ein Urteil über Xarun, den Anführer der Atur. Wir stehen hier für die Frage, ob wir als Wesen verschiedener Welten – und mit all unseren Unterschieden – jemals die Ketten durchbrechen können, die uns an Hass und Rache binden."

Das Plädoyer beginnt

Aiyana ging einen Schritt vor, ihre Augen wanderten über die Zuschauer und blieben einen Moment an Xarun haften, der in Ketten saß. Sein Gesicht war steinern, doch seine Augen flackerten kurz, als sie weitersprach: „Xarun hat unbestreitbar grausame Taten begangen. Seine Strategien haben nicht nur Leid gebracht, sondern auch Misstrauen und Furcht zwischen den Völkern gesät. Und doch," ihre Stimme wurde eindringlicher, „frage ich euch: Ist es nicht genau dieses Misstrauen, diese Furcht, die uns heute hierhergeführt hat?"

„Kommen Sie auf den Punkt, Mensch," warf Myara spitz ein. Ihre glühenden Virani-Augen schienen Aiyana durchbohren zu wollen.

Aiyana ließ sich nicht aus der Ruhe bringen: „Der Punkt, Myara, ist, dass wir uns entscheiden müssen: Wollen wir in dieser Spirale aus Vergeltung gefangen bleiben? Oder wollen wir einen Weg finden, diese Kette zu durchbrechen? Xarun ist ein Symbol dieser Kette. Doch was wäre, wenn er auch ein Symbol für Veränderung werden könnte?"

Die Argumentation der Menschlichkeit

Luis stand auf und trat neben Aiyana: „Was Aiyana sagen will, ist, dass wir alle von Entscheidungen geformt werden, die uns zu dem machen, was wir sind," ergänzte er. „Ich selbst bin ein lebender Beweis dafür. In einer anderen Zeitlinie wurde ich von Xarun getötet. Diese Erfahrung hat mich verändert, ja. Aber sie hat mir auch gezeigt, dass selbst die dunkelsten Taten Konsequenzen haben können, die das Licht hervorbringen."

Luis ließ seinen Blick über die Anwesenden schweifen: „Xarun ist nicht nur ein Anführer. Er ist ein Wesen, das Entscheidungen getroffen hat – einige falsch, einige vielleicht unverzeihlich. Aber das bedeutet nicht, dass wir unsere eigene Menschlichkeit aufgeben sollten, indem wir ihn nur als Monster sehen."

Die Diskussion erhitzte sich, als Myara erneut aufstand: „Die Virani haben gesehen, was passiert, wenn man den Atur vertraut. Sie nutzen jedes Zeichen von Schwäche aus. Xarun hat keine Reue gezeigt."

„Vielleicht, weil ihm noch nie jemand eine echte Alternative angeboten hat," warf Ingrid ein. „Unsere Erfahrungen mit den Atur haben uns gezeigt, dass ihre Gesellschaft auf Härte und Misstrauen basiert. Aber wenn wir jetzt einen anderen Weg gehen, könnten wir etwas verändern."

Ikaris unterbrach die Diskussion: „Die Menschen sprechen von Menschlichkeit. Von Mitleid. Was sagt ihr dazu, Xarun?"

Xarun blickte auf, sein Gesicht eine Maske aus Trotz, aber in seinen Augen glomm ein Funken von etwas, das die Crew nicht erwartet hatte – Unsicherheit. „Ihr versteht nichts von den Atur. Wir respektieren nur Stärke. Alles andere ist Schwäche."

„Das mag so sein," sagte Aiyana. „Aber Stärke bedeutet nicht nur, Macht zu besitzen. Es bedeutet auch, sich zu ändern. Dich selbst zu ändern."

Soraya ergriff das Wort und stellte sich ebenfalls zu ihren Crewmitgliedern. „Ich habe selbst in den Augen eines Feindes gesehen, was Veränderung bedeuten kann. Xarun mag für vieles verantwortlich sein, aber es liegt in unserer Macht, ihm zu zeigen, dass wir anders sind. Dass wir nicht nur Vergeltung suchen, sondern Gerechtigkeit, die zu etwas Besserem führt."

Ihre Stimme zitterte leicht, doch sie sprach weiter: „Wenn wir ihn töten, was bleibt dann? Ein weiterer Märtyrer, eine weitere Geschichte von Blutvergießen und Hass. Doch wenn wir ihn leben lassen, unter Bedingungen, die ihn dazu zwingen, seinen Fehlern ins Auge zu sehen, dann könnten wir etwas erreichen, was auf dieser Welt noch nie gelungen ist: Vergebung."

Ein Blick in die Zukunft

Aiyana nahm das Schlusswort. Sie stellte sich vor die Richter, ihre Stimme ruhig, aber voller Überzeugung: „Xarun ist kein Held. Er ist kein Unschuldiger. Aber er ist auch kein Symbol, das wir zerstören sollten, um unsere eigenen Wunden zu heilen. Wenn wir ihn töten, zeigen wir, dass wir keinen besseren Weg kennen als den der Vergeltung. Doch wenn wir ihn dazu bringen, Teil einer Zukunft zu werden, in der die Völker der Venus koexistieren können, dann machen wir ihn zum Beweis, dass Wandel möglich ist."

Sie drehte sich zu Xarun um, ihre Augen bohrten sich in seine: „Xarun, du hast eine Wahl. Diese Richter werden über dein Schicksal entscheiden. Aber wie du diese Entscheidung beeinflusst, liegt bei dir. Bist du bereit, deine Macht zu nutzen, um das, was du zerstört hast, wieder aufzubauen? Oder wirst du den Weg weitergehen, der nur Dunkelheit hinterlässt?"

Die letzte Wendung

Xarun hob langsam den Kopf. Seine Lippen bewegten sich kaum, doch seine tiefe, raue Stimme hallte durch die Kammer: „Ihr seid naive Wesen, wenn ihr glaubt, dass Vergebung meine Entscheidungen ungeschehen macht. Aber..." er hielt inne, als ob er die Worte sorgfältig abwog, „vielleicht liegt in eurer Naivität mehr Stärke, als ich gedacht habe."

Aiyana nickte kaum merklich: „Das ist kein Eingeständnis, Xarun. Aber es ist ein Anfang."

Die Kammer war still. Alle warteten auf das Urteil der Auron. Doch etwas hatte sich verändert – ein Funken, der inmitten von Konflikten und Spannungen geboren wurde.

Eine Entscheidung, die alles verändert

Ikaris, der oberste Richter der Auron, hob eine Hand, um die Aufmerksamkeit aller zu erlangen: „Wir haben genug gehört. Die Verteidigung hat ihren Standpunkt deutlich gemacht. Es liegt nun am Tribunal, zu entscheiden, ob die Prinzipien der Menschlichkeit auf einer Welt wie dieser Bestand haben können. Die Resonanzen haben gezeigt, dass Harmonie möglich ist. Aber Harmonie erfordert Opfer.

Die Frage ist, ob dieses Opfer in Form von Vergebung oder Vergeltung erbracht wird."

Er sah zu Xarun, dann zu Aiyana und ihren Gefährten: „Ihr habt argumentiert, dass Mitgefühl der Weg zur Einigkeit ist. Wir werden dies in Betracht ziehen. Doch lasst mich euch warnen: Sollte Xarun jemals wieder Chaos stiften, wird es keine weitere Verteidigung geben."

Mit diesen Worten verließ der Rat die Kammer, um sich zur Beratung zurückzuziehen. Die Stille, die folgte, war beängstigend. Niemand wagte es, ein Wort zu sagen, während das Schicksal von Xarun und vielleicht der ganzen Venus in den Händen der Richter lag.

Kapitel 24: Das Urteil

Die Luft im Tribunal war schwer von Erwartung. In der Mitte des
Saals schwebte ein überdimensionaler Gong. Rund um ihn waren die
Vertreter aller vier Völker versammelt und die menschliche Crew, die
sich für eine Verteidigung entschieden hatte, die ihnen Respekt, aber
auch Misstrauen eingebracht hatte.

Aiyana warf einen Blick zu ihren Teamkameraden. Ihre Hände waren zu Fäusten geballt, doch ihre Stimme war ruhig, als sie leise flüsterte: „Egal, was passiert, wir müssen an unserer Überzeugung festhalten. Die Einheit der Völker hängt von diesem Moment ab."

Luis nickte, seine Kiefermuskeln zuckten vor Anspannung. Soraya legte ihm eine Hand auf die Schulter, um ihn zu beruhigen. Priya und Ingrid standen dicht beieinander, ihre Gesichter eine Mischung aus Sorge und Hoffnung. Kenji stand äußerlich emotionslos da.

Der Gong ertönte, der den Beginn des Urteilsverfahrens ankündigte. Die drei Auron-Richter rückten etwas näher zusammen, ihre goldenen Umhänge leuchteten im matten Licht. Der oberste Richter, dessen Stimme wie eine kosmische Melodie klang, ergriff das Wort.

„Xarun der Atur," begann er mit einer unendlichen Ruhe, die zugleich Ehrfurcht und Schrecken verbreitete. „Du stehst heute vor dem Tribunal der Völker der Venus. Die Anklage hat dich des Verrats, der Zerstörung und der Gefährdung des Lebens auf diesem Planeten für schuldig befunden. Deine Verteidiger haben jedoch ein Argument vorgebracht, das die Grundlagen unseres moralischen Verständnisses hinterfragt. Dies ist ein Urteil, das nicht nur dein Schicksal bestimmt, sondern das Fundament unserer Zukunft definiert."

Xarun hob leicht den Kopf, seine Ketten klirrten. Ein Hauch von Trotz lag in seinem Gesicht, doch auch eine Spur von Einsicht schien seine Miene zu durchziehen.

Der Richter wandte sich an die Anwesenden: „Wir werden in drei Phasen urteilen: Die Schuldfrage, das Strafmaß und die Folgen für die Einheit der Völker."

Phase 1: Die Schuldfrage

Die Atmosphäre im Tribunal war schwer und gespannt. Der Fokus lag nun allein auf Xarun, dessen kühles Schweigen die Spannung nur verstärkte. Die Anklage sollte darlegen, warum er für schuldig befunden werden musste, während die Verteidigung jede Chance ergreifen würde, ihn in einem anderen Licht darzustellen. Die Augen aller Völker waren auf diesen Moment gerichtet.

Die Anklage spricht

Myara, die Botschafterin der Virani, erhob sich, ihre schlanke Gestalt von einem silbrig schimmernden Umhang umhüllt, der ihre Autorität unterstrich. Ihre Stimme war klar, fast schneidend:

„Xarun der Atur, du bist nicht nur ein Verräter deines eigenen Volkes, sondern eine Bedrohung für alle Völker der Venus. Deine Handlungen haben unermesslichen Schaden angerichtet. Du hast Technologien entfesselt, die nicht für einen Einzelnen bestimmt waren. Du hast die Resonanzkräfte manipuliert, um deine Macht zu sichern, ohne Rücksicht auf das Leben, das du damit gefährdet hast."

Sie machte eine Pause und blickte sich um. Ihre Augen ruhten kurz auf den Menschen, bevor sie sich wieder Xarun zuwandte.

„Was noch schlimmer ist: Du hast bewusst Zwietracht gesät. Dein Verrat hat Allianzen zerschlagen und unsere Bemühungen, gemeinsam eine Zukunft aufzubauen, sabotiert. Die Atur mögen dich einst als ihren Führer betrachtet haben, doch du hast sie ins Verderben geführt."

Xarun blieb stumm, sein Blick bohrte sich in Myaras Augen, aber er sagte kein Wort.

Nun erhob sich Karolak, der Vertreter der Zerai. Sein mächtiger Körper schien vor Spannung zu zittern, doch seine Stimme war fest und voller Zorn.

„Ich habe an deiner Seite gekämpft, Xarun. Ich habe dir vertraut – und das war mein größter Fehler. Du hast nicht nur mein Vertrauen, sondern das Vertrauen meines gesamten Volkes verraten. Du hast mich benutzt, um die Macht der Zerai zu schwächen, während du im Geheimen mit Technologien experimentiert hast, die unser aller Existenz bedrohten."

Er ballte die Fäuste und schritt einen Schritt vor: „Es war deine Gier, Xarun. Dein unstillbarer Drang, über alles und jeden zu herrschen, hat dich dazu getrieben, deinen eigenen Untergang zu schaffen. Aber wir alle haben darunter gelitten. Du hast nicht nur dein Volk verraten, sondern auch die Grundlagen, auf denen unsere Welt beruht."

Die Worte der Anklage hallten durch die Kammer, und ein Murmeln erhob sich unter den Zuschauern. Die Spannung war greifbar.

Die Verteidigung antwortet

Aiyana, die als Vertreterin der Menschen sprach, trat nun vor. Sie war sich der enormen Aufgabe bewusst, die vor ihr lag: Sie musste nicht nur Xarun verteidigen, sondern auch die Menschlichkeit und die Möglichkeit der Vergebung. Ihre Stimme war ruhig, aber bestimmt: „Es ist leicht, Xarun als das Gesicht aller Probleme zu sehen. Es ist einfach, ihn zu verurteilen und zu sagen, dass seine Taten unverzeihlich sind. Aber lasst uns nicht vergessen: Hinter jedem Fehlverhalten steckt eine Geschichte, ein Kontext, den wir verstehen müssen."

Sie wandte sich direkt an Myara und Karolak: „Ihr sprecht von Verrat und Zerstörung. Das sind Tatsachen, die niemand bestreitet. Aber ich frage euch: Warum hat Xarun gehandelt, wie er es getan hat? War es nur Machtgier? Oder war es vielleicht die Angst vor dem Verlust, die Furcht, dass die Atur in einer neuen Ordnung ihrer Identität beraubt würden?"

Ein leises Murmeln ging durch den Saal, als einige begannen, über diese Worte nachzudenken. Aiyana fuhr fort: „Ihr seid heute hier, weil ihr die Vergangenheit hinter euch lassen wollt. Aber das könnt ihr nicht, wenn ihr nur auf Schuld und Strafe fokussiert seid. Wenn ihr wirklich Frieden wollt, müsst ihr verstehen, warum euer Feind so gehandelt hat, wie er es tat – und ihm die Möglichkeit geben, es wiedergutzumachen."

Die Antwort des Angeklagten

Der Richter richtete sich auf und sprach mit seiner ruhigen, aber eindringlichen Stimme: „Xarun, du hast die Gelegenheit, selbst zu sprechen. Möchtest du dich zur Schuldfrage äußern?"

Die ganze Kammer verstummte. Alle Augen waren auf Xarun gerichtet. Er blieb einige Sekunden lang still, dann erhob er den Kopf und sah direkt in die Augen des Richters. Seine Stimme war rau, aber voller Entschlossenheit: „Ihr alle sprecht von Verrat, von Zerstörung, von Gier. Vielleicht habt ihr Recht. Vielleicht war ich alles, was ihr mir vorwerft. Aber was ich getan habe, habe ich für die Atur getan. Ich wollte unser Volk schützen. Wir waren schwach, bedroht von der wachsenden Macht der anderen Völker. Ihr hättet uns ausgelöscht."

Seine Augen wanderten über die Versammlung, und seine Stimme wurde lauter: „Ja, ich habe Dinge getan, die ich vielleicht bereuen sollte. Aber ich habe nie für mich gehandelt – ich habe für mein Volk gekämpft. Und ihr alle wisst, dass in euren Herzen die gleichen Ängste und Unsicherheiten schlummern. Ihr seid nicht besser als ich."

Die Worte trafen das Tribunal wie ein Hammerschlag. Einige schauten weg, andere nickten zustimmend. Doch die Richter blieben regungslos.

Der Wendepunkt

Luis, der bisher geschwiegen hatte, trat nun vor. Er war entschlossen, das Gleichgewicht der Diskussion zu verändern. „Ihr redet von Verrat und Gier," begann er, „aber ich sehe etwas anderes. Xarun hat euch alle dazu gezwungen, euch zu hinterfragen. Seine Taten, so schrecklich sie waren, hat euch in diese Kammer gebracht. Ohne ihn wäret ihr immer noch zerstritten. Vielleicht – und das sage ich als jemand, der durch seine Hand fast gestorben wäre – hat Xarun euch geholfen, ohne es zu wollen."

Die Menge verstummte erneut, und Luis fügte hinzu: „Ihr seid hier, um über die Zukunft zu entscheiden. Die Vergangenheit könnt ihr nicht ändern. Aber vielleicht könnt ihr durch Verständnis und Mitgefühl etwas Neues erschaffen – etwas, das selbst Xarun sich nicht hätte vorstellen können."

Der Richter fasst zusammen

Der oberste Richter erhob sich erneut. „Die Schuldfrage ist kompliziert. Xaruns Taten sind zweifellos schwerwiegend. Doch es liegt an uns, zu entscheiden, wie wir mit dieser Schuld umgehen. Wir ziehen uns nun zurück, um diese Frage zu klären."

Mit diesen Worten bewegten sich die Richter in eine Kammer abseits des Hauptsaals, und die Spannung erreichte ihren Höhepunkt. Die Schicksalsstunde war gekommen.

Phase 2: Das Strafmaß

Die Richter des Tribunals kehrten zurück, ihre goldenen Roben im sanften Licht der Kammer schimmernd. Eine drückende Stille lag über dem Saal, als die Entscheidung über Xaruns Schicksal bevorstand. Die Ankläger und Verteidiger richteten sich auf, alle Augen waren auf die drei Auron gerichtet, die nun über das Strafmaß befinden würden.

Die Ansprache des Hauptanklägers

Myara trat erneut vor, ihre Haltung unverändert würdevoll, ihre Stimme jedoch härter als zuvor: „Eure Ehren, die Schuldfrage wurde geklärt. Xarun hat nicht nur seine eigenen Leute, sondern alle Völker der Venus in Gefahr gebracht. Seine Verbrechen verlangen eine Strafe, die ein klares Signal setzt: Kein Individuum darf sich über das Wohl der Gemeinschaft stellen."

Sie drehte sich zu den Versammelten und sprach mit eindringlichem Ton: „Ich fordere die maximale Strafe. Xarun hat durch seinen Verrat und seine Machtgier zahlreiche Leben zerstört und die Harmonie auf unserem Planeten ins Chaos gestürzt. Sein Tod wäre keine bloße Vergeltung – er wäre eine Warnung an alle, die versuchen könnten, in seine Fußstapfen zu treten."

Ein Raunen ging durch den Saal. Viele nickten zustimmend, doch einige schienen mit ihrer Forderung zu hadern.

Die Forderung der Verteidigung

Aiyana trat vor, ihre Haltung fest, aber ihre Stimme von einer sanften Überzeugungskraft getragen: „Eure Ehren, die Forderung nach Xaruns Tod mag nachvollziehbar erscheinen, aber sie ist nicht die Lösung. Indem ihr ihn hinrichtet, würdet ihr nur den Zyklus der Gewalt fortsetzen. Xarun mag sich schuldig gemacht haben, aber ihr dürft nicht vergessen, dass er auch eine Chance zur Wiedergutmachung verdient."

Sie wandte sich zu den Richtern, dann zu den Anklägern und sprach mit Nachdruck: „Echte Gerechtigkeit bedeutet nicht, dass wir uns von unseren Emotionen leiten lassen. Sie bedeutet, dass wir ein Vorbild für Vergebung und Einsicht setzen. Lasst uns zeigen, dass es auf diesem Planeten Platz für Wandel und Heilung gibt – auch für jemanden wie Xarun."

Luis fügte hinzu, seine Stimme ruhig, aber eindringlich: „Ich habe Xaruns Gewalt am eigenen Leib erfahren. In einer anderen Zeitlinie hat er mich getötet. Und trotzdem stehe ich hier, um zu sagen: Sein Tod würde nichts verbessern. Wenn wir wirklich eine Zukunft wollen, in der die Völker der Venus und der Erde harmonisch zusammenleben können, dann müssen wir anders handeln. Strafe muss zur Besserung führen – nicht zur Vernichtung."

Die Stimme der Zerai

Karolak, der Vertreter der Zerai, meldete sich zu Wort, seine Stimme schwer vor Emotionen: „Ich habe einst an Xaruns Seite gekämpft. Er war nicht immer der Mann, der heute vor uns steht. Es gab eine Zeit, in der er Visionen hatte – Visionen von einer starken Zukunft für die Atur. Doch Macht hat ihn korrumpiert. Jetzt frage ich mich: Kann er jemals wieder der Anführer werden, den ich einst bewundert habe?"

Er sah zu den Richtern: „Wenn wir Xarun töten, dann beenden wir seine Geschichte. Doch wenn wir ihn am Leben lassen, dann geben wir ihm die Chance, Verantwortung für seine Taten zu übernehmen. Ich sage nicht, dass er frei davonkommen soll. Aber lasst uns ihn dazu bringen, die Welt zu verbessern, die er zerstört hat."

Die Stimme der Virani

Myara war weniger kompromissbereit. Sie sah Karolak scharf an: „Vergebung ist eine noble Idee, aber sie darf nicht auf Kosten der Gerechtigkeit gehen. Xarun hat bewusst die Resonanzkräfte manipuliert und Völker gegeneinander aufgebracht. Seine Taten haben Tausende von Leben bedroht. Wenn wir ihn leben lassen, riskieren wir, dass er erneut Schaden anrichtet. Können wir uns diese Gefahr leisten?"

Sie wandte sich direkt an die Verteidigung: „Ihr sprecht von Vergebung, aber was ist mit den Opfern seiner Taten? Wie sollen sie Frieden finden, wenn sie wissen, dass er weiterhin existiert?"

Der Angeklagte spricht

Der Richter wandte sich an Xarun: „Xarun, der Atur, dies ist deine letzte Gelegenheit, deine Stimme zu erheben. Hast du etwas zu deiner Verteidigung zu sagen?"

Xarun, der die gesamte Verhandlung über eher schweigend und stoisch geblieben war, erhob sich nun langsam. Sein Blick war starr, seine Haltung aufrecht: „Ihr wollt, dass ich bereue. Ihr wollt, dass ich zugebe, ein Monster zu sein. Aber ich war nie ein Monster. Alles, was ich getan habe, war für das Überleben meines Volkes." Er hielt inne, ließ seinen Blick über die Versammlung schweifen: „Ja, ich habe Fehler gemacht. Ich habe Entscheidungen getroffen, die Leben gekostet haben. Aber in meiner Position hatte ich keine andere Wahl. Wenn ihr glaubt, dass mein Tod die Antwort ist, dann akzeptiere ich dieses Urteil. Doch ich frage euch: Wird mein Tod euch wirklich Frieden bringen? Oder werdet ihr weiterhin nach einem Schuldigen suchen, weil ihr euch weigert, in den Spiegel zu schauen?"

Die Worte hallten in der stillen Kammer wider. Einige der Zuschauer schienen betroffen, andere wütend.

Das Urteil wird verkündet

Der Hauptrichter, dessen Gesicht so unlesbar war wie die Sterne selbst, erhob sich. Seine Stimme war ruhig, aber sie hatte das Gewicht der Ewigkeit: „Wir haben die Argumente der Anklage und der Verteidigung gehört. Wir haben die Stimmen der Völker vernommen und das Zeugnis des Angeklagten abgewogen. Das Strafmaß, das wir verkünden, wird nicht nur Xarun betreffen – es wird eine Botschaft für alle Völker der Venus sein.“

Eine angespannte Stille breitete sich aus. Alle warteten auf die Entscheidung. Der Richter machte eine Pause, bevor er fortfuhr: „Xarun wird nicht zum Tode verurteilt. Stattdessen wird er in den Dienst aller Völker gestellt. Seine Kräfte und sein Wissen werden dazu genutzt, den Schaden wiedergutzumachen, den er angerichtet hat. Sein Leben gehört fortan der Venus – nicht den Atur, nicht ihm selbst, sondern allen Lebewesen dieses Planeten.“

Die Worte lösten ein gespaltenes Echo aus. Einige jubelten leise, andere schienen enttäuscht. Xarun blieb still, seine Miene verschlossen.

„Das Urteil ist gesprochen,“ schloss der Richter. „Möge dies der Beginn eines neuen Kapitels für unsere Welt sein.“

Phase 3: Die Folgen für die Einheit

Die Verkündung des Urteils hallte noch in den Köpfen aller nach, während die Richter sich erhoben und ihre Plätze verließen. Doch das Tribunal war noch nicht vorbei. Die Folgen von Xaruns Urteil reichten weit über seine persönliche Strafe hinaus. Es war ein Wendepunkt für die Beziehungen zwischen den Völkern der Venus – und eine Herausforderung für die Astronautencrew, die sich nun ihrer Verantwortung bewusst wurde.

Die Diskussion beginnt

Die erste Stimme, die das Schweigen brach, gehörte Myara. Sie schritt mit langsamen, gemessenen Schritten in die Mitte der Kammer: „Das Tribunal mag entschieden haben, doch ich frage mich: Ist dies wirklich ein Sieg für die Einheit? Xarun lebt. Die Atur haben ihren Anführer behalten – wenn auch gebrochen. Aber was hindert sie daran, erneut Zwietracht zu säen?"

Soraya, die sich neben Aiyana aufgestellt hatte, trat vor, ihre Stimme entschlossen: „Die Frage ist nicht, ob wir alle Risiken beseitigen können. Die Frage ist, ob wir bereit sind, einander zu vertrauen. Einheit entsteht nicht aus der Abwesenheit von Konflikten, sondern aus der Fähigkeit, Konflikte zu überwinden."

Myara hob skeptisch eine Augenbraue: „Vertrauen? Nach allem, was die Atur getan haben? Nach allem, was Xarun getan hat? Das Vertrauen, von dem du sprichst, scheint mir eine naive Hoffnung."

Luis, der bisher schweigend zugehört hatte, schaltete sich ein: „Myara, ich verstehe deinen Zweifel. Aber lass mich dir etwas erzählen. In einer anderen Zeitlinie hat Xarun mich getötet. Und doch stehe ich hier. Ohne diesen Tod, ohne die Opfer und die Kämpfe, die wir durchlebt haben, wäre ich nicht derselbe Mensch. Manchmal bringt uns das Schlimmste, was passieren kann, näher an das, was wir wirklich brauchen."

Myara sah ihn mit einer Mischung aus Neugier und Skepsis an: „Und was ist das, was wir wirklich brauchen?"

Luis lächelte leicht: „Eine Chance, es besser zu machen. Einheit ist kein Zustand – es ist ein Prozess. Und Xaruns Urteil gibt uns allen die Gelegenheit, daran zu arbeiten."

Die Reaktion der Zerai

Karolak nickte zustimmend, trat jedoch ebenfalls vor, um seine Bedenken zu äußern: „Ich stimme Luis zu, dass Einheit ein Prozess ist. Aber wie können wir sicherstellen, dass die Atur – oder irgendeines unserer Völker – diesen Prozess nicht sabotieren? Xarun mag jetzt unter Beobachtung stehen, doch seine Anhänger sind zahlreich und loyal. Was, wenn sie ihn befreien oder einen neuen Führer finden, der seine Ideale teilt?"

Aiyana antwortete mit ruhiger Stimme: „Deshalb ist das Urteil nicht das Ende, sondern der Anfang. Xarun wurde nicht nur bestraft – er wurde in die Verantwortung genommen. Er wird gezwungen sein, den Schaden, den er angerichtet hat, wieder gutzumachen. Und dabei wird er unter der Aufsicht aller stehen. Jeder Schritt, den er macht, wird ein Schritt sein, der uns zeigt, ob er sich wirklich ändern kann."

Soraya ergänzte: „Außerdem liegt es an uns allen, diesen Prozess zu schützen. Wenn wir weiterhin Misstrauen und Vorurteile pflegen, wird keine Strafe, kein Urteil, jemals etwas verändern. Wir müssen bereit sein, uns zu öffnen – auch wenn das Risiko bedeutet."

Karolak wirkte nachdenklich, als er sprach: „Vielleicht liegt die größte Herausforderung nicht bei den Atur oder Xarun, sondern bei uns selbst. Können wir wirklich vergeben und gemeinsam nach vorne blicken?"

Die Stimme der Auron

Einer der Auron-Richter, ein hochgewachsener, ätherischer Mann mit einer leisen, aber eindringlichen Stimme, trat vor: „Ihr alle sprecht von Risiken, von Vertrauen, von Vergebung. Doch lasst mich euch eine andere Perspektive bieten: Einheit ist ein Gleichgewicht. Wie die Resonanzpunkte des Tempels müssen auch wir uns gegenseitig ausbalancieren. Vertrauen allein reicht nicht – es braucht Verantwortung. Und Verantwortung entsteht aus dem Willen, Fehler zu erkennen und daraus zu lernen."

Er richtete seinen Blick auf die Versammlung: „Xaruns Urteil ist ein Test – nicht nur für ihn, sondern für uns alle. Es liegt an jedem von euch, dieses Gleichgewicht zu wahren. Und das bedeutet, nicht nur auf die Fehler der anderen zu schauen, sondern auch auf die eigenen Schwächen und Ängste."

Die Worte ließen die Anwesenden innehalten, jeder schien in Gedanken versunken.

Die Astronauten beraten

Nachdem die Diskussionen sich beruhigt hatten, zog sich die Crew in eine kleine Seitenkammer zurück, um ihre nächsten Schritte zu besprechen. Luis war der erste, der sprach: „Also, was denkt ihr? Haben wir wirklich eine Chance, diese Völker zusammenzubringen?"

Aiyana verschränkte die Arme und lehnte sich gegen die Wand: „Es wird nicht einfach. Aber ehrlich gesagt, ich denke, das Urteil war der richtige Schritt. Wenn wir Xarun getötet hätten, hätten wir vielleicht die Wut der Atur entfacht und jede Hoffnung auf Einheit zerstört."

Soraya nickte, ihre Stirn jedoch in Sorgenfalten gelegt: „Aber selbst mit diesem Urteil... Es fühlt sich an, als ob wir auf einem Drahtseil balancieren. Ein falscher Schritt, und alles fällt auseinander."

Ingrid, die bisher still gewesen war, meldete sich zu Wort: „Das ist immer das Risiko bei Veränderungen. Aber denkt daran, warum wir hier sind. Diese Resonanzpunkte, dieser Tempel – sie existieren, um ein Gleichgewicht zu schaffen. Vielleicht können wir von ihnen lernen. Statt uns auf die Unterschiede der Völker zu konzentrieren, sollten wir ihre Stärken betonen."

Luis lächelte und sah Soraya an: „Wie du vorhin gesagt hast: Einheit ist kein Zustand, sondern ein Prozess. Ich denke, wir sollten diesen Prozess anführen."

Ein Plan für die Zukunft

Die Crew kehrte in die Haupthalle zurück, wo die Vertreter der Völker noch immer diskutierten. Aiyana trat vor und hob die Hand, um Aufmerksamkeit zu erregen: „Wir alle haben viel durchgemacht, und es gibt noch viel zu tun. Aber wir dürfen nicht zulassen, dass alte Wunden neue Konflikte schaffen. Xaruns Urteil ist ein Symbol dafür, dass Veränderung möglich ist. Jetzt liegt es an uns allen, diese Veränderung zu gestalten."

Die Anwesenden nickten zögerlich, einige schienen überzeugt, andere weniger. Doch es war ein Anfang – ein neuer Funken Hoffnung, der durch den Saal ging.

Und irgendwo in der Ferne schien der Tempel mit einem leisen, harmonischen Klang die Einigkeit zu bekräftigen, die nun Schritt für Schritt entstehen würde.

Kapitel 25: Ein neuer Funken Hoffnung

Die Luft in der Tribunalshalle hatte sich merklich entspannt, nachdem das Urteil gesprochen worden war. Doch die Crew der Astronauten spürte die nachhallende Spannung, die zwischen den verschiedenen Fraktionen der Venus lag.

Aiyana stand in der Mitte des Raumes, ihre Gedanken schienen weit entfernt zu sein. Schließlich sprach sie, ihre Stimme leise, aber fest. „Wir haben heute etwas Großes erreicht. Doch das ist nur der Anfang. Wenn die Fraktionen nicht bereit sind, wirklich zusammenzuarbeiten, bleibt alles nur ein schöner Traum."

Soraya nickte und trat näher zu ihr. „Und es ist ein zerbrechlicher Traum. Die Atur könnten dieses Urteil als Schwäche auslegen. Wir brauchen mehr als nur Worte."

Luis seufzte und verschränkte die Arme. „Aber was? Wir haben die Resonanzkapsel aktiviert, den Tempel erweckt, und jetzt das Tribunal hinter uns. Was bleibt noch zu tun, um sie wirklich zu vereinen?"

Die Stimme der Auron

Ikaris trat vor, sein Gesicht ruhig wie immer, doch in seinen goldenen Augen lag ein Funkeln, das Hoffnung und Sorge zugleich ausstrahlte. „Eure Leistung war bemerkenswert. Ihr habt gezeigt, dass Mitgefühl eine mächtige Waffe sein kann. Aber Soraya hat Recht. Worte allein reichen nicht aus."

„Dann sagt uns, was wir noch tun können," drängte Priya. Er wirkte erschöpft, aber seine Augen funkelten vor Entschlossenheit. „Es muss einen Weg geben, die Völker dazu zu bringen, wirklich zusammenzuarbeiten."

Ikaris zögerte, bevor er antwortete: „Die Resonanzkapsel ist ein Symbol, aber sie hat auch eine praktische Bedeutung. Sie ist der Schlüssel zu einer Harmonie, die über die bloße Politik hinausgeht. Doch um ihre volle Wirkung zu entfalten, müssen die Resonanzpunkte nicht nur physisch gesetzt sein. Sie müssen auch in den Herzen der Fraktionen verankert werden."

„Was bedeutet das?" fragte Ingrid mit Stirnrunzeln. Sie hatte sich die meiste Zeit zurückgehalten, doch nun trat sie vor. „Sprechen Sie in Rätseln oder gibt es etwas Konkretes, das wir tun können?"

Die Herausforderung der Einigkeit

Myara, die Anführerin der Virani, sprach nun, ihre Stimme weich, aber bestimmt: „Es geht nicht nur um Technik oder Symbolik. Es geht darum, dass die Fraktionen einander vertrauen lernen. Und das ist etwas, das nicht durch ein Tribunal oder einen Tempel erzwungen werden kann."

„Vertrauen?" Karolak lachte rau, seine massive Gestalt schien den Raum zu dominieren. „Wie soll das funktionieren, wenn wir seit Jahrhunderten nur Feindschaft kennen? Selbst mit euren Tricks, Menschen, wird das nicht einfach verschwinden."

„Es wird nicht einfach, aber es ist möglich," antwortete Aiyana ruhig. Sie trat einen Schritt näher zu Karolak und sah ihm direkt in die Augen, ohne zu blinzeln. „Jeder von euch hat heute einen kleinen Schritt in Richtung Frieden gemacht. Myara, du hast dich darauf eingelassen, dass Xarun leben darf, obwohl du jeden Grund hattest, ihn zu hassen. Karolak, du hast dich zurückgehalten, obwohl du dachtest, dass das Urteil falsch war. Das zeigt, dass in jedem von euch ein Funken Hoffnung steckt."

Eine Vision der Zukunft

Soraya wandte sich an Ikaris. „Ihr sprecht von Resonanzpunkten in den Herzen der Fraktionen. Aber wie sollen wir das erreichen? Wie kann ein Krieg, der so lange andauert, mit Vertrauen enden?"

Ikaris lächelte leicht, ein Ausdruck von Geduld und Weisheit. „Indem ihr weiterhin die Bindeglieder seid. Ihr, Menschen, habt keinen Anteil an den alten Fehden dieses Planeten. Ihr seid unvoreingenommen. Und genau das macht euch zu den perfekten Vermittlern. Doch ihr müsst auch bereit sein, Opfer zu bringen."

„Was für Opfer?" fragte Luis vorsichtig.

„Zeit. Geduld. Und vielleicht noch mehr," antwortete Ikaris ernst. „Ihr werdet nicht sofort Ergebnisse sehen. Aber wenn ihr euren Weg fortsetzt, könnt ihr etwas bewirken, das über euch hinausgeht."

Aiyana sah zu ihrer Crew, ihre Augen suchten die Gesichter ihrer Freunde. „Seid ihr bereit, das zu tun? Wir könnten einfach zur Erde zurückkehren. Unsere Mission war erfolgreich, zumindest in den

Augen unserer Auftraggeber. Aber wenn wir wirklich etwas verändern wollen, müssen wir bleiben."

Luis nickte sofort: „Du kennst meine Antwort. Ich bin dabei, egal was passiert."

Soraya legte ihre Hand auf Luis' Schulter: „Ich auch. Wir sind nicht von so weit gekommen, um jetzt aufzugeben."

Ingrid zögerte kurz, dann nickte sie: „Das hier ist größer als wir. Es wäre falsch, einfach zu gehen."

Priya lächelte leicht und sah kurz zu Myara, bevor er sprach. „Es gibt noch mehr zu tun. Und ich bin bereit, es anzugehen."

Kenji hob die Hände in einer gespielten Geste der Kapitulation. „Wie könnte ich euch allein lassen?"

Aiyana drehte sich zu Ikaris, ihre Entschlossenheit strahlte von ihr aus. „Dann führen Sie uns. Zeigen Sie uns, was wir tun müssen."

Der Funken wird entzündet

Ikaris nickte langsam. „Dann beginnt euer wahrer Weg jetzt. Die Resonanzkapsel hat das Fundament gelegt, aber ihr müsst die Brücken bauen. Ihr werdet zu jedem Volk gehen, die Führer überzeugen, ihre Herzen öffnen und ihren Hass überwinden."

Karolak brummte, seine Arme verschränkt: „Das wird euch mehr als nur Worte kosten."

„Das wissen wir," antwortete Aiyana fest. „Aber wir werden es versuchen."

Myara trat vor und sah Priya direkt an, ihre Stimme war sanft, aber eindringlich. „Die Menschen haben heute etwas bewiesen. Vielleicht seid ihr wirklich die Veränderung, die wir brauchen."

Ein Funke von Hoffnung durchzog den Raum, und obwohl die Herausforderungen riesig waren, spürte die Crew, dass sie nicht mehr allein waren. Ein neuer Tag brach an – und mit ihm eine neue Chance, die Völker der Venus zu vereinen.

Die Überwachung Xaruns: Ein System der Kontrolle und Zusammenarbeit

Nach der Verkündung des Urteils entstand eine angespannte Diskussion unter den Vertretern der Völker. Wie konnte garantiert werden, dass Xarun sich an die ihm auferlegte Strafe hielt? Wie konnte ein Mann, dessen Machthunger und Intrigen so viel Schaden angerichtet hatten, effektiv kontrolliert werden, ohne ihn direkt zu inhaftieren?

Die Resonanzfessel

Die Auron, als Hüter des Gleichgewichts und Richter des Tribunals, präsentierten eine Lösung. Der oberste Richter trat vor und erklärte mit ruhiger Autorität: „Um die Sicherheit aller Völker zu gewährleisten, wird Xarun unter ständiger Überwachung stehen. Doch diese Überwachung wird nicht durch Zwang, sondern durch ein Netzwerk der Zusammenarbeit erfolgen. Technologie und Symbolik werden miteinander verschmelzen, um sicherzustellen, dass seine Rehabilitierung nicht nur eine leere Geste bleibt."

Ein Lichtstrahl erhellte den Raum, und eine schwebende Konstruktion wurde in die Mitte des Tribunals gebracht. Es war ein filigranes Geflecht aus metallischen und kristallinen Strukturen – die sogenannte Resonanzfessel, ein Gerät, das die Auron als Kontrollinstrument entwickelt hatten.

„Die Resonanzfessel," erklärte der Richter, „wird Xarun begleiten, wohin er auch geht. Sie ist mehr als nur ein Symbol seiner Strafe – sie ist ein lebendiges System, das auf Resonanzfrequenzen basiert, wie sie durch die Kapsel im Tempel aktiviert wurden. Sie verbindet ihn mit den energetischen Strukturen der Venus und ermöglicht es, jede Abweichung von seinen Aufgaben zu registrieren."

Luis sah das Gerät neugierig an und fragte: „Also, wie genau funktioniert das? Ist das eine Art unsichtbare Leine?"

Der Richter nickte leicht: „Man könnte es so nennen. Die Resonanzfessel wird in Xaruns Energiefeld integriert. Sollte er versuchen, seine Aufgaben zu umgehen, wird die Fessel eine Warnung aussenden – erst an ihn, dann an die Völker. Jeder Versuch, sich der Verantwortung zu entziehen, wird sofort erkannt."

Die Aufsichtskommission

Zusätzlich zu der Resonanzfessel schlugen die Auron die Gründung einer **überfraktionellen Aufsichtskommission** vor. Diese sollte aus Vertretern aller vier Völker bestehen – den Atur, den Virani, den Zerai und den Auron selbst – sowie einer unabhängigen Beobachterrolle der Astronauten.

Myara verschränkte die Arme und sprach skeptisch: „Eine nette Idee. Aber wie können wir sicher sein, dass diese Kommission nicht selbst zum Schauplatz von Intrigen wird? Xarun ist ein Meister darin, Zwietracht zu säen."

Soraya ergriff das Wort: „Gerade deshalb müssen wir zeigen, dass wir ihm überlegen sind – nicht durch Kontrolle allein, sondern durch Transparenz. Wenn jede Entscheidung offen kommuniziert wird und alle Völker eingebunden sind, minimieren wir das Risiko von Manipulationen."

Aiyana fügte hinzu: „Es geht nicht nur um Überwachung. Es geht darum, ihn einzubinden und ihm klarzumachen, dass er Teil der Lösung sein kann. Wenn er das akzeptiert, wird er weniger geneigt sein, gegen uns zu arbeiten."

Die Aufgaben Xaruns

Karolak meldete sich zu Wort: „Ihr sprecht von Einsicht und Rehabilitation. Aber was genau wird Xarun tun, um den Schaden wiedergutzumachen? Worte allein sind wertlos."

Der Richter hob die Hand und erklärte: „Xarun wird den Wiederaufbau und die Heilung der Gebiete überwachen, die durch seine Aktionen zerstört wurden – beginnend mit den zerbrochenen Energiefeldern der Zerai und der Umweltzerstörung in den Gebieten der Virani. Sein Wissen über die Technologien und Strategien der Atur wird dafür genutzt, das Gleichgewicht wiederherzustellen, das er einst aus den Fugen gerissen hat."

Xarun, der bislang geschwiegen hatte, blickte auf und sprach mit ungewöhnlicher Ernsthaftigkeit: „Ich akzeptiere diese Bedingungen. Nicht aus Furcht vor den Konsequenzen, sondern weil ich endlich begreife, was mein Handeln angerichtet hat. Wenn mein Wissen dazu beitragen kann, die Venus zu heilen, werde ich es einsetzen."

Die Sicherheitsklausel

Luis wandte sich an den Richter: „Und wenn er scheitert? Oder absichtlich versucht, alles zu sabotieren?"

Der Richter antwortete mit einer unerbittlichen Stimme: „Sollte Xarun seine Pflichten nicht erfüllen oder erneut Zwietracht säen, wird die Resonanzfessel aktiviert und ihn daran hindern, weiter zu agieren. Im schlimmsten Fall wird er vor dieses Tribunal zurückgebracht, und das Urteil wird revidiert."

Die Worte hallten durch den Raum. Es war klar, dass dies keine leere Drohung war.

Die Zustimmung der Völker

Nach weiteren Diskussionen stimmten die Vertreter der Völker dem Plan schließlich zu. Myara sprach für die Virani: „Wir werden ihm eine Chance geben. Aber nur eine."

Karolak von den Zerai nickte langsam: „Mögen die Resonanzen dafür sorgen, dass er sich an seine Aufgabe hält."

Die Astronauten atmeten erleichtert auf. Soraya flüsterte zu Luis: „Vielleicht war das die beste Lösung. Nicht nur für ihn – sondern für alle."

Xarun wurde mit der Resonanzfessel ausgestattet und der Aufsichtskommission übergeben. Der erste Schritt zur Wiedergutmachung war getan. Doch während die Völker der Venus begannen, sich auf eine neue, gemeinsame Zukunft vorzubereiten, war allen klar, dass der Weg vor ihnen noch voller Herausforderungen sein würde.

Die Hoffnung, die durch das Urteil aufblitzte, musste jeden Tag aufs Neue bewahrt werden – durch Zusammenarbeit, Vertrauen und den Mut, aus der Vergangenheit zu lernen.

Kapitel 26: Neubeginn

Die warme Atmosphäre des Tempelsaals war erfüllt von Spannung und Ehrfurcht, als sich die Völker der Venus versammelten. Im Zentrum der Bühne stand der Kristall der Einheit, ein hoch aufragendes Monument aus kristallinem Material. Die Zeit war gekommen, um die Einheit der vier Völker offiziell zu besiegeln.

Die Enthüllung des Symbols der Einheit

Ein Trommelwirbel erklang, und das neue Siegel wurde enthüllt. Das Publikum hielt den Atem an, als das Logo auf einer großen Leinwand erschien. Ein kollektives Raunen ging durch die Menge, als das Emblem der Venus-Allianz sichtbar wurde.

Ikaris von den Auron trat vor das Siegel und erhob die Stimme: „Dies ist unser gemeinsames Symbol. Es wird uns daran erinnern, dass wir nicht allein existieren, sondern als Teil eines größeren Ganzen. Möge es uns leiten, selbst in dunklen Zeiten."

Der Saal brach in Applaus aus. Myara legte ihre Hand auf die von Karolak, und selbst Xarun neigte kurz den Kopf in Respekt. Luis und

Soraya lächelten einander an, während Aiyana erleichtert ausatmete. Es war ein Moment, der nicht nur Geschichte schrieb, sondern eine Zukunft versprach, die alle miteinander verband.

Das Logo war ein mächtiger Kreis, der in vier gleichgroße Sektoren aufgeteilt war, jeder repräsentierte eines der Völker:

1. **Virani (oben rechts):** Ihr Symbol zeigte ein majestätisches Gesicht mit markanten Linien und fließenden Hörnern, die die erhabene und weise Natur ihrer Spezies unterstrichen. Scharf und dynamisch, wirkten sie wie himmlische Gelehrte. Der Hintergrund war von geometrischen Energiepfaden durchzogen, ein Verweis auf ihre Verbindung zur kosmischen Resonanz.

2. **Zerai (oben links):** Ihr Abschnitt des Logos zeigte ein technisiertes Profil mit mechanischen Erweiterungen, die auf ihre technologische Perfektion und Fortschrittlichkeit hinwiesen. Die filigranen Details der Cyber-Ästhetik verbanden ihre Technologie mit den Ursprüngen der Venus.

3. **Auron (unten links):** Der untere linke Sektor enthielt ein weiches, geschwungenes Gesicht mit einem fast außerirdischen Ausdruck, das ihre Verbindung zur Natur und zur spirituellen Harmonie symbolisierte. Der Hintergrund zeigte organische, fast blattartige Muster, die ihre Rolle als Beschützer der Venus-Ökosysteme hervorhoben.

4. **Atur (unten rechts):** Der Abschnitt der Atur präsentierte ein Gesicht mit scharfen Zügen und bedrohlichen, reptilenartigen Linien, die von einem deutlichen Überlebensinstinkt sprachen. Der Hintergrund war mit stilisierten Krallen- und Energiemustern versehen, die ihren Kampfgeist repräsentierten – nun aber gezähmt und kanalisiert in den Dienst der Gemeinschaft.

Im Zentrum des Logos vereinte ein leuchtender, sternförmiger Kristall alle vier Symbole. Es war ein klarer Verweis auf die **Resonanzkapsel**, deren Aktivierung erst diesen Moment der Einigung ermöglicht hatte.

Soraya, die fasziniert das Emblem betrachtete, flüsterte zu Luis: „Sieh nur, wie es all ihre Unterschiede einfängt – und doch alles in Harmonie zusammenbringt."

Luis nickte und fügte hinzu: „Ein perfektes Symbol für das, was wir hier erreichen wollen."

Die Unterzeichnung des Vertrags

Die Luft im großen Zeremoniensaal des Venustempels war schwer von Erwartung und einer feierlichen Stille. Die vier Völker der Venus – die Auron, Zerai, Virani und Atur – waren anwesend, versammelt unter der gewaltigen Kuppel, deren Decke von tanzenden Lichtmustern erfüllt war. Das Licht spiegelte die neu entstandene Harmonie wider, die diese Völker, nach Jahrhunderten der Feindseligkeit, endlich zu vereinen versprach.

In der Mitte des Saals stand ein halbkreisförmiger Tisch aus weißem, poliertem Stein. Auf ihm lag eine große, pergamentartige Tafel, verziert mit Symbolen der vier Völker und eingravierten Linien, die wie Flüsse und Ströme anmuteten – eine Metapher für den gemeinsamen Weg, den sie von nun an gehen wollten. Am Fuß des Tisches stand ein Kristallpult, auf dem das neue Siegel der Einheit ruhte. Es zeigte die stilisierten Gesichter der vier Völker, die in einem Kreis verschmolzen waren – ein Symbol, das die Bedeutung von Gleichheit und Zusammenarbeit ausdrückte.

Ikaris, der weise und charismatische Vertreter der Auron, stand am Kopfende des Tisches. Sein schimmernder, goldfarbener Mantel reflektierte das Licht der Kuppel, und seine bewegungslose Haltung erinnerte an die Gravitas eines Richters. Er war der offizielle Vermittler der Zeremonie und sollte die letzte Unterschrift setzen, nachdem alle anderen Parteien ihre Zustimmung gegeben hatten. Seine

Präsenz strahlte Autorität, aber auch eine ungewöhnliche Ruhe aus – eine, die der jahrhundertelangen Weisheit seines Volkes entsprang.

„Die Zeit ist gekommen," begann Ikaris mit seiner tiefen, melodischen Stimme, die den Raum erfüllte. „Wir stehen hier als Zeugen eines neuen Kapitels. Möge dieser Vertrag nicht nur Worte auf einem Pergament sein, sondern ein lebendiges Abkommen, das unsere Völker in Frieden und Harmonie vereint."

Er machte eine einladende Geste in Richtung der Vertreter der anderen Völker. Myara, die stolze Botschafterin der Virani, trat als Erste vor. Sie trug ein leuchtend grünes Gewand, das mit goldenen Ornamenten durchzogen war, und hob feierlich eine Hand, bevor sie ihre Signatur mit einem leuchtenden Stift aus Energiematerie setzte.

„Möge dieses Abkommen der erste Schritt in eine Zukunft sein, in der wir nicht nur überleben, sondern gemeinsam blühen," sagte Myara mit einer Stimme, die voller Entschlossenheit klang.

Der nächste war Karolak, der weise Vertreter der Zerai. Seine Bewegungen waren ruhig, fast bedächtig, als er den Stift nahm. „Unsere Vergangenheit mag von Misstrauen geprägt gewesen sein," begann er, „doch unsere Zukunft wird von Vertrauen getragen. Dies ist unser gemeinsamer Schwur." Er setzte seine Unterschrift mit einer Handbewegung, die fast wie eine zeremonielle Geste wirkte.

Dann trat Xarun vor. Mit der Resonanzfessel um seinen Arm und den Blick gesenkt, schien er ein Schatten seines einstigen Selbst zu sein. Die Wachen der Aufsichtskommission begleiteten ihn, doch der Raum blieb ruhig. Er hob den Blick, musterte die versammelten Völker, und sagte leise: „Ich unterschreibe dies als Zeichen meines Wandels – und als Beweis dafür, dass auch die Atur Teil dieser Einheit sein können." Zögernd, aber ohne Widerstand, setzte er seine Signatur. Ein leises Murmeln ging durch die Reihen der Zuschauer, doch niemand wagte es, die zeremonielle Würde zu stören.

Schließlich war es an der menschlichen Crew, die sich an einem Ende des Tisches versammelt hatte. Aiyana, mit einer Kombination aus Stolz und Demut in den Augen, trat hervor. „Wir Menschen haben oft unsere eigenen Kämpfe mit Einheit und Frieden," begann sie. „Doch wir wissen, dass wahre Stärke aus der Zusammenarbeit entsteht. Heute teilen wir unsere Hoffnung, dass Einheit mehr ist als nur ein Wort – es ist ein Weg, den man gemeinsam geht. Möge dieser Vertrag nicht nur die Venus verändern, sondern auch ein Leuchtfeuer für unsere eigene Welt sein." Mit diesen Worten setzte sie die Unterschrift der Crew, gefolgt von den anderen Mitgliedern.

Nun blieb nur noch Ikaris übrig. Mit einer majestätischen Bewegung nahm er den Stift in die Hand, drehte sich kurz zu den Anwesenden um und sprach: „Das Symbol der Einheit ist nicht das Ende, sondern der Anfang. Möge dieser Vertrag ein Versprechen sein, das wir jeden Tag aufs Neue einlösen. Ich setze die letzte Signatur nicht als Herrscher der Auron, sondern als einer von euch allen."

Er setzte seine Unterschrift, und in diesem Moment brach ein Lichtstrahl aus dem Kristallpult hervor. Die Kuppel erstrahlte in leuchtenden Farben, während die Lichtlinien auf dem Pergament pulsierend zu fließen begannen – ein Zeichen dafür, dass der Vertrag nun offiziell war.

Der Schwur der Einheit

Die vier Delegierten stellten sich nebeneinander, ihre Hände ausgestreckt zum Stern im Zentrum des Logos. Die Menge wurde still, als sie gemeinsam sprachen: „Im Namen der Venus geloben wir, unsere Unterschiede zu ehren und unsere Kräfte für das Wohl aller einzusetzen. Möge unsere Resonanz fortan im Einklang schwingen."

Die Worte hallten wie ein physisches Echo über den Platz, getragen von den Resonanzpunkten des Tempels, die tief in den Kern der Venus hineinreichten.

Als der Applaus aufbrandete, blickten die Astronauten zu den Völkern, die sich langsam miteinander vermischten. Virani und Zerai traten in vorsichtige Gespräche, während Atur und Auron gegenseitigen Respekt zeigten.

Aiyana lächelte und sprach zu ihren Gefährten: „Es ist erst der Anfang. Aber ich glaube, wir haben den schwierigsten Schritt gemacht."

Luis lachte leise: „Wir? Sie haben es selbst gemacht. Wir haben nur geholfen, die Brücke zu bauen."

Aiyana legte eine Hand auf Luis' Schulter: „Und manchmal ist genau das die größte Aufgabe."

Der Neubeginn der Venus hatte begonnen, ein Neubeginn, der mit jedem Schritt ein wenig mehr Hoffnung auf eine harmonische Zukunft versprach.

Epilog: Der Beginn einer neuen Ära

Der Venustempel, einst Symbol der Konflikte, war nun ein strahlendes Wahrzeichen der Einheit. Die Völker der Venus – Auron, Virani, Zerai und Atur – hatten gemeinsam eine neue Ära eingeleitet, in der Zusammenarbeit und Verständnis anstelle von Feindschaft traten. Die Astronauten, die den Prozess maßgeblich angestoßen hatten, wurden zu Legenden auf dem Planeten und kehrten dennoch nicht in ihre alte Heimat zurück, sondern schrieben neue Kapitel ihres Lebens unter dem fremden Himmel.

Soraya und Luis: Eine außergewöhnliche Hochzeit

Die Venus war an diesem Tag so strahlend wie nie zuvor. Der Himmel, durchzogen von sanften Wolkenschleiern, leuchtete in einem tiefen Gold, das den Planeten mit einer fast überirdischen Wärme erfüllte.

Die Hochzeit von Soraya, der Ärztin der Crew, und Luis, dem Ingenieur, war nicht nur ein persönliches Ereignis. Es war ein Fest der Einheit, ein Beweis für das Band zwischen Menschen und den Völkern der Venus.

Die Vorbereitungen

Die Zeremonie fand auf einem schwebenden Podium statt, das von den Auron errichtet worden war. Die Plattform, schimmernd in silbernen und goldenen Tönen, war mit Pflanzen der Venus geschmückt – leuchtende Blüten der Virani, die schimmernden Kristalle der Zerai und die symbolträchtigen Gräser der Auron, die im sanften Wind tanzten.

Luis stand mit Kenji in einem der vorbereitenden Räume und kämpfte mit seiner Nervosität.

„Warum bin ich so angespannt?" fragte er, während er an seiner zeremoniellen Jacke herumzupfte. „Ich habe schon Raketen gestartet, Zeitreisen überlebt und gegen die Atur gekämpft, aber eine Hochzeit... das macht mich fertig."

Kenji grinste, seine ruhige Stimme wie ein Anker „Vielleicht, weil es das erste Mal ist, dass du nicht alles kontrollieren kannst, Du Ingenieur. Das hier ist größer als Technik – das ist Liebe."

Luis sah ihn an, atmete tief durch und nickte: „Du hast Recht. Heute geht es nicht um Kontrolle."

Der Einzug der Braut

Die Zeremonie begann mit dem Klang eines gemeinsamen Liedes, das von allen Völkern komponiert worden war. Die Melodie war eine Mischung aus den resonanten Harmonien der Auron, den kristallinen Klängen der Zerai und dem warmen Rhythmus der Virani.

Luis wartete am Altar, ein schlichtes, aber elegantes Lächeln auf seinem Gesicht. Als Soraya erschien, schien die gesamte Plattform den Atem anzuhalten. Ihr Kleid, eine Kombination aus menschlichem und venusianischem Design, war ein Kunstwerk aus feinem Stoff, der das Licht der Sonnen einfing und zurückstrahlte. Sie schritt langsam auf Luis zu, ihre Augen fest auf ihn gerichtet, während ihre Freundin Ingrid sie begleitete.

Aiyana, die als Trauzeugin fungierte, stand bereits neben Luis und flüsterte ihm zu: „Atme, Ingenieur. Sie sieht umwerfend aus."

Luis konnte nur nicken, denn Worte schienen ihm in diesem Moment nicht angemessen.

Die Zeremonie

Die Zeremonie wurde von einem Vertreter der Auron geleitet, Ikaris, dessen ruhige Präsenz die Menge erdete.

„Heute feiern wir nicht nur die Verbindung zweier Menschen," begann er mit tiefer Stimme, „sondern die Verschmelzung zweier Welten. Die Liebe, die Soraya und Luis teilen, ist ein Beweis dafür, dass Einheit möglich ist – eine Einheit, die über Raum und Zeit hinausgeht."

Luis und Soraya hatten sich gegenseitig Gelübde geschrieben. Luis begann: „Soraya, in den dunkelsten Momenten hast du Licht gebracht. Du hast nicht nur meinen Körper geheilt, sondern auch mein Herz. Heute verspreche ich, dir immer einen sicheren Hafen zu bieten, so wie du es für mich warst."

Soraya lächelte, und Tränen glänzten in ihren Augen. Sie nahm seine Hände. „Luis, du bist der Anker, der mich durch die Stürme getragen hat. Du hast mir gezeigt, dass selbst in der größten Unsicherheit ein Herz wie deins genug ist, um mich festzuhalten. Ich verspreche, dich zu lieben und zu ehren, in jedem Universum, das wir betreten."

Das erste Sonnenlicht als Paar

Nachdem sie ihre Gelübde gesprochen hatten, legten beide Hände auf eine Resonanzkugel, ein Geschenk der Auron. Die Kugel erstrahlte in einem goldenen Licht, das sich mit den Strahlen der beiden Sonnen verband und über die Plattform hinaus leuchtete. Es war ein Symbol der Einheit und der Harmonie, das von allen Anwesenden verstanden wurde.

Als die Kugel leuchtete, erklärte Ikaris: „Mögen die Resonanzen eurer Herzen für immer in Einklang sein. Ihr seid jetzt eins."

Luis und Soraya küssten sich, und die Menge brach in Jubel aus. Der Klang war ein harmonischer Einklang aus menschlicher Freude und den Melodien der venusianischen Völker.

Das Fest der Einheit

Die Feierlichkeiten dauerten bis in die Dämmerung, begleitet von Tänzen und Musik, die sowohl menschliche als auch venusianische Elemente vereinten. Priya und Myara tanzten eng umschlungen, während Ingrid und Aiyana sich am Rand der Plattform angeregt unterhielten, eine stillere Verbindung teilend. Kenji, der sonst distanziert wirkte, war entspannt und scherzte sogar mit einigen Virani.

Luis und Soraya verbrachten die Feier im Kreis ihrer Crew und ihrer neuen Freunde. Sie lachten, tanzten und sahen immer wieder zu den beiden Sonnen, die sich langsam überlappten und eine seltene Konjunktion bildeten.

Ein Versprechen für die Zukunft

Als die Nacht hereinbrach und die Sterne über der Venus aufleuchteten, zogen sich Luis und Soraya für einen Moment zurück, um die Aussicht auf den Planeten zu genießen.

„Wir haben es geschafft," sagte Soraya leise, während sie Luis' Hand hielt.

„Nicht nur wir," antwortete Luis. „Das hier ist größer als wir. Aber ich bin froh, dass wir es zusammen gemacht haben."

Soraya lächelte und lehnte sich an ihn. „Ich auch. Und ich weiß, dass wir alles schaffen können, solange wir zusammen sind."

Die beiden küssten sich unter dem Sternenhimmel, die Resonanzkugel immer noch leuchtend in der Ferne. Sie waren nicht nur ein Paar, sondern ein Symbol für Hoffnung, Einheit und Liebe.

Commander Aiyana: Ein ruhigeres Kapitel

Die glühende Oberfläche der Venus hatte sich in den vergangenen Monaten verändert. Die einst zerklüftete Landschaft, die den Planeten so wild und unbändig wirken ließ, begann, eine neue Harmonie auszustrahlen. Es war, als würde die Einheit der Völker auch das Antlitz des Planeten selbst heilen. Doch für Commander Aiyana, die starke, unbeirrbare Anführerin der Mission, war der innere Frieden noch nicht vollständig erreicht.

Ein Rückblick auf die Vergangenheit

Aiyana saß auf einer Anhöhe nahe der Basis, die inzwischen zum gemeinsamen Forschungs- und Kulturzentrum der vier Völker umfunktioniert worden war. Der Horizont glühte im Licht der beiden Sonnen, und sie hielt eine dampfende Tasse venusianischen Kräutertees in der Hand – ein Geschenk der Virani.

Kenji fand sie dort vor, ihre Silhouette von den ersten Sonnenstrahlen umrahmt. „Du schläfst kaum noch, oder?" fragte er, während er sich neben sie setzte.

Aiyana lächelte schwach. „Man gewöhnt sich daran. Früher dachte ich, die Nächte auf der Erde wären kurz. Aber hier scheint die Zeit noch schneller zu fließen."

Kenji legte den Kopf schief. „Oder vielleicht willst du der Zeit einfach nicht nachgeben."

Aiyana nahm einen Schluck Tee und schwieg einen Moment. „Vielleicht hast du Recht. Ich frage mich oft, was jetzt mein Platz ist. Die Mission ist abgeschlossen, die Einheit der Völker ist erreicht. Aber wo bleibt... Aiyana, die Person?"

Kenji sah sie aufmerksam an: „Es ist schwer, eine neue Richtung zu finden, wenn man so lange der Kompass für andere war. Aber vielleicht ist das jetzt deine Chance, herauszufinden, wer du ohne all das bist."

Aiyana lehnte sich zurück und ließ ihren Blick über die Landschaft schweifen: „Als ich mich für das Raumfahrtprogramm beworben habe, war es immer mein Ziel, eine Führungsrolle zu übernehmen. Verantwortung war für mich alles. Aber hier auf der Venus... die Verantwortung hat eine andere Bedeutung bekommen. Es geht nicht mehr nur darum, Befehle zu geben. Es geht darum, Brücken zu bauen, etwas Nachhaltiges zu schaffen."

Kenji nickte: „Und genau das hast du getan. Aber es gibt noch eine andere Verantwortung, die du vielleicht vernachlässigt hast – die für dich selbst."

Aiyana zog die Stirn kraus: „Das klingt so... selbstsüchtig."

„Es ist nicht selbstsüchtig," widersprach Kenji. „Es ist überlebenswichtig."

Ein unerwartetes Angebot

Am Abend wurde Aiyana von Ikaris, dem Anführer der Auron, in den großen Versammlungssaal gerufen. Die kristallinen Wände reflektierten das warme Licht der Raumlichter, und die Atmosphäre war feierlich, aber ruhig.

„Commander Aiyana," begann Ikaris mit seiner tiefen, ruhigen Stimme, „die Auron schulden dir und deiner Crew mehr, als Worte ausdrücken können. Wir sind in eine neue Ära eingetreten, und es gibt keine bessere Gelegenheit, die Harmonie zu festigen. Deshalb möchte ich dir eine einzigartige Rolle anbieten."

Aiyana runzelte die Stirn: „Eine Rolle?"

„Wir möchten, dass du als Vermittlerin zwischen den Völkern bleibst. Deine Weisheit und dein Mut haben bewiesen, dass du die Herausforderungen einer komplexen Welt bewältigen kannst. Die Einheit ist noch jung, und es wird Streitigkeiten geben. Aber mit deiner Führung könnte diese Einigkeit dauerhaft werden."

Aiyana war sprachlos. Sie hatte nicht erwartet, dass ihre Reise auf der Venus so enden würde. „Ich fühle mich geehrt," begann sie zögerlich, „aber ich weiß nicht, ob ich die richtige Person dafür bin."

Ikaris' Gesichtsausdruck blieb sanft, aber bestimmt: „Du bist mehr als geeignet. Die Frage ist, ob du das möchtest."

Ein Spaziergang durch den Garten

Später in der Nacht fand sich Aiyana im zentralen Garten wieder, wo Priya und Myara einst ihre zarten Bande geknüpft hatten. Die leuchtenden Pflanzen warfen ein sanftes, lebendiges Licht in die Dunkelheit, und das sanfte Plätschern eines venusianischen Brunnens beruhigte ihre Gedanken. Sie hatte Soraya und Luis' Hochzeit miterlebt, Priya und Myaras aufkeimende Liebe gesehen und Kenji dabei beobachtet, wie er eine tiefere Verbindung zu den Zerai aufgebaut hatte. Jeder schien hier etwas gefunden zu haben – außer ihr.

„Warum fällt es mir so schwer?" murmelte sie zu sich selbst.

„Weil du immer denkst, dass du allein alles tragen musst," sagte eine vertraute Stimme. Es war Ingrid, die mit einem kleinen Lächeln aus dem Schatten trat.

„Ingrid," sagte Aiyana überrascht. „Was machst du hier?"

„Ich könnte dich dasselbe fragen," erwiderte Ingrid. „Aber ich glaube, ich kenne die Antwort. Du bist hier, weil du nicht weißt, ob du bleiben oder gehen sollst."

Aiyana lachte leise. „Treffer."

Ingrid setzte sich neben sie. „Vielleicht musst du nicht sofort eine Entscheidung treffen. Vielleicht kannst du einfach... sein. Manchmal zeigt dir die Zeit, was du wirklich brauchst."

Aiyana sah Ingrid nachdenklich an. „Einfach... sein? Das klingt einfacher, als es ist. Es fühlt sich an, als würde alles um mich herum drängen, eine Antwort zu finden."

Ingrid nickte langsam: „Ich weiß, wie sich das anfühlt. Aber weißt du, was ich gelernt habe? Manchmal, wenn man zu sehr nach einer Antwort sucht, übersieht man die Hinweise, die das Leben einem gibt. Vielleicht ist es besser, zu lauschen statt zu suchen."

Aiyana lehnte sich zurück und ließ ihren Blick über die weite, nebelverhangene Landschaft schweifen. Der Abend war still. „Was, wenn ich die Hinweise verpasse? Was, wenn ich einfach... scheitere?"

„Dann scheiterst du," sagte Ingrid ruhig, ihre Augen fixierten Aiyana mit einer Mischung aus Ernst und Wärme.

Aiyana biss sich auf die Lippe und schwieg. Sie wusste, dass Ingrid Recht hatte, aber das machte die Angst nicht weniger drückend. „Und wenn ich niemanden enttäuschen will?" fragte sie schließlich, fast flüsternd.

„Dann fängst du an, dich selbst zu enttäuschen," entgegnete Ingrid, ihre Stimme nun sanfter. „**Ent-Täuschung** kann sogar **etwas Positives** sein, denn man hat sich die ganze Zeit nur **ge-täuscht.** Hör zu, Aiyana. Es gibt keinen perfekten Weg. Aber wenn du dich immer nach den Erwartungen anderer richtest, wirst du nie wissen, was dein eigener Weg ist. Und ich glaube, das ist der wahre Verlust."

Eine Weile saßen sie schweigend nebeneinander, während der Himmel langsam von einem warmen Rot zu einem kühlen Blau verblasste. Schließlich ergriff Ingrid wieder das Wort. „Willst du mir erzählen, was dich wirklich hierhergebracht hat?"

Aiyana zögerte, spürte aber, wie die Last ihrer Gedanken durch Ingrids Anwesenheit ein wenig leichter wurde. „Ich glaube, ich habe

Angst vor der falschen Wahl. Es fühlt sich an, als ob alles, was ich tue, entweder ein Anfang oder ein Ende ist. Kein Dazwischen."

„Vielleicht ist es beides," sagte Ingrid leise. „Manchmal sind Anfänge auch Enden, und umgekehrt. Vielleicht ist das, was du als Entscheidung siehst, nur ein Teil eines größeren Weges. Und egal, was du wählst, du wirst wachsen. Darauf kannst du vertrauen."

Aiyana schloss die Augen, ließ Ingrids Worte auf sich wirken. Es war nicht die Antwort, die sie gesucht hatte, aber vielleicht war es die, die sie brauchte.

Ein neuer Morgen

Am nächsten Tag trat Aiyana in den großen Versammlungssaal zurück, wo Ikaris und Vertreter aller Völker auf sie warteten. Sie hatte die Nacht genutzt, um nachzudenken, und die Worte von Kenji und Ingrid hallten in ihrem Kopf nach.

„Ich habe eine Entscheidung getroffen," sagte sie schließlich mit fester Stimme. „Ich werde bleiben. Nicht, weil ich die Einheit allein bewahren kann, sondern weil ich Teil von etwas Größerem sein möchte. Wir alle sind verantwortlich für diese neue Ära, und ich möchte meinen Beitrag leisten."

Ein Lächeln breitete sich auf den Gesichtern der Anwesenden aus. Ikaris nickte langsam. „Du hast eine weise Wahl getroffen, Commander."

Eine neue Rolle

Aiyana begann ihre Arbeit als Vermittlerin, eine Aufgabe, die weit über ihre bisherigen Erfahrungen hinausging. Doch sie fand dabei nicht nur eine neue Berufung, sondern auch ein neues Verständnis für sich selbst. Sie lernte, Verantwortung zu teilen, Hilfe anzunehmen und die Schönheit des Moments zu schätzen.

Und während die Venus weiter unter den Strahlen ihrer beiden Sonnen erstrahlte, wurde Aiyana zum Symbol für das, was die Menschen und die Völker der Venus gemeinsam erreichen konnten – eine wahre Einheit, die nicht auf Stärke, sondern auf Verständnis basierte.

Ingrid: Entwicklung einer unerwarteten Zweisamkeit

Der Garten der Virani erstreckte sich wie ein lebendiges Gemälde, in dem leuchtende Farben und schwebende Pflanzen auf eine Art harmonierten, die für menschliche Augen nahezu surreal war. Kristalline Wasserläufe schlängelten sich durch die üppige Vegetation, und der Duft exotischer Blüten lag schwer in der Luft. Es war ein Ort, der sowohl zur Meditation als auch zur stillen Kontemplation einlud. Aiyana hatte ihn oft aufgesucht, um Klarheit zu finden, aber an diesem Abend war sie nicht allein.

Ingrid saß auf einer flachen, von Moos überzogenen Steinkante und schien völlig in die Betrachtung einer schwebenden Blume vertieft, deren Blütenblätter in einem stetigen Farbwechsel pulsierend leuchteten. Ihre sonst so analytischen Augen wirkten weich und nachdenklich.

„Ich dachte, ich wäre die Einzige, die diesen Ort als Zuflucht nutzt,“ sagte Aiyana mit einem sanften Lächeln, während sie sich Ingrid näherte.

Ingrid sah auf, überrascht, aber erfreut: „Manchmal braucht selbst eine Wissenschaftlerin etwas, das nicht analysiert werden kann, um ihren Geist zu beruhigen.“

Aiyana setzte sich neben sie und ließ den Blick über den Garten schweifen: „Die Virani haben wirklich etwas Außergewöhnliches geschaffen. Es ist mehr als ein Garten. Es fühlt sich... lebendig an.“

„Lebendig und doch friedlich,“ stimmte Ingrid zu. „Im Gegensatz zu uns, die wir immer nach dem nächsten Ziel streben.“

Aiyana lachte leise: „Du meinst, die immer davonlaufen?“

Ingrid drehte sich zu ihr: „Läufst du davon?“

Erinnerungen und Geständnisse

Aiyana zögerte. Der Garten war still, abgesehen vom leisen Plätschern eines nahen Wasserfalls. Es war ein sicherer Ort, ein Raum, in dem sie ehrlich sein konnte – nicht nur zu Ingrid, sondern auch zu sich selbst.

„Vielleicht. Ich bin mein ganzes Leben lang geflohen – vor Verantwortung, vor Erwartungen, vor Nähe." Sie atmete tief durch. „Ich bin zur Mission aufgebrochen, weil ich glaubte, dass es einfacher wäre, tausende Kilometer von der Erde entfernt mit mir selbst klarzukommen."

„Und hat es funktioniert?" fragte Ingrid sanft.

„Nicht wirklich," gab Aiyana zu. „Ich habe mich einfach noch weiter entfernt. Aber hier... auf dieser Welt... habe ich zum ersten Mal das Gefühl, dass ich irgendwo hingehöre. Vielleicht, weil alles so anders ist, dass ich mich selbst neu erfinden kann."

Ingrid nickte: „Ich verstehe das. Ich bin auch immer nur auf der Suche gewesen – nach der nächsten Entdeckung, der nächsten Herausforderung. Aber irgendwann merkst du, dass all das nichts bedeutet, wenn du es nicht mit jemandem teilen kannst."

Aiyana sah Ingrid an, und für einen Moment fühlte es sich an, als ob die Zeit stillstand. Es war ein Moment, der nicht mit Worten gefüllt werden musste.

„Wollen wir ein Stück gehen?" fragte Aiyana, um die Schwere des Augenblicks zu brechen.

Ingrid erhob sich und folgte ihr, während sie sich auf einem Pfad entlang der schimmernden Wasserläufe bewegten. Über ihnen schwebten biolumineszente Pflanzen, die ein sanftes Licht warfen. Der Weg führte sie zu einem ruhigen Teich, in dem sich die beiden Sonnen der Venus wie ein Doppelspiegel reflektierten.

„Weißt du, was ich an diesem Ort faszinierend finde?" begann Ingrid. „Die Virani haben alles geschaffen, um Harmonie mit ihrer Umgebung zu bewahren. Es ist kein Ort der Kontrolle, sondern der Zusammenarbeit."

„Etwas, das wir Menschen noch lernen müssen," antwortete Aiyana. „Wir neigen dazu, alles zu formen, zu dominieren. Aber hier... hier fühle ich, dass alles im Gleichgewicht ist."

Ingrid blieb stehen und blickte auf den Teich: „Vielleicht könnten auch wir dieses Gleichgewicht finden."

Aiyana spürte, wie ihre Brust enger wurde, als sie die leise Bedeutung hinter den Worten erkannte: „Du meinst... zwischen uns?"

Ingrid drehte sich zu ihr um, die kühle Intellektualität, die sie oft zur Schau trug, war von einer ungewohnten Offenheit durchbrochen: „Vielleicht. Ich weiß nur, dass ich mich in deiner Nähe... anders fühle. Ruhiger. Aber gleichzeitig auch lebendiger."

Ein zarter Moment

Aiyana trat einen Schritt näher, und ihre Hand bewegte sich wie von selbst, um Ingrids Fingerspitzen zu berühren. Es war eine leichte Berührung, aber sie ließ beide innehalten.

„Ich habe nie gedacht, dass ich jemandem genug vertrauen könnte, um mich so zu fühlen," flüsterte Aiyana. „Aber bei dir... es ist anders."

„Vielleicht, weil wir beide nicht damit gerechnet haben," sagte Ingrid mit einem kleinen Lächeln. „Aber manchmal muss man das Unerwartete annehmen."

Langsam beugte sich Aiyana vor, und Ingrid tat es ihr gleich. Der Kuss, der folgte, war zart und unsicher, aber voller Bedeutung. Für einen Moment schien die Welt um sie herum zu verschwinden, und alles, was zählte, war der Augenblick.

Doch als sich ihre Lippen trennten, runzelte Aiyana die Stirn: „Tut mir leid, ich habe... ich glaube, ich habe dich zu fest gedrückt."

Ingrid lachte leise und rieb sich den Arm: „Ich bin ein bisschen robuster, als ich aussehe. Aber vielleicht solltest du trotzdem mal an einen Crashkurs in vorsichtigem Umgang mit Wissenschaftlerinnen teilnehmen."

Ein neues Kapitel

Sie setzten ihren Spaziergang fort, die Luft zwischen ihnen war leichter, die Unsicherheiten schienen verschwunden. Es war nicht nötig, alles in Worte zu fassen. Sie wussten beide, dass sie einen neuen Weg eingeschlagen hatten – einen, der sie nicht nur als Team, sondern als etwas viel Tieferes verband.

Am Ende des Pfades, als der Garten sich öffnete und den Blick auf den weiten Horizont freigab, nahm Ingrid Aiyanas Hand: „Wir haben eine lange Reise vor uns. Aber ich denke, sie wird weniger einsam sein, solange wir sie zusammen gehen."

Aiyana drückte ihre Hand. „Zusammen," wiederholte sie, und zum ersten Mal fühlte sie, dass das Wort „Zuhause" nicht mehr an einen Ort, sondern an eine Person gebunden war.

Professor Kenji: Ein Visionär auf zwei Welten

Die karmesinroten Wolken der Venus umrahmten den Horizont, während Kenji auf einer Felsformation stand und den Geologen in sich freien Lauf ließ. Seine Augen glitten über die poröse, schwefelgetränkte Oberfläche, die in der Dämmerung schimmerte. Für ihn war die Venus keine feindliche Welt mehr, sondern ein lebendiges Labor voller Geschichten. Als Astrophysiker und Geologe hatte er immer nach Mustern in der Natur gesucht – nach den unsichtbaren Kräften, die das Universum formten. Hier, auf dieser fremden Welt, fühlte er sich diesen Kräften näher als je zuvor.

Doch es war nicht nur die Wissenschaft, die ihn hier hielt. Die Begegnung mit den Zerai hatte sein Denken verändert und ihn gelehrt, dass Wissen nicht immer aus Daten und Formeln bestand, sondern oft in den gelebten Erfahrungen eines Volkes wurzelte.

Eine ungewöhnliche Verbindung

Kenji hatte sich besonders mit einem Zerai namens Rhezar angefreundet, einem weisen, aber zurückhaltenden Gelehrten. Die beiden verbrachten oft Stunden miteinander, diskutierten über die geologische Evolution der Venus und tauschten Theorien über die kosmische Ordnung aus.

„Professor Kenji," begann Rhezar eines Tages, während sie gemeinsam die Schichten eines alten Felsens analysierten, „ihr Menschen sucht immer nach Beweisen. Doch manchmal verrät der Stein seine Geheimnisse nicht durch Analyse, sondern durch Zuhören."

Kenji hob eine Augenbraue. „Zuhören? Du meinst, wir sollten den Stein fragen, was er uns sagen will?"

Rhezar lachte leise. „Auf eine Art, ja. Nicht alle Wahrheiten liegen in Daten. Manchmal reicht es, einen Moment still zu sein und die Geschichte zu fühlen, die ein Ort erzählt."

Kenji dachte über diese Worte nach. Als Wissenschaftler hatte er stets darauf bestanden, dass Beweise und Messungen die Grundlage jeder Erkenntnis waren. Doch Rhezar hatte ihn gelehrt, dass Intuition und Respekt für das Unbekannte genauso wichtig waren. Diese Denkweise begann sein Weltbild zu verändern – und auch seine Arbeit.

Die Vision einer kosmischen Brücke

Kenji hatte schon länger die Idee eines interkulturellen Projekts, das nicht nur die Völker der Venus, sondern auch die Erde einbeziehen sollte. Seine Gespräche mit Rhezar hatten ihn inspiriert, diese Idee weiterzuentwickeln.

Eines Abends, während eines Zerai-Rituals unter dem klaren Himmel, sprach Kenji seine Gedanken aus. „Wir alle blicken in denselben Himmel, egal ob wir Menschen, Zerai, Auron, Virani oder Atur sind. Unsere Unterschiede mögen groß sein, aber die Sterne verbinden uns."

Rhezar legte eine Hand auf Kenjis Schulter. „Was schwebt dir vor, mein Freund?"

„Ein Nexus," erklärte Kenji, „eine Brücke zwischen unseren Welten. Ein Ort, an dem Wissenschaft, Kultur und Philosophie zusammenfließen. Wir könnten unser Wissen teilen und gemeinsam neue Horizonte erforschen."

Rhezar nickte langsam. „Das wäre eine Vision, die unsere Völker vereinen könnte. Aber bist du bereit, diese Aufgabe zu übernehmen? Es wird nicht leicht sein."

Kenji sah in den Sternenhimmel: „Das war es nie. Aber es ist notwendig."

Herausforderungen und Zweifel

Die Umsetzung dieser Vision war alles andere als einfach. Besonders die Atur begegneten der Idee mit Misstrauen. „Ein gemeinsames Wissenszentrum?" fragte einer ihrer Vertreter bei einer Diskussion. „Wer garantiert, dass unser Wissen nicht gegen uns verwendet wird?"

Kenji blieb ruhig. „Wissen, das geteilt wird, schafft Vertrauen. Und Vertrauen ist der Grundstein für Frieden. Wir können nicht aufeinander zugehen, wenn wir weiterhin in Geheimnissen leben."

Auch auf persönlicher Ebene hatte Kenji mit Unsicherheiten zu kämpfen. Die Arbeit auf der Venus verlangte ihm viel ab, und er fragte sich oft, ob er jemals wieder zur Erde zurückkehren sollte. Seine Leidenschaft für die Wissenschaft hielt ihn, doch es war die Verbindung zu den Zerai, die ihm eine neue Perspektive gab.

In einem Gespräch mit Aiyana sprach er seine Zweifel aus. „Manchmal frage ich mich, ob ich meinen Platz hier wirklich gefunden habe. Die Erde ist meine Heimat, aber hier fühle ich eine Art Verantwortung, die ich nicht ignorieren kann."

Aiyana lächelte. „Vielleicht liegt dein Platz nicht an einem Ort, sondern in der Idee, die du verwirklichst. Du bist ein Brückenbauer, Kenji. Und Brücken sind immer zwischen zwei Welten."

Der Nexus des Wissens

Nach Monaten der Planung wurde Kenjis Traum Wirklichkeit. Der „Nexus des Wissens" wurde in einer Zeremonie eingeweiht, die von allen vier Völkern besucht wurde. Das Zentrum war ein architektonisches Wunder, inspiriert von den Elementen der verschiedenen Kulturen: die kristallinen Strukturen der Virani, die geerdete Stabilität der Zerai, die schwebenden Formen der Auron, die Resonanzkräfte der Atur und die pragmatischen Designs der Menschen.

Kenji hielt eine Rede, die in allen Sprachen simultan übersetzt wurde. „Wissen ist das einzige Gut, das sich vermehrt, wenn man es teilt. Dieser Ort ist nicht nur ein Zentrum des Lernens, sondern ein Symbol für das, was wir erreichen können, wenn wir zusammenarbeiten."

Die Resonanz war überwältigend. Schüler und Forscher aus allen Völkern strömten in den Nexus, um gemeinsam zu lernen und zu forschen. Es war der Beginn einer neuen Ära des Austauschs.

Ein Visionär auf zwei Welten

Kenji hatte sich entschieden, auf der Venus zu bleiben, doch er kehrte regelmäßig zur Erde zurück, um die Erkenntnisse der Venus mit seiner Heimat zu teilen. Er hielt Vorträge, schrieb Bücher und wurde zu einem Symbol für interplanetaren Frieden.

Eines Tages, während eines Gesprächs mit Ingrid, sprach er über seine Zukunft. „Ich habe immer geglaubt, dass mein Leben in der Wissenschaft liegt. Aber jetzt sehe ich, dass es mehr ist als das. Es geht darum, Verbindungen zu schaffen."

Ingrid lächelte. „Du bist ein Geologe, Kenji. Das liegt in deiner Natur. Du verbindest immer die Schichten."

Kenji lachte. „Vielleicht hast du Recht. Aber diese Schichten – sie sind nicht nur geologisch. Sie sind kulturell, emotional und universell."

Während die Sonne der Venus hinter den Wolken verschwand, fühlte Kenji eine tiefe Zufriedenheit. Er war ein Mann zwischen zwei Welten, ein Visionär, der Brücken baute – nicht nur aus Stein, sondern aus Hoffnung und Verständnis.